新潮文庫

枕詞の暗号

藤村由加著

JN266174

枕詞の暗号●目次

序　ことばのタイムカプセル　9
第一章　日の道　25
第二章　飛ぶ鳥のアスカ　65
第三章　吉祥の地　143
第四章　ほどかれた漢字　195
第五章　朝鮮語――古代へのパスポート　229

第六章　玉の変奏曲　249
第七章　大陸の香り――先進国のことば　295
第八章　国のまほろば　333
終章　神風の伊勢と易経　399
文庫版あとがき　409

枕詞《まくらことば》の暗号

〈凡例〉

易の卦《か》について

『易経』で説いている卦のことばは、すべて『中国古典選1　易（上）』『中国古典選2　易（下）』（本田済《ほんだわたる》著・朝日新聞社）で調べ、読み下し文、解説を使用した。

序　ことばのタイムカプセル

「意味不明」「語義未詳」――枕詞《まくらことば》についての通常の解説文では、不明、未詳といったことばがそれこそ枕詞のようにかぶさっている。

不明であろうと、枕詞の存在が認められているのは、お決まりのパターンになっているからである。「あしびきの」といえば「山」にかかり、「あをによし」といえば「奈良」にかかるというようにセットになっていて、知っている人であれば反射的に特定のことばと組み合わせることができる。いかにも受験問題に向きそうな、こぢんまりとした型におさまっている。

不明というのは、初めから意味が無いのとは違う。人のことばである以上、音声は何らかの意味を持っている。その意味が行方不明になっているというのは、捜し方に限界があるからではないのか。

記・紀・万葉に登場する説話や歌などを、日本語一辺倒で解こうとすることに、そもそもの無理がある。当時のことばの状況が、現代語に対する古代語という時間軸上の隔り以上に、まず空間的な広がりにおいて異《こと》っていたからである。カタカナ文字の外来語の増加が目立つといわれている現代から見れば、日本の古語、いわゆる「やまとことば」というものに対して、私たちはともすればより純度の高い日本語という印象を持ちかねない。けれども実際は逆であっただろう。古代に遡《さかのぼ》るほど、日本列島により多くの言語が飛び交っていたはずだ。中国大陸、朝鮮半島をはじめとする東アジアの諸地域や南方諸島の人々がたどり着き、住みつき、様々なことばが交わされていたのであろう。

そのような古代の風景が私たちにとってより自然に心地よく感じられるのは、私たちが色々な国の人々やことばに親しむ多言語活動を、日常的にやっているからだろう。その活動を基盤にした通称トラカレ（トランスナショナル・カレッジ・オブ・レックス）の環境によるところが大きい。

私たちが記紀万葉研究の足場とするフィールドについて詳しく述べる前に、まず本書のテーマである枕詞が、現在一般的にどのようにとらえられているかについて見ておこう。

いったい枕詞とは何なのか。『岩波古語辞典』によれば、

「修飾・形容のために或《あ》る語の上に添えられる語のうち、形容詞・形容動詞・副詞・接頭語に含まれない語」

と規定されている。これだけではわかったような気がしない。ずらずらと文法用語が並んだあげく、「——ではない」という消去法になっているからだ。これでは文法的につかまえ切れなかったことばを、枕詞と呼んでいるようなものである。

枕詞の特徴について説明した文の中には、次のような言い方がよく見られる。

「(枕詞は)習慣的に特定の語につづけて、主文に関係なく直接下の語を修飾する」(平凡社世界大百科事典)

言いかえれば、「昔からのなりゆきで、決まったことばをかざりはするが、歌全体には何も本質的な影響を及ぼさない」と言っているようなものである。

「そんなばかな」

と私たちは思った。歌の全体に関係のないことばを、冒頭に持って来るなどということが考えられるだろうか。しかも歌という形式上、字数は極度に制限されている。その制限の中でたいして意味もないことばを一字たりとも許すとは思えない。歌を詠《よ》むことが、思いのたけを外に伝える最高の自己表現だった、そういう時代な

のだ。ストレートな表現ではなかったとしても、詠み手は必ずやおのれの想《おも》いを、歌のすみずみにまで託していたはずである。むしろその想いが深いものであるほど、一見それとはわからないような秘めたる暗喩《あんゆ》がこめられていたと考える方が理に叶《かな》っている気がする。

とにかく、歌を個々の語句に分解したところで、バラバラな部品の標本ができるだけだ。そんなことよりも、私たちが大事にしたいのは、歌の本来的なメッセージを受け取ることである。そのつもりさえあれば、謎《なぞ》の枕詞というような部分こそ、歌の全体像を探るための絶好の目印となるだろう。

やはりよく見かける解説に次のようなものがある。

「枕詞は語調を整える役割を持つが、文献以前の口承文芸にさかのぼるので、明らかでない」

文字が渡来する以前から、様々な言語で歌が歌われていたことは確かであろう。けれども、今こうして私たちが枕詞を話題にできるのも、歌が文字によって残されているからこそである。

その文字がもしも表音文字、たとえばローマ字やかな文字のようなものであれば、単なる語調を整えるためのことばとしか映らなくなってもしかたがないかもしれない。

しかし当時の日本で唯一《ゆいいつ》の文字であった漢字は、音を示すと同時に表意文字としておのずから意味を発散せずにはいなかった。

しかも漢字はそれ自体、多言語的な表現であり、漢字を共有する国のことばすべてを包容していた。したがって使い方も一通りではない。夥《おびただ》しい数の漢字の中から、随時最もふさわしい音と意味を示すものを選び抜くという行為に、当時の歌人は渾身《こんしん》のエネルギーを注いだのだった。私たちは『人麻呂《ひとまろ》の暗号』『額田王《ぬかたのおおきみ》の暗号』の解読を通じて、驚くほど漢字に通暁《つうぎょう》した古代知識人に出会ってきた。

万葉集初期の歌は、日本でもようやく漢字を自在に操れるようになった人々の腕の見せどころだった、と思えば、枕詞もきらりと光る漢字の結晶体に見えてくる。

安易に「口承文芸であるためにわからない」などと片付けることは、古代と現代とのつながりをいたずらに断ってしまうことになりかねない。どうも古代というだけで、当時の人間は原始的で大らかで……という固定観念を持ちがちだ。もちろん古代人と現代人とでは、とりまく生活環境がひどく違っているのは確かだが、それでも残された歌の中に自分たちと同じように喜び、悩む人間を見つけた瞬間、私たちは、時代を超えて互いの違いが一掃されてしまうほどの共感を覚える。

ところで、ずっと「枕詞」と呼んできたが、実はこの名称は初めからあったわけではない。

「平安時代には〈発語〉〈諷詞《ふうし》〉などとよばれたが、江戸時代になって〈冠辞〉または〈枕詞〉とよばれ、明治以後は一般に〈枕詞〉が用いられている」(平凡社世界大百科事典)

つまり今いわれる「枕詞」を詠み込んでいた当の柿本人麻呂《かきのもとのひとまろ》や額田王らが、それをどのように認識し、呼び慣わしていたのかということは全くわかっていないのだ。

そういった中で、誰がどれを枕詞として認定したのかすら、甚だ不確かなのである。いくつかの用例があって、共通のパターンが見えている場合ならまだしも、たった一例しかなく、しかも語義未詳のまま枕詞と呼ばれているものがかなりあるというのも、不思議なことである。また逆に、これが枕詞とされるならば、なぜこっちが枕詞の中に入っていないのかと思われることばも無数に出て来る。

特に万葉初期の歌ともなると、当時の歌人が、独特な表現方法の中に込めていた意味を、読み取ることのできる人々がいつしかいなくなり、かろうじてある程度の形式的な解釈だけでお茶を濁していると言っては言い過ぎだろうか。

枕詞の周辺がつねに曖昧《あいまい》なのは、結局、個々の枕詞の用法と解釈が、原理的にわかっていないからなのだろう。

私たちには多少いたずらっ気があるのかもしれない。すまし顔のまことしやかな解釈を見ると、ついくすぐってみたくなる。変だなと思うと「なぜ？　どうして？」と子どものようにしつこく聞きたがる。そしてほつれかけた糸の端を見つけようものなら、思わずするすると引っぱってしまうのだ。

けれども無闇《むやみ》にあげ足をとっているわけではない。従来の解釈の矛盾や弱点に直観的に気づくことは貴重な出発点たりうるし、またそれが、私たちの次なるステップへのきっかけにもなっていく。問題点さえつかめればしめたものである。

私たちは、今では枕詞という存在を、歌にとってきわめて重要なポジションを占めるものと確信するようになった。主題に関係ないどころか、主題を積極的に指し示し、歌の流れを方向づける。被枕詞との関係も、単に修飾したり、形容したりというような、生半可なものではなかったのだ。

枕詞＝《イコール》被枕詞

トラカレでの記紀万葉の研究が始まり、皆で枕詞の「意味不明」に手さぐりで挑んでいたある日、私たちの活動のボスであるアガサが、ポケットからさりげなく取り出して見せた枕詞解明のナイフがこれだった。

つまり枕詞と、それがかかる被枕詞は、全くの同義、等価で結びつき、重ねることでその意味を強調しているというのである。

みんなさっそくこのナイフの切れ味を試すことに夢中になった。なかには意外とすんなり切れる場合もあったが、初めのうちはなかなか刃が立たないことの方が多かった。

ともかくこの法則《ルール》のおかげで、「あしびきの」や「あをによし」などという謎めいたことばにも、それがかかっている「山」や「奈良」といったなじみのことばの方を起点にして迫っていくことができる。実例が集って来るにつれて、このルールはいよいよ確かなものになっていった。

しかし単純で簡単なことのようでいて、調べているうちにあらぬ方へとそれてしまったりもする。辞書や資料に頼り過ぎると、一見もっともらしく見えても、内容空疎《くうそ》なこじつけへと流されていくような気がする。そんな時こそ枕詞の解釈が、被枕詞にしっかりと結びついているかどうかを確かめる絶好の機会になった。例えばいくら「そらみつ」がある形として解けても、それを受ける「やまと」と合致していなければ、それは宙に浮いたむなしい解に過ぎない。

同じ意味を持つことばをつなぎ合わせる表現は、枕詞に限ったことではない。例えばお酒がやたらに強い人は、仲間内で「うわばみだれそれ」と言われていたり、噂《うわさ》話《ばなし》の仕入れが得意な人は「早耳だれそれ」と言われていたりと、リングネームさながらにその人の特徴が繰り返される。

人は何かを表わそうとする時、その名を言うだけでは物足りなくて、別の言い方で補強することによって、はじめてその実像をとらえたような気持ちになるようだ。けれどもその＝《イコール》印、連結のし方が、たやすく見破られるようにはなっていないところが枕詞の魅力であり、謎解きの愉《たの》しみである。もとより練達の作者は安直な表現をしないし、それに加えて漢字の知識の堆積《たいせき》もあり、現代の私たちにとっては一層見極めにくいものになっている。

枕詞＝被枕詞を普遍的なルールとした上で、何と何が、どのようにイコールでつながるのかは、枕詞の個性によって全然違う。それを見出《みいだ》すこちら側のプロセスも様々である。朝鮮語音をあてはめることで初めてつながるものもあれば、漢字の字形分解になっているものもあり、中国古代の易の思想が濃厚に漂っているものもある。また多くはこれらの要素が合成されてなりたっている。

また、多言語のふる里だったあの頃の日本に遡って、旅がしてみたくなった。

一気に古代へ飛ばなくても、少し前の日本語の様子を思い浮かべれば、過去からの流れが見えて来る。これほどまで急速に地方色豊かなことばが影をひそめ、標準語一色になってしまったのは、東京中心のマスメディアが加担してのことだろう。ひと昔前まではもっと方言がわがもの顔に濶歩《かっぽ》していたはずだ。日本という国家が固まるまでは、それに対する外国という概念もあやふやなものだった。より住みよい処《ところ》を求めて、海を行ったり来たりする人々が大勢いたことだろう。

この列島には、かつて大陸や半島や他の島々のことばがとりどりに飛び交っていた。村々によってもことばは少しずつ違い、その違いを知覚しながらも、違うということがあたりまえであり、それをとりたてて不便なこととも思っていなかった。

そんな幼児期にたとえられるような日本列島も、ついに文字の到来をみた。その文字が当時の有力な部族言語と結びついた。それまで散らばっていた様々なことばは、急速に統一系である文字に吸い上げられていく。文字による言語の統一、日本語の誕生であり、日本国の誕生である。

文字・漢字の生みの親が中国であり、それを別の体系のことばでも使いこなしていた先輩が朝鮮である。もとより大量に日本に流れ込んでいた中国・朝鮮のことばが、漢字によってさらに揺るぎなく、もともと日本語であったような顔をして定着したのは当然である。

　文字は支配権力とともにある。律令《りつりょう》制度の条文なども、もちろんすべてが漢文である。複雑な法律用語など受けてたつ日本語などそもそもなかったのだ。渡来の文字で記述された渡来の文化や制度、それを操る日本での支配者たちにもまた、渡来の人々が多かったであろうことは想像にかたくない。

　この日本史上最も大きな変換を遂げた時代に編纂《へんさん》された書物が、今、普通の人たちの本棚にある古事記・日本書紀、そして万葉集なのである。

　正史・記紀の成立は、律令国家としての日本のあけぼの――誕生を意味するものであった。

『人麻呂の暗号』『額田王の暗号』で、ひとまず万葉集の旅に区切りをつけた私たちは、その疲れを癒《いや》すように、また記紀の説話を読み始めていた。私たちはこのようにいつも漢字だけで記されている古代文学の世界を行ったり来たりする。

　いつもながら私たちが最も親しみを感じるのは、大国主神《おおくにぬしのかみ》と稲羽《いなば》の素兎《しろうさぎ》や、少名毘古那神《すくなびこなのかみ》であり、八俣《やまた》の大蛇《おろち》を退治した須佐之男命《すさのおのみこと》や、海幸彦《うみさちひこ》・山幸彦の神話だった。

　しかし、初めて真剣に読み解く作業に取りかかったその瞬間から、昔話のふるさとのような記紀神話は、皇祖を神として語る正史の前段としてはあまりに単純素朴なものに思われた。国家権力の中枢《ちゅうすう》にあった支配者たちは、いったいどんな顔をして稲羽の素兎を読んでいたのだろう。正史とのあまりに奇妙な取り合わせに、何かあるにちがいないと直感した、それが始まりだった。

天武《てんむ》天皇の勅命によって、記紀の編纂が始められたのは、天武九年（六八一）であったという。しかし、時は移り世は変り、元明《げんめい》天皇の和銅五年（七一二）に到《いた》ってまず古事記が撰上《せんじょう》され、その八年後に日本書紀が完成した。

混元既に凝《こ》りて、気象未《いま》だ効《あらは》れず。名も無く為《わざ》も無し。誰かその形を知らむ――

太安万侶《おおのやすまろ》の序文に始まる古事記は、国の太初、混元はすでに凝固したものであったという。しかし、その形や質ははっきりとせず、もちろん名前もない。形も何もないところからものが生まれるとは、いったいどんな力が働いているのだろうか。その力の元とは何なのか。この冒頭の一節を読んだとき、すでにアガサは中国の巨大な思想「易経」、さらに「老子」「荘子」が大きく影を落していることを見抜いていた。私たちは夢中でこれらの中国古典を読み始めたのだった。

この一節を解くカギは、国の太初の「混元」にあるようだが、「混元」とは、天と地が二つに分かれる前のまじりあった状態のとき――易でいう陰陽が分かれる以前の、原初唯一絶対の存在「太極」である。

太極（⚊）から⚊陽・⚋陰二元が分化し、四象（⚌・⚍・⚎・⚏）が生じ、四象から八卦《はっか》（乾《けん》・兌《だ》・離《り》・震《しん》・巽《そん》・坎《かん》・艮《ごん》・坤《こん》）へと発展していく。「気象未だ効れず。名も無く為も無し」――これこそ万物発生の根源なる原始のスープともいうべき太極であろう。やがて陰陽は分かれ、陽の気は上昇し陰の気は下降し、それぞれが形を成した最も顕著なものが天であり地として捉《とら》えられている。これは紀の冒頭記事そのものではないか。

昔、天地も未だ分れず、陰陽の対立も未だ生じなかったとき、渾沌《こんとん》として形定まらず、ほの暗い中に、まず、もののきざしが現われた。その清く明るいものは高く揚って天となり、重く濁ったものは凝って地となった。しかし、清くこまかなものは集り易《やす》く、重く濁ったものは容易に固まらなかった。だから天が先《ま》ず出来上って、後れて大地が定まり、その後に至って神がその中に誕生したと伝えている。（『日本書紀』頭注、日本古典文学大系）

正史の冒頭に述べられているのは、易の根源的な思想に他ならない。「中国の古伝承を組合わせて一般論として提示している」（『日本書紀』頭注）のではなく、易の思想そのものが提示されていたのである。それこそが当時の時代思想であり、自然観だったのだ。

周代（前十二～前三世紀）に完成されたという周易によって、正史はスタートする――改めて、安万侶の序文を読み返すとき、全編これ周易の思想がそのまま貫かれているといっても過言ではないことに気づかされたのである。

編纂を命じた天武天皇の事蹟《じせき》をかえりみて、「……二気の正しきに乗り、五行の序《ついで》を斉《ととの》へ……」つまり、神の道に設《そ》って良い風俗をすすめ優れた教化を布《し》いて国の広きに及ぼしたと記し、その高徳は、古代中国の聖王・軒后《けんこう》（黄帝）や周王（文王）を超えるとまで称讃《しょうさん》されている。

「神理を設《ま》けて俗《ならはし》を奨《すす》め」た、この神理こそ、古代中国の哲学ともいうべき「易の理」であり、易から発展した陰陽五行説であった。政治や祭祀《さいし》はもとより、人々のくらしもまた、これらの理に基づいて営まれていった。そういう時代背景のなかで生まれたものが記紀・万葉だったわけである。

神々の不思議な説話のなかにも、万葉集という詩歌のなかにも、易の思想は色濃く投影されている。そう考えるほうがよほど自然であろう。事実、私たちは額田王の歌の解読に際し、特に陰陽五行思想を通してようやくその風景を手中に収めることができたものが数多くあった。

数多い枕詞のうち、この本でとりあげようとするのは、ほんの一部である。しかし私たちは確信をもって言うことができる。枕詞は、あってもなくてもいいようなものでは断じてない。古代の歌の作り手たちが、最も工夫を凝らした密度の濃い表現形態であり、当時の思想や文化が凝縮されたカプセルなのである。

第一章　日の道

いかるがの

不思議な響き

桜の蕾《つぼみ》もほころび、木々の梢《こずえ》では若い双葉が抱きあうようにして小さな芽を結んでいる。目に映るものすべてが新しいと感じられる初春に、私は何とも奇妙なものを目にしてしまった。

以前から改装工事をしていた店が新装オープンしたらしい。いくつかの花輪が舗道に並んでいる。通りすがりに見あげると、看板には「焼肉なら斑鳩《いかるが》」と記してあるではないか。私は一瞬、目を疑ってしまった。古代、聖徳太子の宮の名としてあったあの斑鳩が、こともあろうに近所の焼肉屋の屋号とは——。聖徳太子とは縁もゆかりもない商店街に、いきなり現われ出た「斑鳩」には、さすがにおかしさが込み上げてくる。焼鳥屋ならまだしも、なぜこんなミスマッチが成立してしまったのか。しかし考えてみれば「斑鳩」の意味もイメージも、現代日本人には理解の外なのだから致しかたあるまい。

「飛ぶ鳥」という美しい修辞に彩《いろど》られたアスカの地はストレートに「古都」を連想させるが、私にとっては斑鳩もまた、そうしたイメージとともにある。イカルガ——考えてみれば何とも不思議な音の響きである。

イカルガは、もとは鳥の名に由来するといわれている。地名となった斑鳩、飛鳥《あすか》は、偶然にせよ鳥を命名の接点にしていることもおもしろい。そこには、二つの地名を結ぶ補助線が潜んでいるような印象がある。飛鳥と書いてアスカ、斑鳩と書いてイカルガと訓《よ》ませる技法も、これまたどことなく共通の響きを持っている。斑鳩とイカルガ——この表記と語音との隔りが、イカルガの語をますます不思議なものにしているのではないだろうか。

古代ギリシャの人たちは、太陽をふちどる光環《コロナ》を大きくひろげた鳥の翼にかたどり、玉座のシンボルにしたという。翼を輝かせ天翔《あまが》ける斑鳩の姿に、光の冠を戴《いただ》いた聖徳太子の姿が重なってくる。私はあらためて、斑鳩、そして斑鳩の地に思いをはせていた。

奈良県北西部、現在の斑鳩の町は奈良盆地の中西部から矢田丘陵南端にかけての地であるが、古くは矢田丘陵西南麓《せいなんろく》、富雄《とみお》川《がわ》右岸の地を指したといわれている。その名の由来は、六〇一年（推古九年）二月、厩戸王子《うまやどのおうじ》（聖徳太子）がこの地に初めて宮を営んだことにもよると伝えられている。

厩戸王子は、生誕の地飛鳥を遠くはなれ、北は矢田丘陵、南は馬見丘陵という二つの原野に挟まれた地に、自らの新しい基点を求めたのだった。二つの丘陵を割ってはしる竜田道は、古くから河内と大和を結ぶ道として交通の要《かなめ》となった。このあたり一帯に、王子やその一族が移住したのである。

生まれながらに言語能力に優れ、一度に十人の話を聞きわけ、解することができたという言い伝えをもつ聖徳太子。レトリックとして話半分に聞くとしても、これも太子の別名、豊耳法大王《とよとみみののりのおおきみ》、厩戸豊聡耳皇子《うまやどのとよとみみのみこと》の名との関わりのなかで語られたエピソードであったのだろう。私は聖徳の「聖」の字に「耳と口の王者」、すなわち太子がいくつもの古代言語に通じていたことばの達人であったことを読みとるのである。このことは当時、知識階級の人々に渡来系氏族の出身者が多かったということを考えあわせても、疑う余地はない。

斑鳩の空の下で新しい学問の普及につとめた太子は、仏教、儒教、道教を含む外来知識の体現者として、当時の世界の中心であった中国（隋《ずい》王朝）との対等の交流を求め、日本の地位向上を目指した。

その斑鳩の地に藤ノ木古墳が発見され、私たちを興奮させたことは記憶に新しい。最新科学の粋を集めたファイバースコープが石棺に入れられ、科学という新しい目が日本の歴史や文化を見直そうとしている。

「『藤ノ木古墳は今世紀最大の発見ですか？』などと聞かれたりしますが、私は必ずしもそうは思っていません。高松塚の発見があるし、ここ十年の発掘の歴史でいうと、稲荷山《いなりやま》古墳の鉄剣銘がかなり大きい。飛鳥や平城の木簡《もっかん》が見つかったことだって重要です。藤ノ木はベストテンに入るかもしれない、しかしトップとはいえないでしょう。……ただし、藤ノ木から何か文字が発見されたとなると、話はまったくちがってくる。トップか、少なくともベストスリーに入ります」（「文藝春秋」昭和六十三年十二月号）

橿原《かしはら》考古学研究所副所長・石野氏のこのことばが語る意味は大きい。考古学の分野においても文字にまさる第一級の宝物はないということである。遺《のこ》された文字こそ古代史を探る科学にとって、かけがえのない目なのだ。藤ノ木古墳以上の歳月を経て、今に伝わるイカルガの語。聖徳太子やその一族は、この地にどのような思いを寄せて「イカルガ」と呼んだのだろう。私はそのことを、いま改めて心から知りたいと思った。

地名になった鳥

斑鳩――国字では「鵤《イカル(ガ)》」と表記される鳥の名が地名のいわれであるらしい。ムクドリほどの大きさのこのアトリ科の小鳥は大きな黄色の嘴《くちばし》、光沢のある黒い翼のもつ白い帯のような模様が特徴で、飛ぶときによくめだつという。

『地名語源辞典』(校倉《あぜくら》書房)によれば、「この地方にはむかし斑鳩が多くいたので地名となった。現在でもこのあたりにはハトが多い」とされるが、地名を解くにはこれでは安直にすぎよう。一説には、アイヌ語で「inkar-ka(物見する・ところ)」と解したものもあるが、これでは何を物見するのやら見当がつかない。表記とその語音との結び付きがまったく無視されている。

一羽の鳥が「イカル(ガ)」と呼ばれ、その鳥が太子の愛《いつく》しんだ宮の名や地名となる。わざわざこの鳥が選ばれたのも、むろん何か理由あってのことにちがいない。語音と表記との関わりが、きっと何かを語っているはずだ。

斑鳩の因可《よるか》の池の宜《よろ》しくも君を言はねば思ひそわがする（『万葉集』巻十二―三〇二〇）

（斑鳩の因可の池のように宜しくも、世間は君をうわさしないので、何かと物思いすることよ）

飛鳥の地名は万葉集にも数多く詠《よ》まれているが、不思議なことに斑鳩が地名として登場する歌は、集中この一首のみである。原文でも「斑鳩」と表記され、因可に掛かるただ一例の枕詞《まくらことば》とされている。

一般に、斑鳩といえば次の歌におけるように鳥として登場するものがほとんどといっていい。

近江《あふみ》の海《み》　泊八十《とまりやそ》あり　八十島の　島の崎崎《さきざき》　あり立てる　花橘《はなたちばな》を　末枝《ほつえ》に　黐《もち》引き懸《か》け　中つ枝《え》に　斑鳩懸け　下枝《しづえ》に　ひめを懸け　己《な》が母を　取らくを知らに　己が父を　取らくを知らに　いそばひ居《を》るよ　斑鳩とひめと（巻十三―三二

三九）

これは壬申《じんしん》の乱の折、流行《はや》った童謡かともいわれる歌で、おとりにしかけられた鳥のそばで戯《たわむ》れている斑鳩（原文では伊可流我《いかるが》）が詠みこまれている。飛鳥期からみえる地名であるにもかかわらず、斑鳩は、鳥もしくは太子の宮の名に由来する仏教興隆の聖地としてのみ語り継がれているにすぎない。

地名・地形・方位

「大切なことは、地名の分布、類型、地形や方位との関わり……」

雑音をぬうようにして、そんなことばが私の耳にとび込んできた。さっきから傍でつけっぱなしになっていたテレビに、某大学教授の顔が大きくクローズアップされている。

これはグッド・タイミングとばかり、私は息を凝らしてブラウン管に見入った。どうやら地名についての特集番組らしい。

「アスカのアスの音は、大和ことばの足《あし》に対応するものです。カは処《ところ》。飛鳥は、足をとどめる処の意となるわけです」

今日はあちら、明日はこちらと飛びまわる鳥が、ほんの一時、足をとどめるためだけの地――それが皇都として栄えたアスカの地名であったのだろうか。私のなかでは自然にそんな疑問がわいてくる。

「イカルガは、イカル（行く）＋ガ（処）の意味と一般には説明されています。ここでのルは接辞として、つるが、するがなどの用例とも一致するものと思われます」

教授はつづけた。すると今度はいきなり司会者が、

「行く処といっても、いったい何処へ行くのでしょうか」

と、真顔で質問した。これにはさすがに私も吹き出してしまいながら、どんな答えが返ってくるか興味津々《しんしん》である。

「大和ことばで訓み解くと〝アスカを下って、さあ行こうという処〟という意味の地名になるのです」

太子が「アスカを下って、さあ行こう」といって移り住んだというのならまだわかるが、そのセリフが地名になってしまったというのでは、漫画にもなるまい。日本の地名だからといって、なにもかもが大和ことばの枠内に収まりきるわけではない。

私たちは古代語という光のプリズムを通してみたとき、ひとつの地名にも、中国、

朝鮮、アイヌ語など、さまざまなことばの波調があることに気付かされてきた。

テレビのスイッチを切った私は、「イカルガ」と、この音の連鎖を何度も口のなかでころがしてみた。

ノートに書いてみても、カタカナで書く方が文字のすわりもいい。外来語の気配が漂ってくる。当時の外来語——古代朝鮮語と同じような音のニュアンスが、この語音からは響いてくるのだ。私は早速、『李朝語《りちようご》辞典』に、その手掛りを、求めてみた。

朝鮮語で「갈《カル》」は「横」のことである。「가르다《カルダ》」は「二つに分れる」ことを意味している。まっすぐに通った軸を縦というのに対してわきにはみでた線、中心線の左右が横であるから、「갈《カル》（横）」と「가르다《カルダ》（分）」はもとは同源のことばであったことがわかる。イカルガも、この朝鮮語「갈」の意味で解けるのだろうか。

だが「横」というだけではあまりに漠然としている。横とは何を表わすのか、また何の横なのか。実際の斑鳩という鳥や、地名としての地形や方位との関わりがそこに暗示されているのだろうか。

ヨコという言葉にこだわりすぎて近視眼的になっていた私が、横は「緯」の意でもあることに気づいたのは、だいぶ時間が経《た》ってからだった。

緯は、もともと織りものの横糸を表わすことばであった。今では、広く「緯度」という語に代表されるように、方位の上でも横は緯とよばれている。さらに方角からいえば、経《たて》（縦）の南北に対して、緯《よこ》（横）は東西にあたる。このことは地図をひろげて見れば一目瞭然《りょうぜん》だ。

斑鳩は、竜田道をなかに、南北二つの丘陵に挟まれた地形をもっている。竜田道は、「直きこと墨縄の如《ごと》く」（『日本霊異記《りょういき》』）と表わされるにふさわしい、太子の宮の前から東方を指してまっすぐにはしる道であったという。

この地を「マヨ」〈横（緯）＝東西〉とよぶのであれば、地形の特徴が東西にあるはずだ。だが、斑鳩の地を象《かたど》る地形は、逆に南北二つの丘陵に挟まれている。これでは、まったく方位が逆になってしまう。

せっかく積み上げてきた積木が、一瞬にして崩れてしまった感がある。双六《すごろく》でいえば、もう一度ふりだしだ。経（縦）と緯（横）、そのことがここでのキーポイントであることには変わりないはずなのだが……。

主軸となるタテ糸を「経」、ヨコ糸を「緯」と表わしたことから転じて、「およそ地は東西を緯《ヨコ》となし、南北を経《タテ》となす」（『大戴礼《だいたいれい》』）と定めたのは、古代中国の人々であった。藤原京は、この中国式の区画法（条坊制）にのっとって築かれた、日本最初の都である。と、ここまで考えてきたとき、私はっとした。この『大戴礼』にある中国式の方位制度が導入されるまではどうだったのかな、と思ったのだ。

縦横の逆転

タテがヨコで、ヨコがタテでとなんだか混乱しそうな頭をかかえて私はふと、先ごろ『額田王《ぬかたのおおきみ》の暗号』の執筆にあたって皆で飛鳥を訪れたことを思い出していた。方向音痴ばかりがそろった私たちの旅に地図は欠かせない。その地図頼りにもかかわらず、夕刻には宿への道を見失った私たちは、通りがかりのひとりの老人に道を尋ねるはめになった。

その老人が描いてくれた地図と持参の観光案内図とを対照させつつ、自分たちの位置を確認しようとしたのだが、どうもうまくいかない。しばらく地図と格闘していた私たちだったが、次の一瞬謎《なぞ》が氷解した。老人の地図は、東西を経に、南北を緯においたものだったのである。私は目を白黒させながら、地図をぐるりと半回転させると、ようやく帰路を見出《みいだ》すことができた。

この老人が無意識に書いた一枚の地図では、たしかに南北が緯に位置していた。そ

〈東西南北と経緯〉

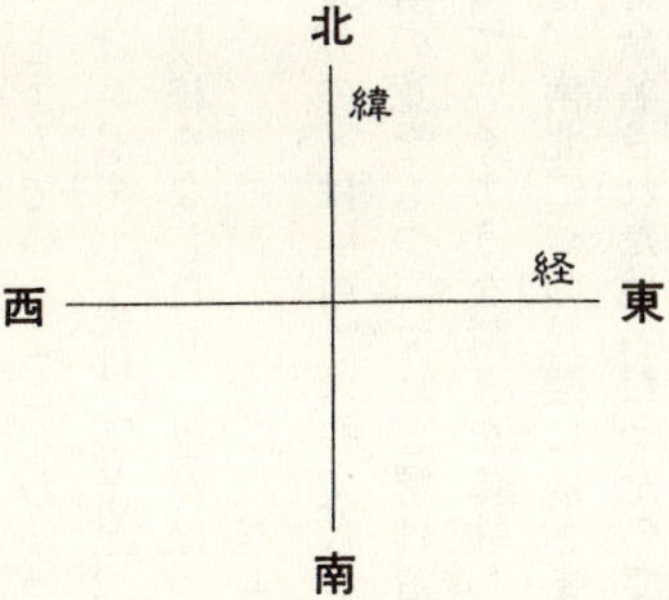

のことは決して偶然ではなかったのである。

『日本書紀』の成務《せいむ》天皇の五年の条に、行政区画の基となるものについての起源にふれた記事がみえる。

「東西を日縦《ひのたたし》とし、南北を日横《ひのよこし》とす。山の陽《みなみ》を影面《かげとも》と曰《い》ふ。山の陰《きた》を背面《そとも》と曰ふ」

わが国では古く、南北を日の横とよんだことがはっきりと記されている。

天照大神《あまてらすおおみかみ》や、国旗の日の丸に示されるように、古代から太陽信仰を掲げてきた我国では、東西を神聖な日の通り道として「経《たて》」とよんだ。南北はあくまで、その「緯《よこ》」に位置するものだったのである。イカルガの「マㄹ《カル》」は、まさにこの「日の緯《よこ》」の意を表わし、地形の特徴が南北にあるということを表わすものだったと考えればどうか。斑鳩の地形に「マㄹ」の語音をあたえた人たちは、もちろん渡来系の人であったに違いない。

表記の「斑」の一文字を『李朝語辞典』で調べてみる。すると「斑」を古代朝鮮では「갈《カル》」とよんでいたことがわかった。斑猫《はんみよう》（灰黒色の地色に赤や青、黒の斑点がある毒虫）は「갈외《カルオイ》」、虎《とら》は「갈범《カルボム》」、鷗《かもめ》は「갈매기《カルモギ》」とある。どれも色どりが入り混じって、斑《まだら》模様をなしたり、色がはっきりと分かれているさまを「갈」とよんでいたのだ。

イカルガのイは「이《イ》」（二・分ける）、さらにカルは「ᄀᆞᆯ《カル》」（分ける・横）、ガは辺り、場所の意をもつ「ᄀᆞ《ガ》」と解ける。私は、語音のひとつひとつに、朝鮮語によって光が灯《とも》っていくような瞬《またた》きを体験しながら胸が躍った。

斑鳩は、南北二つの丘陵にはさまれた地形、方位にあるという意味で、古代朝鮮語によって命名された地名だったのである。

光と影の構図

当初、私にとってイカルガという音の響きが、表記からははるかにかけ離れた、奇妙なものに思えたことも、それが朝鮮語源であったことを思えば納得がいく。そして今一度、この語音に示された意味にもっともふさわしい表記としての斑鳩を思い浮べてみるとき、私のなかで自然に、成務紀の一節と写真で見たあの鳥の姿が重なってくるのである。

私が「イカル」とよばれる鳥の姿を初めて写真で目にしたとき、その美しさに見とれてしまったことを覚えている。ずんぐりとした柔らかな灰褐色のからだに、小さな黒い帽子を目深《まぶか》にかぶったような頭、鮮やかな黄色の嘴。それだけでも十分に愛らしいのだが、ことさら私の目をひきつけたのは、風切の白い斑紋《はんもん》、漆黒と淡いブルーの織りなす翼や尾羽の光沢だった。

山の陽《みなみ》を影面《かげとも》といい、山の陰《きた》を背面《そとも》という——このことばに、からだ全体の灰褐色、漆黒の色に陰が、翼から尾羽にかけての光沢のある青に陽が呼応し、斑鳩のもつ美しい明暗の斑模様に、南北二つの丘陵が投影されていたのである。

矢田丘陵の南端は「山の陽」、馬見丘陵の北端は「山の陰」にあたる。斑鳩の南北に挟まれた地形は、山の陰陽に挟まれた地形、すなわち光と影との美しいコントラストの象徴でもあった。その光の織りなす美しいコントラストのなかに映し出される一羽の鳥。遠い日、聖徳太子が見たと同じ鳥——その明暗の模様を日の光にたとえられた斑鳩の姿が、私の目の前にもたち現われてくる。「斑」の用字が示すものも、この、はっきりと分れた模様のことであった。

冬は南下して越冬するという習性、姿形、ともに斑鳩は光と影、陰と陽とを語るにふさわしいモチーフであり、表記だったのである。

地形の特徴である南北という方位も、二つの丘陵のもつ自然の起伏、光の明暗との調和のなかで語られている。そのすべてが見事に、このイカルガの語音、表記の結び付きを通して表現されていたのである。

古代の人たちが、斑鳩の光と影に地形の南北を重ね合わせていったというのも、彼らの時代の陰陽思想そのもののストレートな表象だった。陰陽二気の相交わる吉祥の地として斑鳩は聖徳太子の宮地として定められたのであろう。

あまとぶや

天を翔《か》ける鳥

天飛《あまと》ぶや　軽の路《みち》は　吾妹子《わぎもこ》が　里にしあれば　ねもころに　見まく欲しけど　止《や》まず行かば　人目を多《おほ》み　数多《まね》く行かば　人知りぬべみ　狭根葛《さねかづら》　後も逢《あ》はむと　大船の　思ひ憑《たの》みて　玉かぎる　磐垣淵《いはかきふち》の　隠《こも》りのみ　恋ひつつあるに　渡る日の暮れ行くが如《ごと》　照る月の　雲隠る如　沖つ藻《も》の　靡《なび》きし妹は　黄葉《もみちば》の　過ぎて去《い》にきと　玉梓《たまづさ》の　使の言へば　梓弓《あづさゆみ》　声《おと》に聞きて〔一は云《い》ふ、声《おと》のみ聞きて〕　言はむ術《すべ》　為《せ》むすべ知らに　声《おと》のみを　聞きてあり得《え》ねば　わが恋ふる　千重《ちへ》の一重《ひとへ》も　慰《なぐさ》むる　情《こころ》もありやと　吾妹子が　止まず出《い》で見し　軽《かる》の市《いち》に

わが立ち聞けば　玉襷《たまたすき》　畝火《うねび》の山に　鳴く鳥の　声《こゑ》も聞えず　玉桙《たまほこ》の　道行く人も　一人だに　似てし行かねば　すべをなみ　妹が名喚《よ》びて　袖《そで》そ振りつる〔或《あ》る本、名のみ聞きてあり得ねばといへる句あり〕（巻二—二〇七）

愛《いと》しい妻は、黄葉の散るように死んでいったと聞いた人麻呂《ひとまろ》は、どうしてよいものか途方にくれ、妻がいつも出て見ていた軽の市に行ってみたが妻の姿も声もない。夫はただ悲しみに立ちつくし、その名を呼んで袖を振った……。

軽の路——柿本人麻呂の美しい挽歌《ばんか》の舞台である。

軽の路は、古代有数の大路であったと伝えられている。市で賑《にぎ》わい、人々が大勢行き交い、集ったことは、人麻呂の歌からもうかがい知ることができるが、軽の路の賑わいと、身ひとつで孤独に耐える人麻呂の悲しみとが、同じ大きさで歌のなかで対比させられているところが味わい深い。

軽は、現在の奈良県橿原《かしはら》市大軽、見瀬、石川、五条野町一帯の地であったという。軽の路は藤原京西端の大路、橿原神宮前駅から岡寺にむかう近鉄線東側の、南北にはしる道（下つ道）がその名残であるといわれている。

「斑鳩《いかるが》」の地を後に、今度は私たちは鳥さながら、「天飛ぶや」の枕詞《まくらことば》をもつ「軽」

の地へとやってきていた。

「天飛ぶや　軽」は、空を飛ぶように軽いという、一見しただけでは変わったところもなく、平凡でごくありふれた枕詞のように思われる。たしかに重いものは空を飛ばない。となると、なるほど理に適《かな》った枕詞ではある。

この枕詞が掛かるものに「領布《ひれ》」「雁《かり》」「等利《とり》（鳥）」などがあるが、ひらひらとなびく薄織りの布や、軽やかに天を飛翔《ひしよう》する鳥の姿は、あきらかに「軽」のイメージそのものだ。だが、天を飛ぶように「軽い路《みち》」となると、路の重い軽いとはいったい何のことだろうと首をかしげてしまうのは、私だけではないだろう。

路、特に大路となればことさら「軽」のイメージから遠くはずれてしまう。ところが最も古い用例では、先にみた人麻呂の挽歌の冒頭にみられるように「天飛也軽路」と掛っているのだ。

今ではマイルド、ライト、コンパクトということばに代表されるように、重厚であるよりも〝軽さ〟がひとつのブームになっている。デパートや店頭をのぞけば、〝かるっパ〟、〝めちゃカル〟など、その名も軽さを売りものにした商品で溢《あふ》れている。また、私たちが〝軽い〟という時も、感覚として比重の小さいもの、分量としても少ないものを指すことに限定して使っている。領布《ひれ》や鳥に掛かるのも、現在の私たちの感覚と同じ物差しによって理解していいのだろうか。

軽ということばは、古くはどういう意味をもつ語だったのだろうか。私の脳裡《のうり》にすぐさま浮んだのは、古代の錚々《そうそう》たる人名の多くに軽の一字が用いられていることだった。

草壁皇子《くさかべのみこ》の子、後の文武《もんむ》天皇の幼少名は軽皇子《かるのみこ》。また大王軽皇子と称されたのは孝徳天皇である。兄妹姦の罪を被《き》せられて伊予の湯へ流された軽太子《かるのひつぎのみこ》（木梨《きなしの》軽皇子）と、軽太郎女《かるのおおいらつめ》の名はあまりにも名高い。古くはこの「軽」も、たんに「軽い」という意味ではなく、何か軽の原義にもとづく意味をあわせもつものだったのではなかっただろうか。平凡な枕詞だとなめてかかっては、決して解ける代物《しろもの》ではなさそうである。

軽さの探究

私は早速、机の上に積まれた本のあいだから、大学ノートを一冊引き抜くと、思いつくかぎりの「軽」とつくことばを書きとめていった。

軽々しい、軽薄な、口が軽い、尻《しり》が軽い、軽率な、軽はずみ、軽佻《けいちょう》浮薄……。なんだか思いつくもののどれをとってもいい意味では使われないものばかりだ。

①軽のもともとの意味は何か。

私は、ノートの余白に書き加えたこの問に答えを見つけようと、早速『漢字語源辞典』を開いていた。

その字源は、敵の本陣にまっしぐらに突き進む戦車を意味しているという。

次の疑問が、私のなかで湧《わ》いて出る。

②どうして「かるい」意味を表わすのに、ことさら重い戦車のかたちを象《かたど》ったのか。

さらに辞典を読み進めると、軽の中の圣（巠）の部分は「まっすぐな」状態を表わしており、軽もまた「かるい」のみならず「まっすぐな」の意味をも含んでいるものであることがわかった。字形や語音にそれが余すところなく示されているのだ。

「軽車　鋭騎をして雍門《ヨウモン》を衝《つ》かしむ」（『戦国策』斉）

この軽車とは、まっすぐに突き進む軽便な戦車のことである。その戦車を象った文字が軽だったのだ。

まっしぐらに突き進む状態は、はやいことを表わしている。はやいとかるいは、同じ物事の状態の両面にすぎない。かるい意味を表わすのに、はやいという車の状態を借りて表わしたのだ。

③すると軽の意味には、「はやい」「まっすぐ」という意味も含まれることになるのか。まっすぐだからはやい。はやいからかるいと、なんだかことば遊びのようだが、これらは大枠では同じ意味の範疇《はんちゅう》にくることができることばといえる。「身軽さ」を他のことばで言いかえるとすれば「すばしっこさ」とも表現することができるではないか。

辞書を片手に自問自答を繰り返すうち、ずいぶん考えが整理され思わぬ方向に出口がみつかった。

それなら、軽路は〝かるい道〟ではなく、〝まっすぐな道〟と言いかえることができる。どこまでもまっすぐに伸びた大路、軽路。

軽路は確か、近鉄線の東側を南北に結びはしる道だった。くねくねと折れ曲ったり、入りくんだような道ではない。古代の人たちが「軽」と名付けたその道は、やはり直線状にまっすぐに続く道だったのだ。

カルの語音、南北という方位との関わり。咄嗟《とっさ》に私は「斑鳩」の「マヨ《カル》（横）」と同じだと思った。いつもこういう閃《ひら》めいたとでもいえるような瞬間は、本当に嬉《うれ》しい。斑鳩のカルと軽路のカルは、ともに横・南北を示すものだったのだ。

一説でいわれているように、軽路が藤原京西端の大路であったとしても、「マヨ」の語音が「緯《ヨコ》」を表わしていることにはかわりない。万葉集のなかには、日の緯《ヨコ》を西、経《タテ》を東と限定した用例もあるのだから。その意味では、西端の大路を緯（カル）と呼んだことにも納得がいく。

私はいつかアガサから聞いた話を思い出していた。「足柄山の金太郎」の話である。まさかり担《かつ》いだ金太郎は、日本人になら誰しも馴染《なじ》みの深いキャラクターだろう。この金太郎の発祥の地といわれるところが、歌にも登場する足柄山である。

足柄山は『風土記《ふどき》』では「足軽山」と表記されている。足軽の表記からは、足どり軽やかに登れそうな山のイメージしか湧いてこない。戦国時代の足軽も、軽装備の機動性豊かな兵士である。が、ここでも気になるのは柄を軽としている点だ。

足柄は、その語源をみると、両足を左右にぴんと張りだした形、またそのような山の形を捉《とら》えた用字になっている。これを軽の一字におきかえたことも、柄、軽がともに「左右に分ける・横」の意を共通にもつ語であることを知っていたからこその選択であったといえるだろう。

足柄（軽）山は、相模《さがみ》の西、駿河《するが》の東寄りにちょうど東西を隔てる格好で位置する山で、古代では足柄山から東をアヅマと称《よ》んでいた。この場合のカル（カラ）が「分

「日の緯《よこ》（二つに分ける）」意を表わしていることになると、横の意では「南北」ではなく「日の緯」＝西を示すことになる。

足柄山という西の山に、金（五行で西に配置される）太郎がいたというのはおもしろい。いったい、この金太郎とは何者だったのだろう。

ようやく、自分のなかでわだかまっていた糸がほどけていくような確かな手ごたえを感じはじめていた。南北にまっすぐに伸びたみち、この路に対して「天飛ぶや」の枕詞が与えられていることもおもしろい。

飛の文字は「鳥のとぶなり。翼を張りし形に象る」（『説文解字《せつもんかいじ》』）とあるように、鳥が翼を左右に開くことを意味する。文字通り、翼を横に広げる行為そのものなのだ。「天飛ぶや　軽の路」は、枕、被枕詞とともに「横」という同義で結ばれていたことになる。また、同時にそれは、左右（東西）と南北の関係をも示している。いずれも「路」の字形である十字路の意をうけてのものだったに違いない。

天飛ぶや雁の翅《つばさ》の覆羽《おほひば》の何処《いづく》漏りてか霜の降りけむ（巻十—二二三八）

天飛ぶや雁を使に得てしかも奈良の都に言告《ことつ》げ遣《や》らむ（巻十五—三六七六）

後の時代になると、今度は「雁《かり》」の語に「天飛ぶや」の枕詞が掛かるというのも、「雁」が「軽」の類音だからであると一般には説明されている。カリとカル、たしかに語音はきわめて近いもの同士だが、それがたんに類音で掛かるというだけでは何の根拠も、関連性もない。雁も鳥である以上、天飛ぶやと修辞されても不思議はないだろう。だが、この鳥に暗示されるものもまた「南北」という路ではなかったか。南北は雁の渡り道でもある。

晩秋には南へ群れ渡り、翌春にはまた北へ帰っていく。渡り道としての雁の飛来の道も「軽路」といえるものだろう。この枕詞は、南北に往還する美しい雁たちの姿を映しとった枕詞でもあったといえよう。

あをによし

幻の都

少々高度な古典のテストで「青丹《あをに》よし」という枕詞《まくらことば》の説明を求められたら、とりあえず丸暗記で次のように答えておけばよいだろう。

「〝奈良〟〝国内《くぬち》〟に掛かる枕詞。奈良から青土を産出したから、青土よしの意で地名に掛かる。吉（よ・し）は間投助詞」

「青丹吉　奈良」は、青土美しい奈良の地と、一般には説明されている。青丹《あおに》は、岩《いわ》緑青《ろくしょう》の古名である。古く、染料や画料として用いられた青土のことだ。

ところが調べてみると、驚いたことに奈良から青土が出たという事実を裏付ける根拠は何もないという。奈良が古代、青土の産地であったとすれば、この説も一理あるといえるが、これではどうして奈良が「青土よし」なのかさっぱりわからない。たんにそのような記載が『万葉集抄《しよう》』にみえるという理由からなのであろうか。それが私たちの知らない当時の事実なのか、伝説の記録なのか、また、なぜ奈良に掛かる枕詞であるのか、ほんとうのところは何もわかっていないのである。青丹を「青土《あをに》」と解してよいのかということですら、もう一度はじめから考えなおしてみる必要がありそうだ。

阿袁邇余志　奈良を過ぎ小楯《をだて》大和を過ぎ……（『古事記』下・仁徳・歌謡五八）

青丹吉奈良の都は咲く花のにほふがごとく今盛りなり（万葉集　巻三―三二八）

万葉集のなかだけでも、この枕詞をもつ歌は二十六首ある。他にも記紀の歌謡を含めればかなりの数にのぼるだろう。山上憶良《やまのうえのおくら》の一首をのぞけば、そのほとんどが「奈良の都」に掛かっている。

奈良は、元明《げんめい》天皇の和銅三年（七一〇）から、桓武《かんむ》天皇の延暦《えんりやく》三年（七八四）まで歴代の天皇の皇都となり、時とともに壮麗な宮殿や寺院が軒をつらね、〝咲く花の匂《にほ》ふが如《ごと》く〟と称されるにふさわしい景観を呈した地であったと伝えられる。

「青」や「丹」の表記は、そうした雅《みやび》やかな都、漢語の「丹青《たんせい》」が持つ、青や丹《あか》に彩《いろど》られた美しい都の佇《たたずま》いが目に浮んでくるような用字であるともいえるだろう。

はじめて韓国の土を踏んだ日のことが思い出される。「青丹」の二文字に、あの百済《くだら》王朝の都、扶余《プヨ》の風景が重なってくるのだ。

私の滞在先はソウルであった。私を温かくもてなしてくれたホストファミリーの申《シン》さん一家は、あらかじめ扶余への旅行を私のために予定してくれていたのだった。

舗装されていない小道を車で通ると、乾いた土塊《つちくれ》を砕いて風が黄塵《こうじん》を舞いあげる。目の前がまっ黄色になるほどの土煙のなかに、ぽっかりと浮ぶ扶余の寺院が見えてくる。ソウルにも扶余にも、日本の寺院そっくりの建物がたくさん存在する。ただ瓜《うり》二つだというだけでなく、そうした建物のもつ独特のぬくもりのようなものでさえ、日本と同じ土壌に根をおろしているもののように感じられるから不思議である。

車窓から身をのりだした私が、思わず片言の韓国語で、
「パンチャパンチャギダ（キラキラだね）」というと、家族の顔に笑みが溢《あふ》れた。

さしずめ、日光の東照宮、あるいは金毘羅《こんぴら》さんを思わせる建築だ。天井や柱、つが

いなどには丹念な細工がほどこされ、朽ちかけている装飾の至るところに目のさめるような赤や青の原色が見え隠れしている。

丹青の妙を尽くすとはまさにこのことだろう。赤といっても朱赤にちかく、丹というにふさわしい色だ。青は碧玉《へきぎょく》のような青緑色である。他にも黒や黄、白などの色が配されていたように思うが、私の記憶のなかではこの二色の印象だけが鮮明に残っている。韓国の古都扶余に掛かる枕詞があるとすれば、それもまた「青丹吉」ではないかと思ったほどだ。

朱塗りの柱や朱雀門《すざくもん》の青瓦《あおがわら》に彩られ、花のような美しさを極めたという奈良の都を思い浮べるとき、私はまっさきにこの扶余の光景のなかにそれを重ねて見ていたように思う。これが「青丹吉」の意味するものなのだろうか……。

ところが、調べていくうちに妙なことに気がついた。ついうっかり見逃しがちな事実なのだが。奈良に「都」とよべるものがおかれたのは、七一〇年以降のことなのだ。

それより遡《さかのぼ》ること三十三年、天智称制《てんじしょうせい》六年にはすでに額田王《ぬかたのおおきみ》が、

「味酒《うまさけ》　三輪《みわ》の山　青丹吉　奈良の山の　山の際《ま》に　い隠るまで……」（巻一―一七）

と、「青丹吉」の枕詞を用いた歌を詠《よ》んでいる。まだ奈良に、華やかな都などなかった時代にである。しかも、この歌では、もともと青や丹の色合いとはまったく無縁

の、なんの変哲もない丘陵に「青丹吉」の枕詞を与えていたことになる。

これによれば少なくとも、青丹吉がもともとは奈良の街並みを修辞する目的でつくられた枕詞ではなかったことは明らかだ。それればかりか本来は「奈良山」に掛かるにふさわしい意味をもつ枕詞であったことになる。

この枕詞に私が漠然と抱いてきたイメージ——都の景観、目を奪われるような青や赤の色彩の美を讃美《さんび》する意味での「青丹吉」が、歌のなかにニュアンスとしてとり込まれていったのは、前述の「青丹吉奈良の都は咲く花のにほふがごとく……」の歌のように、少なくとも遷都《せんと》を終えた七一〇年以降の歌に限られてくる。この枕詞の本来の意味は、そうしたニュアンスをすでに背後に潜ませてあったとでもいうのだろうか。なぜ「青丹吉」が「奈良山」に掛かるのか、解釈の糸口はその理由のなかにみつけることができるにちがいない。

太極の色

そんな矢先のことである。在日韓国人の民間団体で、私たちの著書『人麻呂《ひとまろ》の暗号』について講演をする機会があった。

建物のなかに一歩足を踏み入れると、目にとび込んでくる案内板のハングルや、耳にとび込んでくる韓国語の断片。会う人ごとに、思わず私の口からも「アンニョンハシムニカ」のひと言が当り前のようにとびだす。その場に居合わせた人たちの相好がとたんに崩れてゆく。

ひとりひとりは、れっきとした韓民族の血をひく二世や三世である。とはいっても、日本語の環境のなかで育った、流暢《りゆうちよう》な日本語を話す日本人でもある。そうした人たち約百数十名が一堂に会している。はじめは、その雰囲気にとまどってしまった私も、彼らのなかに身をおいているうちに、不思議な心地良さを感じはじめていた。

壇上の正面、ひときわ目立つところに掲げられた韓国の国旗に自然と目がとまった。静かなる朝の国、朝鮮。日《ひ》出《いず》る、日の本の国、日本。命名の背後には、半島でも列島でも同じように太陽を仰ぎ見ていた古代人の姿があったのだろう。だが国旗となると、その趣が若干違うのも事実である。

韓国の国旗は一般に「太極旗」とよばれている。旗の中央に描かれた図柄（☯）が太極のシンボルである。万物が生じる源、宇宙を構成する究極の物質、原子にも相当するものが太極であり、その四周に配された四つの卦によって、その作用が表現されている。小さな旗の上に展開される古代人たちの広大な宇宙観。太極旗が国旗として制定されたのは比較的新しい一八八三年のことであるという。だがその思想は、上古の頃からの彼らの生活の規範であり、彼らの血のなかを脈々と流れ、受け継がれてきたものであったろう。

そんな私の脳裡《のうり》をよぎったのは、『古事記』の序一段、冒頭の一文である。

「臣安万侶《しんやすまろ》言《まを》す。それ混元既に凝《こ》りて、気象未《いま》だ効《あらは》れず。名も無く為《わざ》も無し。誰かその形を知らむ。然《しか》れども、乾坤《けんこん》初めて分れて、参神造化の首《はじめ》となり、陰陽ここに開けて、二霊群品の祖《おや》となりき……」

『記』の序段もまた、この周易の思想——「太極」というひとつの混沌《こんとん》から陰陽の「両義」が生まれ、陰陽二気が相交わることで「四象」が生まれ、四象から「八卦」が、八卦から万物が生成する、という思想そのものを表現したものであったのだろう。

古代中国の周易の思想を、そのまま自国のものとして旗にデザインしてしまったのが韓国ならば、そのまま自国の正史として著わしていったのが日本ということになる。このように古代において周易の思想、陰陽五行の哲学は、漢字を共有する大陸、半島、日本とすべてに深い根をおろしていたのだ。

私はぐるりと会場を見渡して、再び旗に目を戻した時、小さくあっと声をあげそうになった。太極に配された赤と青の配色。「青丹よし」がそこにあった。

どうして今まで気付かずにいたのか、今となってはそのことの方が不思議である。目の前の太極旗にはっきりと、答えが描かれていたのだから。

太極というひとつの混沌が開け、はじめてそこに陰陽の両義が生まれるということが、太極に配された赤と青の二色で表わされているではないか。これは大きな収穫だ。

私は足どりも軽く、会場を後にしたのだった。

卦は古代中国の聖王、伏羲《ふくぎ》が陽の数を⚊、陰の数を⚋の記号（爻《こう》）で捉《とら》え、表わしたことからはじまったという。

青は☷（三つの爻《こう》がすべて陰の純陰の卦・地を表わす）、丹は☰（三つの爻がすべて陽の純陽の卦・天を表わす）となり、青丹は☷☰と表わすことができる。これを卦では「地天泰《ちてんたい》」とよぶ。

本来、下にある地が上に、上にある天が下にあることで天地和合の象「泰」を表現しているものだ。六十四卦中、もっとも目出たい卦とされ、街頭に立つ易者の看板にも掲げられている。

孔子の易象には、

「泰は、小往《ゆ》き大来《きた》る。吉にして亨《とお》る。

彖《たん》に曰《いわ》く、泰は、小往き大来る。吉にして亨る。すなわちこれ天地交わりて万物通ずるなり」

とあるが、「青丹吉」の語は、この易の思想からいえば最高の褒めことばにあたるものといっても過言ではない。青（☷・地）と丹（☰・天）が交わり和して、吉（万物の生命が生成する）というのである。吉は、和訓でもツイタチと訓じられるように、物事のはじまりを示すにふさわしい一字であった。

「ナラ」を修辞する「青丹吉」の語は、ナラが万物のはじまりの地、吉祥の地であることを伝えるものであったとも考えられそうだ。けれども、これですべてがすっきりと片付いたわけではない。疑問点のいくつかは依然、残されたままだ。なぜ、ナラがそうした地になりえたのか、また、この「青丹吉」と同じ意味をもって被枕詞である「ナラ」の地名を解くことができるのかどうかが問題である。私は「枕詞＝被枕詞」というアガサの定理を思い出していた。

色彩と方位が結びあうとき

私も通説にしたがわず、まず「ナラ」の語音から連想したものは、古朝鮮語で「国土、都」を意味する「나라ㅎ《ナラ》」だった。だが、なにも奈良の都だけをナラとよぶわけでは

ないだろう。奈良の都が、まだ形を整えていない時代にあっても「ナラ山」のように、ナラの語音をもつ地名は存在していたのである。

それに今でも、「奈良」のつく地名は奈良県奈良市のほか各地に散在している。奈良屋、奈良口、奈良沢、奈良原、奈良本、奈良田、奈良岳、奈良山などなど、おびただしい数にのぼる。この朝鮮語「나라ㅎ」の意味だけで、各地に分布する地名のすべてが説明できるとは思えない。那羅、那良、乃羅、乃楽、奈良、平など、さまざまな表記によって示される「ナラ」の語音は、いったいどのようなもともとの意味をもつことばだったのだろう。

私たちに馴染《なじ》みのある韓国語のフレーズに、「만나《マンナ》는《ヌン》 날까《ナルカ》지《ジ》」(また会う日まで)というものがある。

今では「날《ナル》」というと、日にちの意味でしかない。だが、これも古くは太陽を意味することばであった。日本語でも日は、日にちを意味すると同時に太陽のことでもある。ナラとナル——語音もきわめて近い。

また、「ᄂᆞᆯㅎ《ナル》」というと「経《たて》」の意でも使われている。「経」は、方角でいえば東西を結ぶ、太陽の通り道を示すものだ。ナラの語音はこの「날・ᄂᆞᆯㅎ」の意味を表わしているとは考えられないだろうか。

斑鳩や軽の「カル」の語が、方角でいえば「緯《よこ》（南北）」を表わしていたのに対し、奈良の「ナラ（ナル）」は、その主軸ともいえる「経《たて》（東西）」を結ぶラインを強調している。日の経の方角、日の聖地としての奈良。私にはそのことが、「青丹」の二文字にも色濃く投影されているような気がしてならなかった。

青はもと地上に芽をだしたばかりの双葉や地表に湧《わ》いた清水にたとえられる、生気にあふれる色を意味した。血気盛んなようすや、みずみずしさを感じさせる「青春」などということばも、中国の陰陽五行の思想によって生まれたことばである。色にすれば同じブルーでも「顔面蒼白《そうはく》」の蒼《あお》とは、ずいぶんトーンが異っている。

柿本人麻呂が詠んだ歌のなかに「青丹吉」を「緑丹吉《あをによし》」と表記したものがあるが、みずみずしさをたたえた青と草木の緑とは、つきつめれば同じ色であったということができるだろう。私の瞼《まぶた》の裏に蘇《よみがえ》ってくる色は、扶余の寺院で目にしたあの碧玉のような青緑である。無地の玉肌から浮き出す碧玉の青……。

と、その拍子に突然「九星図」のことが脳裏をよぎった。「碧」は色でいえば青緑のことである。九星図に示されるこの「碧」こそ青の象徴ではないか。

碧（青）は方位でいえば「東」、赤（丹）は「西」である。東西を結ぶ緯《よこ》のラインを示す。「날《ナル》」の語音とも結び付く。青丹吉がなぜナラに掛かるのか、その理由が

〈九星図〉

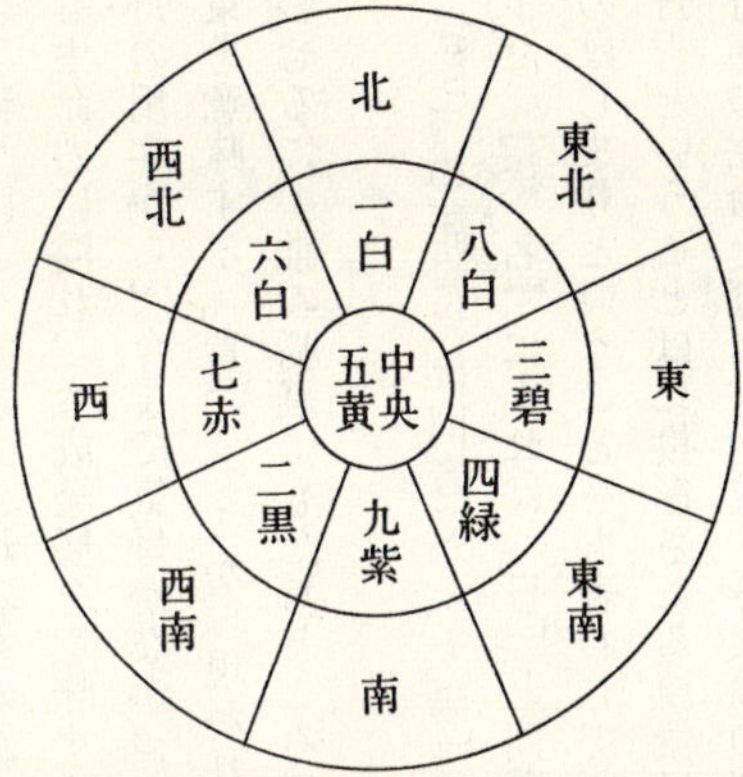

はっきりと九星図に示されていたのだ。

方位は東西南北を四つの正位において、これに中央と四隅を加えて九方位で捉えることができる。この方位の九区画に、それぞれ一白、二黒、三碧、四緑、五黄、六白、七赤、八白、九紫、という色彩名をあてたものが九星図である。

青丹の色彩と方位が結びあうとき、東西を結ぶ「日の経」のラインがくっきりと浮び上がってくるのだ。それはあたかも「青丹吉」の枕詞《まくらことば》と「ナラ」の語音が、色彩と方位という関係で掛かりあい、ひとつの「東西」という意味を実現しているようなことにも似ている。

朝毎《ごと》に太陽の昇る東は、万物の生命の始まりを告げる方位でもある。地平線をつきぬけて現われ出る太陽の方角「東」こそ、地表をつきぬけて現われ出る二葉に象《かたど》られる一字「青」によって象徴されるものだったのだ。また「青」は陰陽五気のなかでもっとも生命力に溢れ、生成発展を意味する木気にもあてられている。

青丹の用字から、今まで気付かなかった生き生きとした生命の躍動感が伝わってくる。東を意味する「青」。そこから現われ出る眩《まばゆ》いばかりの「丹」。これらのことを考え合わせるに、誰の脳裏にもたちどころに現れてくるのは、日の出の情景ではないだろうか。

丹（tan）の語音には同音で、「太陽」を意味する旦（tan）の一文字が暗示され、吉もまた、『釈名《しゃくみょう》』によれば「日」と同義に解されている。また、吉の一字をもって物事のはじまりということをも表わしていたことは前述の通りである。

青丹吉ということばに投影される風景は、明けの紺碧《こんぺき》の空に尾をひいて立ち昇る朝日、万物の生命を育《はぐ》み、生成する太陽の輝きそのものだったのだ。またそのことは、東西という、日の経の道をよりどころとして語られるにふさわしいテーマであった。

ナラの地が、卦でいえば最高の縁起をもつ福々しい地として表わされたことも、今となってはなんの不思議もない。東西を結ぶ日の聖地ナラ。そのことに古代の人たちは、万物胚胎《はいたい》の兆《きざ》しをみていたのである。

地名の起源説話

　こうした視点から今一度、奈良山（那羅山）の地名の由来について考えてみたい。奈良山という地名については、崇《す》神紀《じんき》十年に、武埴安彦《たけはにやすびこ》がそむいたとき、官軍がナラ山に陣して草木をふみナラしたから、ナラ山というと記されている。これをもって地名の起源とするにはあまりにも安易だとするむきもあるだろう。

　日本語では、土地を平らかにすることをナラす、なだらかなことをナルいと言い、また方言でもナラ、ナル、ナロは平地のことをいう。もとより標高百メートルにもみたないこの山は、ふみならされて平坦《へいたん》になったという説話を生むほどの〝平坦山〟とよぶにふさわしいなだらかな山であった。だがこの平坦になるということには、反乱を起こした武埴安彦を平らげる意も、当然掛けられていた。

　この〝平坦〟ということばを眺めているうちに、私は目の前に広がる景色をはっきりと感じはじめていた。ナラされ〝平坦〟になった山の伝承に、古代の人たちが見たもの、それは〝平旦〟の意味ではなかっただろうか。〝平旦〟ということばから映し出されるものもまた、美しい夜明けの風景だったにちがいない。

額田王や柿本人麻呂をはじめとする多くの歌人たちが「青丹吉」と詠《うた》った奈良山は、大和の北辺に京都と境をなすようにして東西に横たわるゆるやかな丘陵地である。山を越えれば和泉《いずみ》に抜け、宇治の渡《わたり》に至る。

私にはようやく、東西にわたってなだらかな傾斜をなすこの山の地勢そのものが、ナラの地名の語る本当の意味だったことがわかってきた。

古代中国や朝鮮のことばや思想、そのすべてに秀《ひい》でた歌人の手によって凝縮されたことばのエッセンス、それが枕詞であったのだろう。

万葉時代の人々が心を奪われ、詠《よ》まずにはいられなかった太陽の輝きが「青丹吉」「奈良」ということばから発散している。古代の神事に欠くことのできなかった太陽の通り道「奈良」に掛かる枕詞としてはこれ以上ふさわしいものはない。万葉歌人の手腕に舌を巻く思いである。

立ち昇る太陽の漲《みなぎ》る生命力、日々繰り広げられる新しい生命の循環、そこにさまざまな意味を見たであろう額田王や人麻呂にとって、「青丹吉」とは、変わらぬ奈良の風景のなかに、いつまでも光彩を放つ旭光《きょっこう》の輝きそのものであったのだろう。

第二章　飛ぶ鳥のアスカ

とぶとりの

名付け親たち

「アスカ」ということばの響きは、古くから実に多くの人々の心を魅了してきた。由緒《ゆいしょ》ある歴史上の故地として、また万葉集のふるさととして、今もさまざまな人々の興味をかきたててやまぬ地が明日香《あすか》である。

明日香の　旧《ふる》き京師《みやこ》は　山高み河雄大《とほしろ》し　春の日は　山し見がほし　秋の夜《よ》は
河し清《さや》けし　朝雲に　鶴《たづ》は乱れ　夕霧《ゆふぎり》に　河蝦《かはづ》はさわく　見るごとに　哭《ね》のみし
泣かゆ　古《いにしへ》思へば（前半省略、巻三—三二四）

この歌の作者、山部赤人《やまべのあかひと》をはじめとする歌人たちは、明日香に栄えた故京を歌のなかで繰り返し偲《しの》んでいる。回想そのものがもたらす美しさや悲しさが、時代を超えて人々の心を知らずと明日香の地に向わせるのだろうか。由緒ある歴史上の故地、明日香。明日という名の地に、今も人々はいにしえを回想する。

推古《すいこ》天皇の小治田宮《おはりだのみや》以後、約百年にわたって、岡本宮、飛鳥板蓋宮《あすかのいたぶきのみや》、川原宮、飛鳥浄御原宮《きよみはらのみや》など舒明《じょめい》、皇極《こうぎょく》、斉明《さいめい》、天武《てんむ》、文武《もんむ》の皇都が営まれ、統一国家形成の舞台となったこの地に、最も古くから住みついたのは朝鮮からの渡来人であったと伝えられている。アスカという地名は、彼らによってもたらされたともいわれている。「アスカ」という地名の名付け親は、いったいどのような想《おも》いをこの名に託していたのだろう。

改めてアスカの語の起こりを考えていたときだった。暗号ならぬ暗合のように飛び込んできたのが、友人の家に生まれた赤ん坊のニュースだった。その名もアスカだというから俄然《がぜん》話がはずんでしまう。

「どういう字をあてるの？」

私は早速、一報を受けた友人をつかまえて尋ねてみた。

「当ててみて」

「私の姪《めい》っ子と同じ飛ぶ鳥のアスカちゃん？　それとも明日に香る方？」

「どっちもはずれ。平仮名だって。男の子ならストレートに〝飛鳥〟もいいけどね」

もうすぐ母親になる彼女は、まるで自分のことのように目を輝かせて言う。

「そう一概には言い切れないものはあるけど、飛ぶ鳥はスピード感もあるし、どちらかというと猛々《たけだけ》しい感じでしょう。だから戦闘機やロケット、自動車とかにあったように〝ハードウェア〟っぽい名前っていうイメージもあるしね」

「ま、それと反対に、女の子の名前にもなるくらい、大和撫子《やまとなでしこ》調のおくゆかしいイメージもあるといえばあるから不思議なのよね」

アスカという名は、こうして現代に受け継がれ、私たちのごく身近なところで生き続けている。地名だけにとどまらず、人や物の名前にまでなってしまっていることにはあらためて驚かされてしまう。

「アスカは地名のなかでも出世頭っていえる。なにしろ今では、アスカっていうネーミングは多いでしょう。新聞広告で目にした新型の豪華客船から、人気歌手やマンガ雑誌の類《たぐい》まで」

「こうしたものはみんな、ひとつの地名が生んだ現代のアスカ・ブランドってわけだね」

たしかにアスカの語は、歴史上の聖地として誰もが知るところである。だが、語音のもつ意味、表記にあてられたそれぞれの文字のもつ意味が格別、神聖なイメージを喚起するというわけではない。逆に「飛鳥」の表記からうけるイメージは、彼女の言うように、飛翔《ひしょう》する鳥、その力強くはばたくさまそのものである。

飛鳥をアスカと訓《よ》む――アスカの語音を伝えるために、わざわざ飛鳥の表記を選んだということが、そもそも不思議ではないか。万葉集にはアスカが詠《よ》まれている歌は地名、川名をとわず四十六例ある。ところが、「飛鳥明日香《とぶとりのあすか》」という枕詞《まくらことば》は、広く知られるわりには用例は三つしかない。飛鳥《とぶとり》が明日香に掛かる枕詞であるから、飛鳥にアスカの訓みが生じたという説もあるくらいだから、飛鳥をアスカと訓むことも枕詞が生んだ暗黙のルールといったものなのだろうか。知っていたはずのことも、改めてなぜと問われると返すことばがない。

「飛ぶ鳥」のどのような点が「明日香」のもつ意味や語音と符合するのか。また、ひとつの枕詞としてどのような意味をなして互いに掛かり合うのか。

長年にわたって試みられてきたこの地名の意味の解釈のなかで、一般的になっているものには、次のような諸説がある。

飛鳥をアスカと訓むのは、朝鮮語アンスク、アスク（河内《かわち》安宿）からきたもので、飛ぶ鳥の安らかな宿、ふるさとの意。大和の明日香を飛鳥というのも、もとは「飛ぶ鳥の」という枕詞からきたとする説。

また、一方では天武十五年（六八六）、朝廷に朱鳥《あかみどり》が献ぜられた際、この鳥がめでたい瑞兆《ずいちょう》であるとして、年号も「朱鳥」と改元、宮の名も鳥にちなんで「飛鳥浄御原宮」と名付けられたことから飛鳥は明日香に掛かる美称となり、アスカの訓みが生じたとする説。

河内の安宿《アスカ》がもとになったといえば、一方では大和の明日香がもとになったという。なんだか卵が先か鶏が先かという珍問答に似ているが、いずれにせよそれに美称としての飛鳥が付されたことで、美称そのものにもアスカの訓みが生じたというものである。

飛鳥とは、天武天皇の病いの快復を願う朱鳥のことだったというが、事の真偽はいかがなものであろう。

この時、天武天皇はすでに病いの床についていた。時を経ずして年号が、朱鳥元年とあらたまったとたん、天皇は息を引きとる。このような時に瑞兆としての朱鳥が献上されたということも、それが「鳥」でなくてはならなかった理由があったのだろう。

古代の人々にとっても、飛鳥は飛ぶ鳥以外の何ものでもなかったはずだ。その飛鳥に何を意味づけたのか。安住の地、瑞祥の兆《きざし》などといわれればなるほどとは思うが、肝腎《かんじん》の枕詞としての掛り方はどう説明すべきなのだろう。たんに美称として片づけてしまってもいいものなのだろうか。

語音と表記は表裏一体となってひとつの意味を実現している。飛鳥という、一見アスカの語音とはかけ離れた感じをうけるような表記でさえ、適当にあてられただけのものではなかったはずだ。

この他にも、アスカは「ア・スカ」（スガ・ソガ）——平らな砂地、潔斎をする聖地、と解く説などあるが、どれも、その音の起こりと表記との関わりに焦点をあわせたものではない。

語音の起こりを表記との関わりのなかに見つけていく。そのことを通して「アスカ」の地名の語る意味、名付け親たちがそこに託した想いに一歩でも近づければと思う。

明日の地へ

さて、私たちは「明日香」を第一のターゲットに定めた。私たちの〝アスカの旅〟

の一里塚というわけである。

万葉集、古事記、辞典、地図、枕詞一覧表など各自が持ち寄る資料の他に、今朝は、皆がそれぞれの発見メモを新たに持ち寄っていた。

明日香の表記は、意味の上では「明日《アス》・香《カ》」と区切ることができる。その点に関しては皆、異議なしということだった。

「アスカのカは、日本語でも住みか、ありかなどというように場所を示す語なんじゃないかと思う」

「そういえば、他の地名でも日下（くさか）、朝霞（あさか）、横須賀（よこすか）みたいに、カが接尾語になっている例って多いよね」

「朝鮮語の古語でも〝マ（カ・ガ）〟は場所、特に河辺や池の端をあらわすことばだろ、飛鳥川の河辺の地という意味だったんじゃないかな……」

「でも、表記に〝香〟の一字が用いられた理由はどうなるの？　音を表わす一字としてあてられたっていうだけじゃなかったはずだものね」

「そのことは私も考えてみたんだけれど、香（hɪaŋ）には同音で〝郷《さと》（hɪaŋ）〟の意味を重ねていたとは考えられない？」

「つまり、日本語としてみても、朝鮮語音や中国語音と対応させてみても、どれも同じように場所を示す語としての意味が〝香〟にはあったということになるわけか」

「明日香は文字通り〝明日の地〟という意味を担《にな》った地名だったとはおもしろいね」

皆の発見メモのおかげで、的はさらに絞られてきた。アスカは「明日《アス》の地《カ》」。だが、飛鳥がなぜこの「明日の地」に掛かるのか、そこにあるはずの関連がまだ見えてはこない。

「飛鳥」は、たしかに私たちがよく知っている鳥たちのことではある。だが、誰もが知っている素材だけに、どうやって調べていっていいものやら糸の結び目が見つからないのだ。鳥の生態の実地調査と称して代々木公園まで缶ビール片手に赴く仲間までいて、当分収拾はつきそうもない。

私もとにかく「鳥」に着目してみることにした。古代の人たちが「鳥」をどのような目で見ていたのか、どんな断片的なことでも可能な限り洗い出そうと思ったのだ。

私たちが「デブ辞書」とよんでいる『漢和大字典』(藤堂明保編)には、約一万一千の漢字が収録されている。そのなかで、現在とりと訓まれるものはたった五文字である。初《しょ》っ端《ぱな》からこれではさすがに拍子抜けだ。だがとりあえずは順ぐりに見ていくことにした。

これらはどれもとりの総称として用いられる漢字ばかりである。

酉——十二支の酉《とり》

隹——尾の短いずんぐりとしたとり

鳥——尾のたれ下ったとり

禽——網やわなで捕えられるとり

鶏——ひもでつないで飼ったとり

これだけでは、家畜にできるかできないかというような点だけについて区分したようなものだ。際立《きわだ》った特徴といっても、あまりに大枠すぎてわからない。

といっても、辞書の「鳥部（とりへん）」を占める一五五文字のとりをくまなく調べてみたところで、いっこうに埒《らち》があかない。意気込んで始めた調査も、一五五個のとりたちのおかげでますます混乱するばかりだ。

私は辞書を閉じた。

「ね、連想ゲームやらない？」

ほとほと疲れ切った私は、傍の仲間に話しかけてみた。

「隠しテーマは〝鳥〟。それも〝飛ぶ鳥〟っていうの」

調べものをしていた仲間が怪訝《けげん》そうに顔を向ける。

「隠しテーマを先に言ったらゲームにならないよ」

「じゃ、ヒントになりそうな〝飛ぶ鳥〟の特徴を思い浮べるっていうのはどう？」

返事はすぐに返ってきた。

「そうね、羽を拡《ひろ》げる。だって飛ぶ時だけでしょ、鳥が羽を拡げるのって」

「虫だって羽を拡げて飛ぶよ」

いきなり話に割り込んできたのは、脇《わき》で弁当を広げていた早弁少年だった。

「それより、勢いっていうのはどうかな？　飛ぶ鳥をおとす勢い――ということばもあるだろ。鳥は同じ飛ぶのでも、目にとまらないほどの速さで飛ぶことに特徴があるんじゃないかな。その速さは勢いともいいかえることができる」

「なるほどね」

「希望の未来へ羽ばたく――という決まり文句も立派なヒントになりそうだしな。翼を拡げて飛ぶ鳥は、明るい未来とか、明日とかを連想させる」

「えっ、今何て言った、明日？」

私の甲高い一声に、彼の方が気圧《けお》されたようだった。

「そうか、飛ぶ鳥は〝明日の地〟からそう遠いところにいたわけではなかったんだ」

「なんだよ、これってゲームだろ」

「うん、まだ誰も手をつけたことのない、人跡未踏の大ゲーム」

　飛ぶ鳥と明日香との関連は「明日」にあるのかもしれない。私は漠然とだがそんなふうに感じ始めていた。飛ぶ鳥といえば誰しもまず思い浮べるものは、翼だろう。羽ばたき、勢い、速さ……その鳥にまつわるすべてのイメージもまた、翼あってのものである。私は、今度は迷わず辞書のページを繰ると「翼」の項に目をおとした。

翼――あす。あくる日。▽翌に当てた用法。「翼日」

　あまりにも見事な符合だ。翼そのものにあすの意味がある。私はしばし開いた口がふさがらなかった。

　翼（d̥iek）の字体は、鳥の立てたつばさを描いた象形で、その語音は、一枚だけでなく、もう一つ別のつばさがある、ということを表わしている。同じ二枚で一対になったはねの状態を表わすにあたり、羽の字体は、二枚のはねを並べて下のものをおおうという点に着目しているのに対し、翼は一枚ではなく、別にもうひとつあって対をなすつばさという点に重点をおいた一文字なのだ。

　この翼と、まったく同じ意味の字体、語音をもつ一字が「翌」（d̥iek）である。今日を基点にした、もうひとつ別の日――翌日（あす）とは「翼日」とも表わされている。古《いにしえ》の人たちが、拡げた鳥の翼に今日と対をなす明日という日を重ね見ていたことが、表記にはっきりと示されていたのである。

「飛鳥　明日香」の枕詞では、飛ぶ鳥の翼によって「明日」という意味が強調されていたことがわかる。万葉集には「明日香川　明日の……」と掛けた例は二つあるが、ここで強調されているものもまた「明日」であった。

　このように、「飛鳥」が枕詞として「明日香」に掛かる理由も、二つの表記のかけ橋になる隠しテーマ「翼」を見つけることではじめて説明できるものだったのである。

　ようやく私たちは次の道標のところまで辿《たど》り着いたように思う。その道標とは〝明日の地とは何か〟という新たな謎《なぞ》の出発点でもある。地名に明日とつけられているからには、その意味を地形や方位にふさわしい観点から考えてみなければならないという問題も残っている。とにかく今はこの道標に沿って〝明日の地〟をめざすことにしよう。

東へと進路をとれ

渋谷は二十四時間営業の街である。トラカレを後にネオンサイン瞬《また》く大通りにくりだす。十時を過ぎると話の続きは飲み屋で、というのが私たちの通常のコースである。話題は種々さまざまで恋愛談議に花が咲くかと思えば、量子力学に生命遺伝子にと、めまぐるしくテーマが飛ぶ。タイ語、マレー語、スペイン語をチャンポンにして歌い出すような連中が出てくるころにやっとお開きというパターンである。

「また明日ね」

「何言ってんだ、もう十二時を回ってるよ」

あわてて駆け乗った電車のシートには、死んだように泥酔している人たちの顔が、萎《しぼ》んだ朝顔の花のように並んでいる。

「朝《あした》には紅顔ありて夕《ゆうべ》に白骨となる」

知らぬまに明日を迎えてしまったことに後悔しきりの私の脳裡《のうり》に、不意にそんなことばが浮かんできた。たしか万葉集のなかにも「朝夕《あしたゆうべ》に……」という句ではじまる歌があったことを思い出す。朝をアシタと訓《よ》むことが急に不思議に思えてきた。朝と明日は同じ意味のことばなのだろうか。こうなると酔いも一度に吹きとんでしまう。

アス・アサ・アシタ、語音も同系統の語といっておかしくない。帰宅するや服を着換えることも忘れて、辞書をあたった。

辞書のことばを借りて言うならば、朝も明日も、ともに「太陽のでてくる時」という意味ではまったく同じものであるようだ。明けて次があくる日（明日）なら、明けること自体が朝なのである。「明日の地《アスカ》」は「朝の地《アサカ》」とも言いかえることができそうだ。これはかなりいい線をいっているのではないか。

一説によれば、現在ある〝アサカ〟という地名のいくつかは〝アスカ〟の音がのちになって転じたものであり、伊勢の〝アスカ〟などはその一例であるという。〝アサカ〟は浅香、朝香、安積などと書くようになるが、もとは〝アスカ〟と同類の語であった可能性も強いとみられている。私たちもこれにはまったく同じ意見である。

だが、ここではさらに突込んで考えてみたい。明日香がなぜ「朝の地」という意をもつ地となり得たのかが問題なのだ。

地形、方位に基づいて考えるならば、朝といえば太陽の昇る刻《とき》であり、その指し示す方角は「東」である。「明日の地」を捜し求めてきた私たちは、とうとう〝「東」へ進め〟の道標を見出《みいだ》すことになったようだ。

早速、一万分の一の地図をひろげてみる。明日香が何を基点としての「東」を表わしているのか、その基点となるものを探るのだ。

飛鳥（明日香）の地は、現在「奈良県高市郡明日香村およびその付近、広くは東は稲淵山、南は檜隈《ひのくま》、西は軽にかけての丘陵地、北は桜井市・橿原《かしはら》市および高取町の一

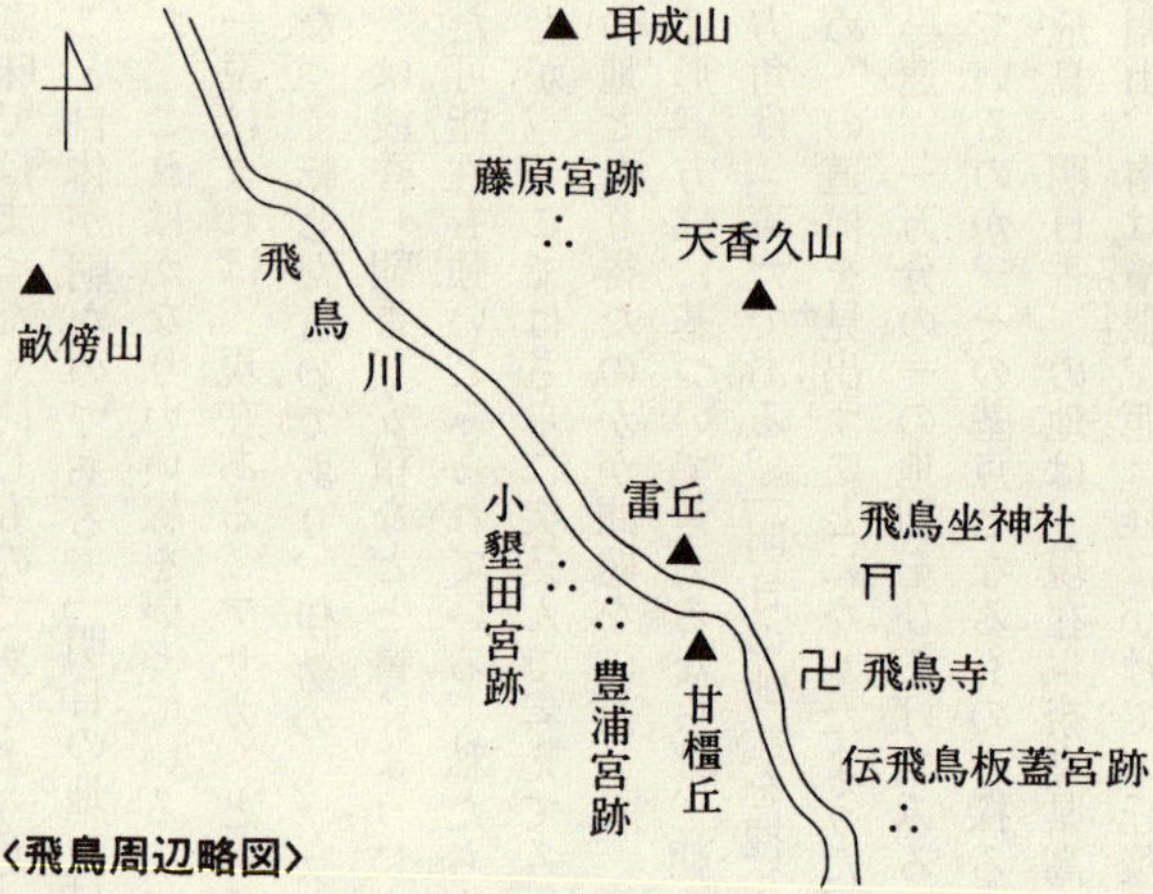

〈飛鳥周辺略図〉

部を含むが、普通は中心部の島庄・橘あたりから雷丘《いかずちのおか》へかけての飛鳥川流域をさす」（『万葉集事典』中西進）といわれている。地図でみると今の明日香村と呼ばれる地域はずいぶん広い。だが、元来はさほど広い地域ではなかったことがわかるだろう。字名《あざな》としての飛鳥は、飛鳥川の東岸、飛鳥寺付近をいう。字名が行政措置などによる改変を受けにくいものであることを考えあわせても、古くから飛鳥の地が川の東岸、飛鳥寺、飛鳥坐《あすかにいます》神社を中心とした辺りであったことはまちがいない。

私は地図を眺めているうちに奇妙な一致に目を奪われた。飛鳥と名のつく史跡のほぼ全《すべ》てが飛鳥川の東岸に集中しているではないか。そうか、東という方位の基点となるものは「川」だったのだ。目の前の霧が一挙に晴れていくような思いだった。

田圃《たんぼ》の起伏をぬってはしる飛鳥川の澄んだ水音、朝雲や夕霧に遠くかすみ幾重にも融《と》け込んでいく背後の山々。私は冒頭の山部赤人が詠《うた》った歌の風景を思い出してみた。赤人だけでなく、飛鳥を詠った多くの万葉歌人たちの印象が、この「飛鳥川」にあったということにどうして気がつかないでいたのか。

川を基点とした東岸の地。明日香（飛鳥）の地名は実にシンプルにそのことを伝えてくれていたのである。それはまた、岸俊男氏の研究の成果——「七世紀には香具山の南麓《なんろく》～橘寺《たちばなでら》に及ぶ範囲、飛鳥川と東方丘陵にはさまれた、飛鳥川の右岸一帯が飛鳥とよばれていたことが明らかにされた」（『日本古代宮都の研究』所収「飛鳥と方格地割」）によってもはっきりと裏付けがとれる。

川の東岸に位置した明日香（飛鳥）は、日出《ひいず》る〝朝の地《アスカ》〟として、古代の大王《おおきみ》や渡来人たちの都として栄えていったのである。

「朝の地」という表現から私が自然に連想したことは、朝鮮半島の人たちが自国のことを「静かなる朝の国」と呼ぶことだった。朝鮮という文字使いそのものがこの意味を体している。事実、土着の人たちを除けば、飛鳥の人口の大半は半島からの渡来人たちで占められていた。あいついで渡来定着した人々は、やがて官人として多くが朝廷にうけいれられ、外交や財政に手腕を発揮したという。

彼らはかなり古くから、未開の原野であった飛鳥川の谷あい、とくにその東岸の地に住みつき、そこを「アチャム」と名付け、呼び伝えてきたのではなかろうか。「아《ア》참《チャム》」とは古朝鮮語で「朝」を意味することばである。日本語の「アサ」の語は、明らかにこの「아참《アチャム》」の語がもとになっている。アチャ（ム）→アサ→アスはきわめて近似した音の枠内にある語音であり、意味もまったく同じだ。まだ幼児ことばを話すこどもたちが「サムイ」を「チャムイ」などというのも、これと同じ理由からである。

彼らが古く、わざわざ川の東岸を選んで集落を築いたことも、自分たちの集落の側から日が昇るということに、遠く離れた自分たちの故郷を重ね見ていたからではなかっただろうか。

個々の表記のもとにあった「アスカ」の音はどうして生じたのかを考えてみる時、私には「아참《アチャム》」―アチャカ、ということばが、そんな欠けてしまった歴史の空白を埋めるものとしてあったように思えてくる。

遠近法に注意！

今もって、飛鳥と明日香という表記はどちらが古いのか、また本来、どちらが正しいのかなどという論議は続いている。『万葉集』をみるかぎりでは明日香の用例の方が圧倒的に多いが、『記紀』などではほとんどが飛鳥である。

「飛鳥」の表記が七世紀末頃にはすでに公に用いられていたものであることは、藤原宮跡の発掘調査で出土した木簡《もっかん》などから推定されている事実でもある。

だが、私たちが私たちなりに追い求めてきた「アスカ」の意味は、飛鳥と明日香の表記のどちらが本家本元なのかというような問題に深く関わるものではなかった。異なる表記のかけ橋になっている「アスカ」の語音こその意味では最も古いもの、表記以前にある唯一《ゆいいつ》の源流といえるだろう。

アスカの語には、古代日本の神聖方位と結びあう「川の東岸の地」の意味が込められていた。その語音の意味をもって「飛鳥」と「明日香」は、互いに掛かり合う関係、枕—被枕詞《ひまくらことば》の関係にあったことがわかる。

飛ぶ鳥のシルエットから翼の意味を抜き出して、飛鳥と明日香という二つの表記に投影させる。表記は違っても、伝えようとしたメッセージの中身は同じものだったのである。

紆余《うよ》曲折しながらも、終電で見かけた酔客の顔がきっかけでここまで辿り着いたという実感はあったが、喜ぶにはまだはやかった。アスカに関するメモを残した古いノートを閉じるとき、見なれた筆跡の一行が目に入ったのである。

「遠近法に注意！」

私にはこの一言に託されたアガサの意図がすぐに呑《の》み込めた。そうだ、すっかり忘れていた。もうひとつの飛鳥である「河内《かわち》飛鳥」も視野に入れておかなければ。私たちトランスナショナル・カレッジ・オブ・レックス（通称トラカレ）の活動において、何かが停滞したとき、必ず当意即妙のアドバイスを、しかもすこぶる気取った形で示してくれるのがこのアガサなる人物である。

二つのアスカ

飛鳥というと一般的には奈良県の大和飛鳥が有名だが、大和から山ひとつ越えた河内国（大阪府）にも飛鳥がある。飛鳥という地名は数々あるが、近飛鳥《ちかつ》という呼び名は河内飛鳥を、また遠《とお》つ飛鳥は大和飛鳥のことを指す。アガサのいう「遠近」とは、ここでいう二つの飛鳥のことを言っているに違いない。「アスカ」という地名に関して、大和の飛鳥のことだけ調べていたのでは足りないだろう。

閉じそうになる目をこすりながら、とりあえず場所だけ確かめてみようと地図を拡《ひろ》げた私だったが、たちまち眠気は失《う》せてしまった。

地形のもつ特徴が、大和の飛鳥とまったく同じなのだ。しかも、南東から北西へと流れる川はとりわけ地図のなかでも浮き上がってみえてくる。「飛鳥川」だ。もちろんこの川は大和の飛鳥川と流れを同じくしているわけではない。だが河内の飛鳥もまた、大和と同じように、同じ飛鳥川の東岸に位置しているではないか。

大和飛鳥が川の東岸だけでなく、現在は周辺のかなり広い地域の呼称となっているのに対し、河内飛鳥は現在でも川の東岸の限られた地域のみそう呼ばれている。川の東岸の地という私たちの見つけたアスカの意味が、正しいものであったことを、河内飛鳥の存在によって二重に知ることができたことになる。まったく同じ地形、地名をもつ二つの飛鳥。古代の人たちはその混同をさけるために、大和飛鳥を「明日香」、河内の飛鳥を「安宿」と表記することによって区別していたのだ。

だが、安宿と書いてアスカと訓む。この表記もまたいわくありげである。

河内の安宿《アスカ》は大和の飛鳥同様、地名起源については定説をもたない。安宿の地名の起こりをめぐっては諸説あるが、古い文献には、古代の河内国安宿郡という地名がみえ、これはもと「あすかべ」と訓まれていたことがわかる。安宿は、朝鮮語音では「안숙《アンスク》」であり、それがもとになって、アスカベ→アスカと音が転じたとみられているらしい。

朝鮮から渡来した人々が、文字通り彼らにとっての安らかなる宿（安住の地）を見出し、その地を「安宿《アンスク》」とよんだのだろうというのである。

だが、立ち止まって考えてみれば、日本でも安はアン、宿は呉音ではスク、漢音ではシュクと訓まれたわけだから、安宿《アンスク》の語音の源は朝鮮語でも日本語でもない。もとは中国の漢字の音である。アンスクの音の起源が朝鮮語というわけではないのである。

表記こそ違え、飛鳥、明日香、安宿は、どれも同じく「アスカ」と訓まれる。大和と河内のそれぞれ似たような土地に住み着いた人々が、互いにその地を「アスカ」と名付けたことも、決して偶然の一致というわけではなかろう。ある意図をもって同じ地名をつけ、そこに関連性をもたせていたとは考えられないだろうか。

アスカの語音の意味は、川の東岸に位置するふたつのアスカの地勢をそのまま写しとったものになっていた。東を意味するアスカの語音に、白々と明ける朝の風景が投影されていたのである。

だが「安宿」の表記をみていると、朝というよりは逆に夜のイメージが喚起されるのはなぜだろう。宿の一文字が、一夜を宿る旅籠《はたご》や宿屋を連想させるからだろうか。古く中国の『論語』には、一夜の泊りを宿、二夜を信、三夜以上の泊りを次といったとある。宿は一夜の泊りを表わし、古訓でもはっきりと「ヨル」と訓まれていることにあらためて驚かされる。

大和のアスカが「朝」なら、河内のアスカは「夜」ということになるのか。互いの表記にはまったく相容《あい》れない対の意味が示されている。

「ま、たしかに一夜を宿れば明日になる……か。あとは明日考えよう」

私は整理のつかなくなった頭を抱えて、言い訳めいたひとりごとをつぶやいていた。

飛ぶ鳥の早く来まさね

目が覚めると枕もとの時計は九時を告げていた。飛び起きた私は、あわただしく身支度を整えると階下に向かう。

「おやまあ、今朝はずいぶんとゆっくりだねえ」

地味な千筋《せんすじ》の着物にきっちりと帯をしめた祖母の姿が台所にあった。

「遅刻、それも大幅に遅刻。アガサのせいなのよ」

あたふたする私を横目に、嘆息まじりに祖母がいった。

「あんたのひいおじいちゃんは、朝の三時頃から畑に出ていたもんだがね……」

午前三時といえばまだ日の出にも遠い時刻ではないか。大地震でもない限り私は三時どころか六時にさえ起きることはない。そんなところが明治生まれの祖母にとってはことさら腑甲斐《ふがい》なく映るのだろう。

「田畑をやっている人は、まだ暗いうちに起きたもんだよ。そうした人たちにとっては三時といったってもう朝方なんだからね。万葉の時代の人たちも彼者誰時《かわたれどき》を朝と呼んでいたんじゃないのかい？　たしか〝暁《あかとき》の彼者誰時に……〟っていう歌があったと思うけどね。昔の人たちは、まだ誰なのか顔の見分けもつかないほど暗い時分を〝朝〟といっていたもんだよ」

「それをいうなら、誰《た》そ彼時《かれどき》っていうのもあるよ。私にとっては、人の見分けがつかない時分は夜のうち……ってこと」

「ま、ともかくさ、早起きのできない人間は何をやらせても駄目なもんだと、昔の人はよく言ったもんだよ」

耳の痛い話である。私は祖母が温めなおしてくれた味噌《みそ》汁《しる》を掻《か》き込むと、台所から退散した。

慌《あわただ》しく玄関に立つと、軒下に巣をつくっている燕《つばめ》が、流れるような弧を描いて飛び立っていった。目で追いかけるのも不可能なほどのスピード感である。続いてまた一羽。つがいの燕なのだろう。「鳥」に関心を奪われているときだけに、しばらく呆然《ぼうぜん》と巣を見つめてしまった。

飛ぶ鳥の属性としてやはり「速《スピード》」は欠くことのできない要素といえよう。速はスピードがはやいことをいい、早は時刻がはやいことをいうが、日本語としてはどちらも「はやい」意味を表わす類語だ。

冬ごもり　春さり行かば　飛ぶ鳥の　早く来まさね……（前半省略、巻六―九七一）

と詠ったのは高橋連虫麿《たかはしのむらじむしまろ》だが、飛ぶ鳥のように速く帰ってきてほしいと、ここではあきらかに飛ぶ鳥を「はやさ」の象徴として詠《よ》み込んでいる。飛鳥が早と結ばれた一例である。

、早はもとドングリの象形文字で、ドングリの表皮のように「黒い」の意が転じて、朝まだ暗い時を指すことばになった。しかも古訓では、早（アシタ）と訓《よ》まれている。早い—暗い—明日という意味の関連に、

「朝は日の出前の暗い時分のことだったよ」

といった祖母とのやりとりが思い出される。

暁（あかとき）ということばも、今では明け方の意味でしかないが、古語ではまだ明けやらぬ暗いときのことだった。

日の出とともに朝を感じる私にとってはちょっと意外な気もするが、たしかに暗い時分を朝とよんでいたのだ。

飛ぶ鳥の速さもまた、未明の朝、明日の意に結びつくものであったことがわかる。

私はふと、天武天皇の病いの快復を祈願して献上されたという、朱鳥《あかみどり》のことが頭をよぎった。あの鳥はもしかしたら夜明けを告げる鶏であったのかもしれない。朝を象徴する鳥を献上したということには、早い快復を願う心が託されていたのだろう。

対をなす翼

そんな矢先、友人の結婚披露宴の席で偶然あすかに会う機会を得た。いきなり何の話かと訝《いぶか》るむきも多かろう。赤ん坊の名前である。あすかちゃんは、うっすらと産毛《うぶげ》ののこる柔らかな頬を上気させて、おじいちゃんの腕のなかにすっぽりと包まれていた。いかにもすくすく育っているという印象だ。思えばこのすくすくも「速速」なのだろう。早く大きくなあれ。おじいちゃんに抱かれた赤ん坊を見ながら、私は枕詞と被枕詞のようだな、と思った。

早――この一字は安宿の地名を解く上で、大きなヒントを私たちに与えてくれていた。早にあてて用いられ、早朝未明の時をあらわす一字がみつかったのだ。「夙《しゆく》」である。しかも「夙」は「宿」の書きかえ字として広く使われているものでもある。夙志（宿志）、夙怨《しゆくえん》（宿怨）などのようにこのふたつは「siok」という同じ語音をもつ、同意のことばなのである。夙には「速い（スピード、テンポがはやい）」と「早い（時間がはやい）」のふたつの意味がある。飛ぶ鳥の速さ、朝早くという時間的な早さがともに安宿の用字に表わされていたと考えることができそうだ。安宿の宿(siok)には夙(siok)の早朝未明という意味が二重にかけられていたに違いない。

だが、それならなぜ、はじめから「安夙」という地名にしなかったのだろうか。当然のことだが、あらためてそんな疑問が頭をもたげてくる。あえて「安宿」の用字を選んだ根拠はどこにあるのだろう。

　アスカの語音には、東方の地という意が表わされていた。明日香、安宿の表記は、飛ぶ鳥の翼やはやさといった特徴に注目して、朝、明日の意をともに伝えてくれていた。大和のアスカと河内のアスカはふたつで一対をなす地であったことがはっきりとわかるのだ。そして、このふたつの地を結ぶラインによって、はじめてくっきりとした東西の対比も浮び上がってくる。宿の一文字をあえて選んだ理由もここにあったのだ。

　同じ飛鳥川の東岸に位置するアスカでありながら、対としてみれば、東の明日香に対して西の安宿なのである。宿の表記で、それが大和に対して西方に位置するものであることを暗喩したかったのだろう。

　明けていく朝日のように輝かしい東方の地アスカ。それは大和と河内にまたがって拡げた鳥の翼のように両翼をなすものだったのである。

　ようやく私たちの眼の前に、力強く飛び立とうとする鳥たちのシルエットが立ち現れてきた。

飛鳥殺人事件

事件の発端

仁徳天皇には伊邪本和気命《いざほわけのみこと》（履中《りちゆう》天皇）墨江中王《すみのえのなかつおう》、水歯別命《みずはわけのみこと》（反正《はんぜい》天皇）という三人の同母の皇子がいた。

事件は天皇の没後（三九九年頃）、その難波宮《なにわのみや》に始まった。皇位をねらう墨江中王は、酔って寝ていた兄を殺そうと大殿に火を放ったが、履中天皇は危機一髪のところを臣下・阿知直《あちのあたえ》に救《たす》け出された。大坂道を逃げる一行は、途中山中で出会った娘に当《たい》麻《ま》道を行けと教えられ、その道を経て無事に石上《いそのかみ》神宮に難をのがれることができた。事件を知って馳《は》せ参じたもう一人の弟、水歯別命も、同心かと疑った天皇は会おうともせず、邪心がなければ墨江中王を殺して、その証《あか》しを立てることを命じた。難波に引き返した水歯別命は、墨江中王の臣下・曾婆訶里《そばかり》を抱きこみ、大臣の位を授けることを条件に主君を殺害させた。

二人は連れだって石上神宮へ向かったが、途中一泊した地で約束通り曾婆訶里に大臣の位を授け、その直後に彼を殺害した。その地を名づけて「近飛鳥《ちかつ》」という。

翌日倭《やまと》に入った水歯別命は、殺人の穢《けが》れを祓《はら》うために、そこに一泊した。その地を「遠飛鳥《とほつ》」という。

河内飛鳥を近飛鳥、大和飛鳥を遠飛鳥として語る古事記の起源説話である。

「仁徳天皇の没後、三人の皇子の間で皇位継承をめぐって事件が起こる。よくある話だ。忠誠の証しとはいえ、兄を殺すためにその臣下を抱き込んで殺害させた。だが真相を知っている下手人は、次には自分が被害者になる。現代にも通じる連続殺人のパターンだね」

「でも殺人事件とはいっても、ホームズやポワロのように鮮やかに犯人をあげて見せる必要はない。このケースではすでに犯人も犯行の動機も明らかなのだから。唯一《ゆいいつ》不明なのは、遠近飛鳥の説明とこのような事件とが関わり合いを持っているのかどうかということでしょう」

「履中天皇の条は、この起源説話だけで成り立っているといっていいし、即位前のこの事件と地名起源は切り離せない関係で語られていることは事実だね」

「それにしても、なぜこんな殺人事件で地名起源が語られたのだろうか。問題だね」

説話のどこかにひそんでいる真犯人——飛鳥の秘密を事件発生から千六百年後のこんにち、白日のもとに引き出すことができるのだろうか。まずは全体の情況を正確に把握し、犯人のトリックを見破る手がかりをつかむことから始めなければならない。

飛鳥殺人事件捜査本部が設置され、私たちは早速、現場検証にとりかかった。

さいわいにも、現場には犯人の足あとが化石のようにくっきりと残されている。だが奇妙なことに、それらの足あとのすべては、たがいに逆方向を示しているのである。この奇妙な足あとに、私たちの目は釘《くぎ》づけになってしまった。

難波宮に起った第一の殺人事件は未遂に終わり、兄に謀叛《むほん》を起した弟は逆に自分の臣下に叛《そむ》かれて殺害され、次にその臣下は、新しい自分の主君に欺《あざむ》かれて殺されている。

未遂と既遂の殺人事件

臣下による主君殺しと主君による臣下殺し
火中に身を投じて主君の危機を救う臣下と、大臣の位欲しさに自分の主君を欺き殺す臣下
兄に謀叛を起こす弟と忠誠を誓う弟
近道の大坂道を逃げる天皇に、遠回りの当麻道を行けと教える娘
舞台となった摂津国《せつつのくに》・難波宮と大和国・石上神宮の東西の位置、その間を上り下り往来する水歯別命

主従・兄弟——上下の対の間柄で起った事件は、すべて対照的な「対」の組合わせで構成されているのだ。つまり、これらの関係は、図示すれば、みな逆向きの足あとになる。その頂点に「遠近飛鳥」を語る二つの言葉が位置している。

今日は此間《ここ》に留まりて（先《ま》づ大臣の位を給《たま》ひて）明日《あす》上り幸《い》でまさむ
今日は此間に留まりて（祓禊《はらひ》をして）明日《あす》参出《まゐで》て（神の宮を拝《をろが》まむとす）

ここにも今日留まると明日上る、同じ行為と異なる目的の対を見ることができる。対立する二つのものが、統一ある一つの組合わせになっているが、この対照《コントラスト》こそ、説話の現場に見られるすべての足あとの共通義といえる。
犯人の同じ手口は事件を解く有力な手掛りであるにも拘わらず、これらの対は、か

つてベテラン刑事たちの誰一人からも、一顧だにされてはいない。

一体何のためにこんな足あとが記されたのか——目的はいうまでもなく「遠《とおつ》飛鳥」「近《ちかつ》飛鳥」を説明するためだ。「遠近」の対語で表わされている両飛鳥の対の関係を示すための伏線としての対集中だったと考えることができる。それぞれの飛鳥川の東岸に位置し、同じく朝（東）と命名された東西二つのアスカは、譬《たと》えれば同じ二枚の羽である。だが、それぞれは異なる左右の羽でもある。

両アスカの関係は「羽＋異（もう一つ別の）」で構成される「翼」そのものといえよう。

説話の現場に見られるすべての対は、「翼」による「飛鳥」の意味を実現するための道具立てであり「羽＋異」のトリックだったのだ。羽を縦糸に、異を横糸にした手法によって「飛鳥」の意が織りなされていったのである。

現場検証の結果、私たちは互いに逆向きの奇妙な足あとが、実は飛ぶ鳥の「翼」である、という確証を握ることができた。

足が逆方向に向いていては歩けない。だがシンメトリーをなす翼が二つながら空気を掻《か》くとき、鳥は飛ぶことができるというわけである。

水歯別命証言を検証すると

捜査は順調に進み、取り調べは第二段階に入った。

二つの殺人事件における実質上の犯人である水歯別命に対する尋問開始である。犯人しか知り得ない、事件の真相があるはずだ。私たちは明白な回答を期待した。

——あらためて聞きますが、墨江中王を殺害した後、どうしましたか。

答　曾婆訶理とともに、天皇のいる石上へ向いました。

——途中で一泊していますね。なぜですか。

答　約束通りその夜ソバカリに大臣の位を授けるためです。だが、ソバカリは小人の分際で過ぎた大臣の位をのぞみ、自分の主君を殺害する不忠を犯したわけですから、当然の報いとして殺害したのです。

——不忠といいますが、それはあなたがやらせたことじゃありませんか。

答　私は天皇の命令に従ったまでです。主君が臣下を殺すのに理由の如何《いかん》は問いません。しかし臣下が主君を殺すことは理由の如何を問わず、絶対に許されません。

――理不尽な時代だったのですねえ。まあ、いいとしましょう。翌日そこを発《た》って倭に入りましたね。なぜ石上に直行しなかったのですか。

答　殺人の穢れをはらうためです。

――つまり今日留まり明日上るという同じ行為ではあるが、その目的は違うわけですね。

答　そのとおりです。

――ところで、最初に泊った地を近飛鳥、翌日泊った地を遠飛鳥といっていますが、どういうことですか。

答　河内飛鳥と大和飛鳥という意味です。

――つまり安宿《アスカ》と明日香ということですね。

答　そうです。

――二つを遠近の対で表わしていますが、文字通り時間や距離の遠い・近いを指すと見てよいのでしょうね。

答　そのことはすでにお話しした通りです。それ以上でもそれ以下でもありません。

不機嫌そうな顔をしてそれっきり黙り込んでしまった水歯別命は、再び目を閉じて深い眠りに入ってしまった。尋問から得られる新たな手掛りは何もなかった。「飛鳥に明日をかけて説明したもの、たんなる語呂《ごろ》合わせにすぎない」というベテラン刑事たちの〝注〟が正しかったのだろうか。

「アスカを説明した、今にのこる唯一の資料だというのにたんなるこじつけだとは」

「『アスカ、アスカ』と飛鳥の大切さを訴えるにしては、怠慢だなあ」

「思い込みが深いわりには、こだわりが薄いんだね」

私たちはしかし、水歯別命の言葉の表層に目をすべらせて通り過ぎることはできなかった。

二つの飛鳥がともに「今日は此間に留まりて……明日上り幸で（参出で）」という同様の言葉と、留まる目的を示す言葉によって語られている。

まったく同じ行為ではあるが、その目的は異なるということは、同じ飛鳥ではあるが、それぞれは異なる別の飛鳥であるということになる。二つの言葉も説話中の様な対同様「羽＋異」にもとづく飛鳥の説明だといえる。

どこを切っても金太郎飴《きんたろうあめ》というわけだが、「今日は留まり」は一夜の泊り安宿に、「明日上る」は明日香に対応する。夕・西の安宿と朝・東の明日香の対で示された同じ水歯別命の行為は、「飛鳥」の表現が、安宿と明日香を包含するものであることを示しているのだ。

二枚あってはじめて機能する羽のように「安宿＋明日香」によって、「飛鳥」の表現は成立可能だった。一方の羽を欠けば、飛ぶ鳥は存在し得ないのだから当然である。水歯別命の証言は、左記のように理解することができる。

「今日留まる」――安宿　西　右
「明日上る」――明日香　東　左 ｝翼＝飛ぶ鳥

しかし、まだ証言の二分の一が解けたに過ぎない。

どちらが近く、どちらが遠いのか

ところで、今の私たちにとっては、枕詞《まくらことば》「飛鳥　明日香」や、「飛鳥浄御原宮」をはじめとする宮号などから、飛鳥イコール明日香の印象がより強いが、当時、少なくとも古事記の編者にとっては、飛鳥は安宿と明日香を包含するものとして、理解されていたといえる。同じことが、万葉の歌人たちにとっても言えそうである。

「万葉集における明日香の用例は三七で、圧倒的に多い。地名にせよ川名にせよ、歌にアスカの語がよみこまれたのは全部で四十六例ある。そのうち、飛鳥（川）の用例は七例だけで、阿須可、安須可が各一例。もとより、例が多いから古い用い方だとはいえないわけだが、少なくとも万葉の歌人たちには明日香（川）の用い方のほうが飛鳥（川）よりはるかに親しまれていた、といえるであろう」（『飛鳥――その古代史と風土』門脇禎二）

とあるが、〝親しまれていた〟というより、そこには明確に、飛鳥に対するさきのような理解があったからではないだろうか。大和アスカの景観を詠《よ》む場合には、当然「明日香」だったのであり、圧倒的な用例の多さは、親近感の有無といった情趣的なものではなく、飛鳥が本来は、両アスカを含む表現として理解されていたからであろう。飛鳥の表記の謎《なぞ》が、またひとつ解けたような気がした。

事件は解決にむけて、トントン拍子に進んでいくかに思われた。

「飛鳥は、安宿と明日香を包含する表現であったということになれば、これは語音〝アスカ〟の場合とまったく同じだ」

「そうだね。語音アスカも表記飛鳥も、どちらか一方のアスカとはなり得ない。その点では不便だよね」

こんなやりとりを聞きながら、私は、アスカが出てくるたびに、実にまぎらわしかったことを思い出していた。

「どちらのアスカなの」「あしたにかおるほう」「アンシュクだよ」「いや、とぶとりのアスカ」

といった具合に、話す側も聞く側もまぎらわしく、その都度流れが中断してしまうこともたびたびだった。

飛鳥が安宿と明日香を包含する表現であれば、そこには当然二つを区別する何らかのことばが必要になってくる。そのために、水歯別命は何を思ってか、遠近を付けることで二つを区別したから、さあ大変である。

遠近をめぐって、古来、学者の間では論争が絶えなかった。

遠つ御代《みよ》・近つ御代としての時代の遠近をさすとする説、距離上の遠近を指すとする説、時代と距離の二重の意味が含まれるとする説など千差万別である。

距離上の遠近説は、遠近飛鳥がともに大和のうちにあったとする説――つまり明日香の地は、雷丘《いかずちのおか》や小山などの小丘が、香具山と甘樫丘《あまかしのおか》を結ぶ間に点在し、地勢を二つに分けていることから遠飛鳥・近飛鳥とする説だが、これだけではどちらが遠なのか近なのか、不明である。

現在では、起点を水歯別命（反正天皇）の皇居、河内の多治比《たじひ》にあった柴垣宮《しばがきのみや》に置き、その宮に近い河内飛鳥・遠い大和飛鳥とするのが通例の解釈となっているらしい。いうまでもなく、遠近は距離や時間の隔りの有無をさす語なのだから、時代もしくは地理上の遠近二様の説があげられるのも当然である。地理上の遠近説に軍配があがったのは、積極的な理由があったというより、時代上の遠近にはその起点となるものが定まらなかったからにすぎないともいえる。地理上の遠近にしても、起点とするもの（難波宮・河内文氏《あやうじ》の西琳寺《さいりん》）に諸説あり、定かではない。

学説の正否はともかくとして、最も不思議なのは、明らかに説話の中で語られた遠近であるにもかかわらず、肝腎《かんじん》な説話は一切無視され、遠近だけが切り離されて取り沙汰《ざた》されていることである。遠近というわば細かい部分を、いかように分析してみても始まらない。明確な答えは、説話という全体像のなかで、初めてその姿を明確にしてくれるに違いないのだ。

地名起源説話にしては珍しく長い、この説話のどこにも、遠つ御代、近つ御代の区別も、柴垣宮を起点とする遠近のかけらすら見出《みいだ》すことはできない。

二つの飛鳥を区別するとき、その着眼点は果たして実際の時代や地理上の遠近にあったのだろうか、と疑わしくなる。

説話のなかに必ずそのヒントがあるに違いないとは思うものの、真相を探りだすことはなかなか困難だった。よほど難解なのか、もしくはあまりに当然すぎて気がつかないのか——二つに一つなのに違いない。

「鳥」という手掛りに立ち返ると

捜査本部のある二階には、連日深夜まであかりがついていた。

「水歯別命《みずはわけのみこと》は、留まる目的の相違——曾婆訶里《そばかり》に大臣の位を授けるためと、神の宮に入るための祓禊《はらえ》によって、二つの飛鳥の異なる意味を表わしたわけだけど、飛鳥を区別するとしたら、自分たちだったらどうするだろう……」

「まず単純明快に〝東飛鳥・西飛鳥〟とするな」

「そうだね。東西は古訓にヤマトカウチ（大和河内）とさえ訓《よ》まれているくらいなのだから。東と西ほど明瞭《めいりよう》な区別は、今も昔も他にはありえないよね」

「とすると、遠近というのも、ことによると東西を表わしているのかもしれないよ」

「距離や時間の隔りの有無をいう遠い—近い、離れる—近づく意でどうやって東西を表わせるというの。無理でしょう」

事件は最大のヤマ場を迎えて、行き詰ってしまった。東西と遠近を結ぶ線を見出せぬまま、千数百年も昔の、とっくに時効となっている殺人事件を引っぱり出してきたことを、つくづく後悔し、進展しない捜査にイライラがつのっていった。飛ぶ鳥はこのまま遠ざかって行くのだろうか。

ふと、いい香りがした。

白いカップに注がれた琥珀色《こはくいろ》の紅茶と、レモンがかもしだす柔らかな香りだった。

散らかった本やノートを脇《わき》にずらしてカップを置くと、彼女は言った。

「これまで飛鳥を考えてきて、行き詰るたびに、いつも飛ぶ鳥の姿かたちに立ち返ってきたよね。はなれる―遠、くっつく―近、の図式も、鳥の特徴と照らし合わせては考えられないかしら」

その言葉に、はっと虚をつかれる思いがした。遠近も要は飛ぶ鳥にかかっているのだ。

ダイレクトに東西との接点を求める以前に、飛ぶ鳥を介して何かが見つかるかもしれない。まるで、ミス・レモンのような人だ。おかげでこちらはポワロにでもなった気分で、また少し勇気が湧《わ》いてきた。

「まさか鳥が集まったり、散ったりすることじゃあないだろうなあ」

「なんだか二枚の羽みたい。羽は左右にくっついているとも、離れているともいえるし」

ミス・レモンは呟《つぶや》くように言いながら、同時に自分の両腕を開いたり閉じたりして飛ぶ鳥を真似《まね》た。

またしてもうかつだった。左右の翼そのものも左＝東、右＝西だが、ミス・レモンの両腕のように翼を開けば朝飛び立つ鳥となり、翼を閉じれば夕べにやどる鳥となる。「今日留まる」「明日上る」という水歯別命の行為は、夕べ巣に宿り朝飛び立つ鳥の姿でもあったのだ。開く翼・閉じる翼は朝と夕の象徴であり、朝の明日香に対し、夕の安宿は今日と捉《とら》えられていったのである。一対の翼に比喩《ひゆ》された東西の両飛鳥が、ここでは対に並ぶ日として、今日と明日に置きかえられている。なんと、「翼」が同義「翌」に姿を変えているのである。対に並ぶもう一つ別の日・翌の明日香に対して安宿は今日として――。

考えあぐねた遠近が、時間の隔りの有無として、「遠い明日」「近い今日」にぴたりと納まってしまった。

あまりのことに、私はただ啞然《あぜん》とするばかりだった。

両飛鳥を区別する語として、説話の作者はダイレクトに東西を用いることはしなかった。飛ぶ鳥に表象される両飛鳥を「翼＝翌」のルールに基づき、一対の日として今日と明日に捉え、時間の隔りの有無を表わす遠近を、素直に付けたまでのことであった。

水歯別命の言葉は、飛鳥に明日を掛けたたんなる語呂合わせなどではなかった。翼に翌を掛けた「明日明日香」と「今日安宿」としての説明であった。事件の実質上の真犯人でもあった水歯別命は、ここで「翼＝翌」という、事件の鍵《かぎ》を握る重大な証言をしていたにもかかわらず、私たちは両飛鳥を区別する最も大きな特徴、東西との接点を求めるあまりに、今日明日とはっきり明示されている「翌」の存在を見落していたのである。

水歯別命のあの不機嫌な顔は、こんな当り前のことに気づかずにいる私たちへのいらだたしさだったのだろうか。

落し穴は、またしてもごく当り前のところにあった。だが考えてみれば当然である。当り前なところにあるから、落し穴としての機能を果たし、落す側も落される側も納得できるのだ。

「捕えてみれば、犯人は〝飛ぶ鳥〟だった。その翼が翌に姿をかえて、人の目をくら
ましつづけてきた」
「遠飛鳥とは〝明日飛鳥〟。近飛鳥とは〝今日飛鳥〟というわけか。対に並んだ羽――
左右・東西と、対に並んだ日、今日と明日が同じものとして捉えられた。漢字の表わ
す意味どおりに」
「飛ぶ鳥のくせに、とんでもない鳥だった」
「あの蟹《かに》の方が頭が良かったんだなあ。〝今日今日と飛鳥に到《いた》り〟と、河内飛鳥が今
日だということを知っていたんだ」
「それ、どういうこと」
「難波の入江に隠れ棲《す》んでいた葦蟹《あしがに》に、大君からの召し出し状がくる。つまり捕まっ
たということだけれど。〝今日今日と飛鳥に到り〟と、食料として飛鳥に運ばれてい
くのだが、この飛鳥は河内飛鳥らしいと注にある。今日今日と明日に到る飛鳥と解か
れているけれど、文字通り〝今日今日と今日飛鳥に到り〟ということだろうね。〝今
日今日と〟は今日飛鳥（河内）に同義でかかる枕詞だったことがわかる。
　水歯別命は、今日今日と今日飛鳥から明日飛鳥に到ったわけだから、遠近の、今日
と明日の時間の隔りは、同時に河内と大和の距離の隔りでもあるといえる。難波から

河内に運ばれ、塩づけにされる我が身の痛みをよんだ蟹の歌（巻十六―三八八六）だけど、蟹ですら明日香に対して安宿が今日であることを知っていた。考えてみれば当り前だよね。翌が明日香なら、安宿は今日だなんて――」

「思いがけないところに、有力な証人がいたもんだねえ」

「今日飛鳥」「明日飛鳥」を遠近で区別した遠つ飛鳥・近つ飛鳥が解けたというのに、皆の口をついて出てくるのは、飛ぶ鳥にしてやられたというボヤキの言葉であった。

だがミステリーにどんでん返しがつきものであることを、この時の私たちは誰一人気づいてはいなかったのである。

真犯人の陰に

私は折にふれもうすっかり暗誦《あんしよう》してしまった水歯別命の言葉を、口ずさんでいた。そのたびに、明日明日香から天高く鳥が飛び立ち、今日安宿に舞い降りてくる鳥の姿が思い描かれた。

羽ばたきの音を残して夜明けの光のなかを天高く舞い上る鳥。茜色《あかねいろ》の夕日のなかを、巣に舞い下りてくる鳥。

古今東西、人々が目にするこの変わらぬ風景のなかに、ある時、「雷山小過《らいざんしょうか》」という文字が、くっきりと描かれているのが見えたのである。

飛ぶ鳥が声をのこして果てしなく天上に上っていけば、安んずる処《ところ》を失い凶。下れば安んずる処を得て大吉、飛鳥の象

と説かれる、古代中国の易卦《えきか》の一つである。

果てしなく天上に舞い上る鳥は凶、舞い降りる地を得て、はじめて大吉となる「雷山小過」の卦は、飛ぶ鳥の上る・下る姿を借りて、上る鳥は下ることによって吉相となることが示されているのである。

水歯別命の「今日留まる」「明日上る」行為に示された朝天高く舞い上り、夕べ巣に舞い下りる鳥の最も重要な意味は、上る・下るにあったのである。飛ぶ鳥の上る明日香は下る安宿を得て初めて〝大いなる吉〟「☳《雷》☶《山》」の組合わせの形そのものが上下一対であり、飛鳥の一対の羽を思わせた。

左右の羽が象徴する東西の水平軸に対し、上る下る飛ぶ鳥が上下の垂直軸として、

これまた互いに対をなしていたことになる。そして、驚いたことに、「上」はトホシ、「下」はミシカシと訓まれている。上下はまさにダイレクトに遠近と結ばれる。

遠飛鳥は「上《かみつ》飛鳥」。近飛鳥は「下《しもつ》飛鳥」であった。

遠近飛鳥の原点は、飛ぶ鳥の上る・下る姿にあった。飛ぶ鳥に誰もが思い描く原風景であろう。上る鳥、下る鳥は飛び立つ朝、宿る夕べの象徴であり、東の明日香・西の安宿へと通じる。

「上下」は「飛鳥」の意のすべてを包含する語だったことがわかる。

飛鳥	左	東	朝	明日	上る	上（トホシ）	遠飛鳥
	右	西	夕	今日	留まる	下（ミシカシ）	近飛鳥

事件はすべて上下（主従）の間柄で展開されていた。墨江中王は皇位に上ることを狙《ねら》い、曾婆訶里は大臣の位欲しさに殺人を犯した。

上位のみを志向した二人の運命は凶とでた。飛鳥の地名起源が殺人事件で語られた理由はここにあったのだ。飛ぶ鳥において上に昇れば止まるところがなく、下に降《くだ》れば安らかに宿る場所を得られるように、下に降るようにすべきであるということ、過ぎた上位志向が凶であることを示すための、殺人事件による地名起源説話だったのである。

伊邪本和気命が、大坂道（上―北）を行かず当麻道を経たのも、この道が南下する下る道だったからである。事件を知って石上へ上った水歯別命は「還《かへ》り下りて」また再び石上へ上っている。上る・下る行為に象徴された上ることを知り、また下ることを知るバランスの重要さを示すものであった。飛鳥の地が、易卦で「飛鳥の象」と説かれる「雷山小過」と結んで語られていったのである。

めでたき地の条件

東西の水平軸（位置）と上下の垂直軸（時間）で捉えられた飛鳥の地は、古代の人々にとって、まさに天地・陰陽の和合する吉地であった。上る・下る遠近飛鳥の呼称は、古代中国の哲学・易の思想が色濃く投影されたものと言わざるを得ないのである。

飛鳥の象「雷山小過」に、私は明日香の「雷丘《いかずちのおか》」を思い出していた。明日香村・雷にある小さな丘である。わずか十メートルそこその小丘にしては、何ともいかめしい名であるが、雷＝震は易では東・東北の方位にあてられるから、この地名も飛鳥川東岸の地として、雷と名づけられたのだろう。高取山中に発した明日香川は北上して雷の地で西に屈曲しながら雷丘の西南の裾《すそ》をめぐり、北西に流れて大和川に注いでいる。

東岸の地、雷にある小丘として、雷丘と呼ばれたのだろうが、この小さな丘がなぜか古来〝三諸《みもろ》の神奈備《かんなび》山〟（神の天降る山）〝神岳〟として神聖視され、この丘に遊行《ゆぎよう》した持統天皇を、人麻呂は「大君は神にし座《ま》せば天雲の雷の上に廬《いほ》らせるかも」（巻三―二三五）と歌っているのである。

十メートルの小丘に登った天皇を、天雲の雷の上に廬りする神に比喩《ひゆ》したオーバーな歌を、最初は一種の諧謔《かいぎやく》歌かと思ったほどである。

だがこの雷丘も、飛ぶ鳥の飛鳥の地ならではの飛鳥の象、雷山としての命名だと考えれば、人麻呂の歌も大げさな誇張とはいえなくなる。

雷丘の上に登った持統天皇の姿を、天下った神の姿として捉え、飛ぶ鳥の上る・下るに対応させた一首だったといえる。〝三諸の神奈備山〟〝神岳〟として神聖視された背景には、「雷山小過」としての雷丘だったからだろう。

冒頭にあげた明日香旧都を偲《しの》ぶ赤人の歌も、この雷丘で詠《よ》まれた景観であった。明日香旧都を歌うには、飛鳥の貌《かお》・雷山に由来する雷丘が最もふさわしいことを、赤人もまた承知していたに違いない。続く反歌には、

明日香河川淀《がはかはよど》さらず立つ霧の思ひ過ぐべき恋にあらなくに（巻三―三二五）

と、川淀に立ちこめる霧のように、明日香への慕情が消えることはない、と歌うが、この恋情は一体何だったのだろうか。明日という名の地に、いにしえを対として歌ったとすれば、その慕情のおくに、言葉をあやつる歌人としての透きとおった目が見えてくる。

飛ぶ鳥の上る・下る地、飛鳥に、明日といにしえが対で重ねて詠みこまれていたといえる。明日香慕情の原風景も、飛鳥が表わす対の一語にあったといえそうである。

「明日香の自然は昔のままなのに、都として栄えた明日香は、今は面影すらない」

「たび重なる殺人という異変のなかで、飛鳥の起源が語られていったのも、バランスを欠けば〝凶〟だぞ、ということの暗示だったわけだね。古代史上、大和飛鳥が動乱・狂乱の舞台となっていったのも、当るも八卦《はつけ》じゃないけれど、この易卦が当った

のかもしれないよ」

「飛鳥川東岸の二つの朝の地は、それぞれ明日香・安宿の表記を得て、飛鳥に包含された——ということは〝飛鳥の明日香〟と同じように〝飛鳥の安宿〟も可能だったということだね。だけど、翼＝翌の同義の関係は、飛鳥をより明日香と結びつけていったんだと思う。背後には、統一国家形成の舞台となった明日香の力が、飛鳥を一方的に明日香の形容辞としてしまった事情もあったからね。

あの起源説話は、古事記の編纂《へんさん》時に、飛鳥本来の意味を思想上の観点から問いかけたものだったかもしれない。一対の飛鳥として初めて機能し、バランスのとれた大吉相となるんだと——。どんどんとり残されていく一方の河内飛鳥に対する、河内側の人間、河内文氏あたりの手になる説話だったと考えると、また面白いね」

話題はあらぬ方向へと進んでいきそうになったが、これもまた、新たな飛鳥の意味が、私たちに投げかけてくる想像の一つだった。

翼＝翌に始まった「飛鳥の明日香」探訪は、「雷山小過」で幕を閉じることになった。私たちは、簡単なメモをこれまでの部厚い資料の中にそっと挟み入れた。

メモ——一九九一年九月某日

①むかし、大和と河内の国に朝郷と呼ばれる二つの地があった。川の東岸に位置したことから、東を朝・明日と命名した。朝鮮からの渡来人が、最初に住みついた地だから、おそらく아참（アチャム）と呼ばれていたのだろう。このアチャムが、アチャ→アサ・アスの日本語になって定着した。

東に位置する大和の朝郷は〝明日香〟

西に位置する河内の朝郷は〝安宿〟

と表記された。安宿は単独では語音アスカと同じく朝を表わし（宿＝夙・早朝）、明日香との対では西を表わす絶妙な表記であった。

②この東西に並ぶ二つのアスカに、一対の羽（翼）を連想した人間がいた。発想の原点には、翌（明日）＝翼の理解があった。二枚の羽翼のように切り離すことのできない両アスカとして、翼は〝飛鳥〟と表現された。明日香と安宿の左右の羽があって、鳥は飛ぶことができる。「明日香＋安宿」＝「飛鳥」の成立であった。

③さらに翼＝翌は、次の連想を生む。翌＝明日に対する今日の対である。起源説話や蟹の歌では両飛鳥が明日と今日の二様に捉《とら》えられ、明日飛鳥・今日飛鳥として語られた。

④左右の羽——東西・朝夕と飛ぶ鳥を結んで、朝飛び立ち夕べ宿る鳥を上る鳥・下る鳥として捉えたのが、起源説話の作者であった。飛ぶ鳥の原風景ともいえる上る・下る象は、トホシ＝上＝遠、ミシカシ＝下＝近として、両飛鳥を区別する語とされた。その根底には、中国古代思想・易の「雷山小過」の卦があった。飛ぶ鳥の上る明日香は、飛ぶ鳥の下る安宿を得て、はじめて大吉となる。上下＝天地陰陽和合の空間（地）としての「上《かみ》つ飛鳥」「下《しも》つ飛鳥」の呼称であった。

⑤附記——允恭《いんぎよう》天皇の遠飛鳥宮は大和、顕宗《けんぞう》天皇の近飛鳥宮（八釣宮《やつりのみや》）は、河内にあったと見るべきである。遠近は、史実としての時代や地理上の遠い・近いを示すものではなく、古事記編纂時における最も重要視された〝思想〟を基盤とする。

私は今いちど、飛ぶ鳥の姿を思い描いてみた。

それは飛鳥の地にのこるどのような遺物や遺跡を目にする印象よりも、はるかに感動的な風景に思われた。古代の人々が目にした、同じ風景（意味）を見ていることへの感動であった。飛ぶ鳥は文字どおり「飛鳥」としてその羽ばたきの音を私たちに届けてくれたのである。耳を傾けさえすれば、遠い古代からのメッセージですら耳に届く。私たちを惑わせ——いや楽しませてくれた飛鳥の旅は、そのことを実感させてくれた旅でもあった。

難波宮に始まった一連の事件は、一九九一年九月、その真相が解明され捜査本部は解散することになったが、この謎解《なぞと》きに、水歯別命はなんと答えてくれるだろうか。

水歯別命――私たちにとってそれは、今、この本を読んでくれている読者の一人一人でもある。

とりがなく・あさひてる

鳥語!?

ここ数年、元旦《がんたん》には必ず初日の出を見に行っている。特に心がけてそうしているわけではないのだが、暮れになると、自然に気の合った仲間のあいだで「今年も行こう」ということになってしまう。

たんなる自然現象の一つにすぎないというのに、日の出のなにが人々を惹《ひ》きつけるのか。多分、それは理屈ではなかろう。誰もが美しいと感じ、あまりの美しさに感動して、つい手を合わせて拝みたくなる。自分のなかに美しさを感じる心のあることを、日の出は真に実感させてくれる。

正月も三ヶ日が終ると、まだ松もとれない五日から、トラカレは始動する。地方から戻ってきた仲間の顔も、心なしかふっくらと見える。きまった休みもないトラカレ生が、少しだけゆっくり郷里に帰れるのは暮れから正月にかけてのあいだだけである。

「久しぶりの田舎、どうだった」

「うん、ゆっくりできたよ。ほとんど飲み、食い、寝るのくり返しだったけど、鶏《にわとり》の声だけはしっかり聞いてきた」

明日香につづいて「鶏鳴」（とりが鳴く）をとりあげることにしていた私たちは、実家で鶏を飼っているという仲間に、鳴き声を聞いてくるよう、宿題をだしていたのである。

「それで、どうだった」

「夜明けを告げる鳥とは、よくぞいったもんだと感心したよ。とにかく一番鶏は、夜中の三時頃には鳴きだすんだからねえ。まっ暗なうちだよ。古代の人間にとっては、まさに生きた目覚し時計だったことを実感したよ」

「鶏鳴」は東《あずま》にかかる枕詞《まくらことば》である。

朝を告げる鶏の声と、日が昇る方角・東の関係は、誰もが納得できるものである。

第一「鶏鳴《けいめい》」は、夜明けを意味する漢語だから、それを、トリがナクと訓《よ》んだにすぎないものといえる。こだわる必要もない枕詞だと考えていたところが、その鶏鳴は、『日本古典文学大系・万葉集一』の補注には次のように説かれていたのである。

「――東国の言葉は、新付《しんぷ》の民の言語として低く見られていた。殊《こと》に、母音の体系が大和地方と異なっていたので、その言葉は大和地方の人々には、曲った言葉のように聞えたのであろう。そこでトリガナクという枕詞が東《アヅマ》にかかることとなったのである」

正直なところ私たちは驚いた。

東国方言は解し難く、曲った言葉のように聞えるから、鶏の奇声にたとえて東にかかる……。

「変だ」「ひねくれている」「深読みだ」という声を遮るように、仲間の一人が割りこんできた。

「岩波の古典文学大系といえば、その道の最高の学者たちの手になるものだよ。その学者たちが、漢語・鶏鳴を知らないわけはない。そのうえで、なおかつこのように解釈されたはずだよね。私が思うには、ヒガシではなくアヅマにかかっていることから、アヅマを東《ヒガシ》の卑《いや》しい方言と解釈したんじゃないかな。

異国人の言語を〈鳥語〉ともいうから、鳥のさえずりのように、何をいっているのか意味がわからないことばとして、東夷《あづまえびす》に鶏鳴をかけた——といえなくもないよ」

「そういえばそうね。東をアズマと訓んでいることを見過ごしていたわ」

「アズマと訓むと、たんに方位というより地域としての意が強くなるし、東夷が、東国の野蛮な者を意味するように、アズマという言葉のなかに、言語を異にする異人種というような意味があるのかもしれない」

「ヒガシではなくアズマにかかっていることが問題なんだ。アズマの語音の正体から始めなくちゃあ。東がなぜアズマと訓まれたのか」

朝鮮語では、朝は「아참《アチャム》」。高句麗《こうくり》語では「阿惨」と表記され、新羅《しらぎ》では「朝于万《アヅム》」と表記されている。アヅマは新羅語・アヅムの転訛《てんか》ではないのか。東をアヅマと訓んだのは、朝を意味する朝鮮語、아참だったのだ。

鶏鳴は、やはり「夜明け」の意で、東《アヅマ》（＝朝）にかけられたものといえる。れっきとした朝鮮語（新羅語）であり、鳥語などではない。朝鮮語を解さない人にとっては、大和地方の言語に対する新付の民の方言はまるで鳥語としかいいようがなかったともいえるが、しかしアヅマは朝である。東を朝《アヅマ》と訓み、同義の「鶏鳴」をかけたにすぎない。

蒜《ひる》を目に当てると朝になる?

だが、一つの問題を解きあかすと、その問題から、また新たな疑問が生まれてくる。アヅマは「吾嬬・吾夫」とも表記される。するとこれまたおかしなことに、「鶏が鳴くぞ　あづま起きよ」つまり、もう鶏が鳴くから、私の夫（嬬）よ、起きなさい、の意に解かれているのだ。

こちらは、アヅマとはアガツマ→アヅマによって形成された語だというのである。吾嬬（夫）と東の仲介役が「起きなさい、朝ですよ」とは、もう漫画というしかない。

「アヅマ」は古代日本の英雄倭建命《やまとたけるのみこと》の称辞として、記紀にその起源が語られている。古事記によれば以下のごとくである。

倭建命は、東国の夷《えみし》を平定し、大和への帰途、足柄山の坂本で遅い夕食をとった。そこへこの山の神が白鹿《しろしか》に姿を変え、命を惑わそうとして現われた。命は食事の残りもの・蒜《ひる》（にんにく）を鹿に投げつけたところ、蒜が目に当ってその鹿は死んでしまった。命は坂をのぼり、三たび歎《なげ》いて「アヅマハヤ」と詔《しょう》せられた。ゆえにその国を名づけて「阿豆麻」という。

一方、日本書紀では、命が碓日坂《うすいのさか》（碓氷峠《うすいとうげ》）で亡《な》き妻・弟橘姫《おとたちばなひめ》を偲《しの》んで「吾嬬はや」と詔せられたので、山の東の諸国を「吾嬬国」という、と記されている。

〝鶏が鳴く吾《あ》が夫（嬬）起きよ〟は、この日本書紀の説話・吾嬬がもとになったことは明らかだ。

だが、「吾が嬬」がアヅマにされたり、蒜を鹿の目に当てたから、「目《め》に中《あ》つ・中《あ》つ目《ま》」とされたり、アツマの語の形成は説明できても、意味の関連は何も浮かんではこない。蒜を目にあてる行為が、なぜアヅマ・朝だというのか。行き詰まったまま、いつしかアヅマのことは忘れてしまっていた。

さる日のこと、私は久しぶりにアガサの自宅を訪れていた。アガサは今しがたまで書きものをしていたらしく、テーブルの上はもとより、手の届くかぎりに本や原稿用紙が散らばり放題だった。私はそこに、あるものを発見して思わず微笑《ほほえ》んだ。それは金太郎の絵本だった。孫のU史君に読んできかせるアガサの姿を想像していると、

「それ私の資料だからこっちへ貸して」

「え、アガサが読むんですか」

「おかしい？」

「だって」

「たとえ絵本でも、それなりの読み方ってものがあるのよ。あんたにとっては、ただの金太郎だろうけどね」

アガサはそういうと、童謡の一節を口にした。

「足柄山の山おくで／熊《くま》にまたがり／お馬のけいこ」

アガサの頭の回転についてゆけない私はしばし呆気《あっけ》にとられていた。

「どうして金太郎が出てくるんですか、それに歌詞が一、二番ごっちゃになってますよ」

「そんなことはどうでもいいの。問題は、足柄山になぜまさかりなどをかついだ金太郎がいて、熊と相撲をとったりしたのかよ」

私はやっと、アガサが足柄山でくりひろげられたあの「目に中つ・中つ目」にとり組んでいることに気づいた。そして「目に中つ」も「吾がつま」も、なかなか難しくて解けないことを、二人して嘆いたのだった。

目を刺す

この日はトラカレで久しぶりに中国語のテープを聴いた。カバの男の子が初めて日の出を見る——という内容の話である。

クライマックスの朝日が昇る場面にさしかかると、「太刺眼睛啦《タイツーイエンジンラー》」（まぶしい）という、感じ入ったような言葉が流れてきた。アガサが側に近づいてきて、オーバーにその仕草をして見せた。

中国語では、まぶしいことを目を刺す（刺眼睛《ツーイエンジン》）と表現する。強い光を目にしたとき、それはまさに、目につき刺さるような感触がある。事実、反射的に目をつぶってしまう。そう考えたとき、はたと思いあたることがあった。

とるものもとりあえず、アガサをつかまえて話してみた。

目に物があたったら、目をつぶる、目がつぶれる。目がつぶれれば何も見えない、まっくら。まっくらは〝早起きして物を視《み》ればみな黒し〟といわれた〝早《あさ》〟。

鹿の目に蒜をあてたということは、要するに、目がつぶれる——見えない——暗い意で早朝を表わしたのではなかったか——。

「そうでしょう。何回も聴いたはずの中国語のテープだけど、やっぱり問題意識があるときは違って聞こえるものね」

「韓国語はまぶしいを『눈부《ヌンブ》셔《ショ》』っていいますね」

「あれも同じことじゃないかしらね」

韓国語ではまぶしいを「부시다《ブシダ》」という。そして「こわす」を「부수다《ブスダ》」というのである。同音語は基本的に同義であるから、元々は「부시다（まぶしい）」も「부수다（こわす）」から派生した語なのではないか。

とすると、日本語の「まぶしい」も「부수다」なのかもしれない。

「何といっても中国語が一番ダイレクトね、〝目をつき刺す〟ことでまぶしさを表現するなんて、さすが白髪三千丈のオーバーなお国柄ね」

目に中つ→見えない・暗い→早《あさ》→アヅマ。

説話の答えはわかった。あとは細かいところでその経路がどう説明づけられるのかが問題である。

登場人物は古代の英雄倭建命と白鹿、舞台は足柄山である。

神奈川県と静岡県との境をなす箱根山群・足柄山は、古く東西の分岐点（境界）にあてられた山である。足柄山以東をアヅマと称したが、足は易の震（東）卦に属する。朝鮮語「마루《カル》」は「横」（中心から左右にはみでた両側）だが、「日横」はわが国では、日縦・東に対し西を表わすから、カラは、東西の分岐点に位置する東（足）西（柄）山としての命名だったのだろう。

箱根山群は、古代から現在にいたるまで、野生鹿の生息地としても名高い。この山の神が鹿に表象されたのも当然だろう。

この山の神は倭建命を惑わそうとして、白鹿に姿を変えた。白は五行では西に当てられる。西すなわち夜の象徴としての鹿に変身したのである。東西の分岐点における白鹿と倭建命の対決は、いってみれば西と東の対決ともいえる。

足柄山における東西両雄の対決は〝蒜を目に中つ〟見えない――亡い、つまり鹿の死によって決着がつけられたが、東が西を殺したとは、言いかえれば朝が夕（夜）を殺したということだ。夜を追い払わなければ、朝はやってこない。建命は真暗な夜を追い払い、朝の到来を待ったのである。「あづま　はや」には、文字通り早くの意味もあったに違いない。〝朝よ　早く〟とその到来を待ちのぞんだのである。

ところで問題は蒜である。

異臭のあるものを用いて、邪悪や害獣を追い払う観念は古くから行われていたので、その代表として、ここでもにんにくが登場したのだという解もありえようが、強い説得性はない。

さまざまに考えを進めてゆくうち、蒜のもう一つのファクターである「辛《から》い」という特性に行きあたったのである。

「〝辛〟は、たしか刃物の象形文字だったね」

「刃物でさすような味をからいと訓んだんだ。朝鮮語では、刃物のことを〝칼《カル》〟というから、カライもそこからきたのかも」

「蒜を目に中つ、ということは、辛（刃物）を目に中つ、つまり刃物で目を刺すということになる」

「まさに〝刺眼睛〟だよ。蒜は刃物の役目を果たしているんだ」

私は刃物で目を突き刺すというショッキングな漢字があったことを思い出していた。古代中国では、奴隷《どれい》の目を針で突き刺し盲目にしたということである。一定の単純労働をさせるだけなら、奴隷の逃亡を防ぐために目をつぶした方が効率がよいと考えられたのである。

その文字が「童」であった。本来は罪ある盲目の奴《やつ》をさしていたのが、その本義を失い、小者→わらべの意となってしまったのだという。だが「物事にくらい者」の意は残されている。

ショッキングな意味だっただけに、鮮明に記憶していた「童」が思い浮かんできたのだが、次の瞬間、私はほんとうに声をあげそうになった。

日本書紀では、倭建命を「日本童男《やまとをぐな》」と称しているのだ。「童」の字形「辛（刃物）＋目＋東（音）＋土」（『漢和大辞典』）を見つめながら、その形が、

「辛＋目」――刃物を目に中つ
「東＋土」――東国《あづま》

と訓めることに気づいたからである。

古事記の「目に中つアヅマ」は、主人公日本童男の「童」の一字をもとに作られたといっても過言ではないだろう。

童はその音が「東」で示されているように二つは同系語である。「日本童男」は「東・東男《やまと》」の意で命名されていたといえる。

「目に中つ・中つ目」は、見えない・暗い＝早《あさ》の意味を、目にものをあてることで表わしたのである。

古事記は、それを目を刺すことで表わし、日本書紀は亡き妻・弟橘姫の見えない・ない（亡）ことで表わした。

浦賀水道が荒れて海を渡ることができなかったおり、自ら海に身を投げて波を静め、命の船を進ませた「亡き」妻に、「見えない→暗い→早《あさ》」が重ねられたのである。

足柄の峠にのぼり、夜明けを待ちのぞむ〝早朝《あづま》早《はや》〟の歎きの言葉は、亡き妻を求める〝吾嬬はや〟に重なって、聞くものの胸に響いたに違いない。

東西両雄、対決す

倭建命と白鹿という、足柄山における東西両雄の対決に、私は倭建命と出雲建《いづもたける》の対決を思いだしていた。

景行天皇に、西国の平定を命じられた倭建命は、熊曾建《くまそたける》を撃ち、次に出雲建を討つために出雲国に入った。

倭建命は敵将・出雲建と親交を結び、相手を油断させて撃つ策略を講じた。ともに肥河《ひのかわ》で水浴《みずあ》みをし、先に川からあがった倭建命は、太刀の交換を申しでて出雲建の太刀を佩《は》いた。出雲建は、太刀に見せかけたただの木刀とも知らず、倭建の太刀を佩いた。いざ、試合をする段になって、木刀の太刀は刀身が抜けず、出雲建は殺されてしまった、というあわれな説話である。

倭建と出雲建――よく似た二人の名前ではあるが、大和と出雲は言うまでもなく「東西」の象徴である。倭建命と白鹿の対決と同じように、こちらも東西の対決であり、しかも東が勝つ構図も同じである。卑怯《ひきよう》な手段ではあるが、敵を討つための策略も、立派な戦術の一つである。倭建命の智謀《ちぼう》を見ぬくことができなかった出雲建は、無知蒙昧《もうまい》のゆえに敗者となった。

二人は肥河で水浴みをするほどの親交を結んだが、武器をはずし、文字通り裸のつき合いをするほどの親しい間柄になったことに示されているのは、東・倭建命と西・出雲建における共通義「暗」である。

「くらい早《あさ》」であり、「くらい夕《よる》」だ。共通義「暗」が二人を接近させたのである。

言わば暗いもの同士の親交であったわけだ。

だが、一方は明けゆく早であり、一方は明けない夕である。それが明ける――知恵と、明けない――無知蒙昧に対比され、倭建命の勝利へとつながった。西国の平定説話を、倭建命を主役として、ともに暗い朝夕にスタートし、明ける暗さと明けない暗さが、智の有無によって勝敗を分けることになったことが語られたのである。それはまた、大和に対する出雲の蒙昧の暗喩《あんゆ》でもあったのだろう。

やつめさす　出雲建が　佩ける太刀　つづらさは巻き　さ身なしにあはれ

と詠《よ》んで説話は終っている。

ところで「夜都米佐須」は、出雲にかかる枕詞《まくらことば》だが、用例はこの一首だけである。通常は「八雲立つ」が用いられるが、ヤツメサスはこのヤクモタツの転訛《てんか》とされている。

だがそのような音韻変化など、規則からいっても考えられない。ヤツメサスは最初から、ヤツメサスであったはずだ。

ヤツは谷、メは眼(穴のこと)、サスは刺す、メサスとれば、目を刺すイコール、アナがあく意であるから、「ヤツ・メ・サス」「ヤツ・メサス」はいずれの場合も、谷と穴を表わしている。谷もアナの一種である。「泉眼」とは谷のことだから、「八雲立つ」同様、谷(穴)の意で出雲にかかっているといえる。

この歌に関して「ヤツメサス」が用いられたのは、メサスに「穴・谷」と同時に「暗い」意が特に強調されたためであっただろう。

無二の親友となった倭建命の策略を見ぬく眼力を失い、肥河の泉眼で殺されてしまった出雲建に対し、ヤツメサスが盲目の意で接続したのである。

無知蒙昧の出雲建は、つづらを多《さわ》に巻いた太刀をただの木刀だとも見抜けず、まことにあわれなやつよ

武力にすぐれ、同時に智にたけた古代の英雄倭建命の一面が語られた説話もまた、早（あさ）にその基点がおかれ、朝と夕の対比が智と愚かさの対比によって物語られたのである。漢語「昏暁《こんぎょう》」も、夕暮れと夜明け、同時に愚かなことと賢いことを表わしていた。

出雲建は、親交を結ぶ相手を間違ってしまった。本来なら、熊曾建とでも親交を結ぶべきであったかもしれない――足柄山の金太郎の話は、私にそんなことを連想させた。

東西の分岐点・足柄山に住む金太郎は、あの白鹿同様、西の象徴（五行・金＝西・白）である。マサカリ（金属）をかついでいたことも、西太郎の西の象徴物としてであったが、マサカリは、樹木を伐採する道具である。木《き》を伐るとは、五行・木にあてられる「東」を伐ることである。

金太郎、いや西太郎と東との対決の結果が気がかりである。だが西太郎は「金剋《きんこく》木《もく》」（金は木に剋《か》つ）という理に従ってマサカリで木（＝東）を伐り倒し勝利をおさめる。倭建命に敗れた白鹿とは逆である。西も負けてはいないのだ。

西太郎には、熊という強力な仲間もいた。日がな一日、熊を相手に相撲のけいこに励み、乗馬の訓練もした。熊のあの黒い色は、まっくらな闇《やみ》・夜を象徴しているのだ。夕（西）と夜の暗いもの同士——この仲良き友のように、出雲建も熊曾建と親交を結ぶべきであった。

東が西に勝つ話があれば、西が東に勝つ話もある。足柄山の東西対決は、目下のところ引き分けということになる。はるかに時を隔てようとも、朝と夕、夕と夜を結んで、人々は同じものがたりを営んでいくのだ。

朝日照る　佐太《さだ》

東——夜明け・あさに寄せた古代の人々の、なみなみならぬおもいが「飛鳥明日香」や「鶏鳴東」、さらに記紀の「東《あづま》」起源説話など、多くの美しい言葉や物語を生んでいった。

ここにもう一つつけ加えるとすれば「佐太」の地ではないだろうか。

明日香の西南方四キロに、「朝日照（る）」という枕詞のかかる地があることが、今思い出される。

橿原《かしはら》神宮から吉野へ向かう近鉄線に乗ると、岡寺という駅を過ぎるあたりから、西側に広がる丘陵——そこが佐太（田）丘陵と名づけられた地である。

朝日照る佐太の岡辺《をかべ》に群れ居つつわが泣く涙止《や》む時もなし（巻二—一七七）

二十七歳で夭逝《ようせい》した草壁皇子《くさかべのみこ》はこの佐太の岡に葬《ほうむ》られたが、その葬地で、早逝した皇子を偲《しの》ぶ舎人《とねり》の歌である。

この佐太に「朝日照る」がかかるのは「太陽信仰にもとづき土地を讃美《さんび》する」と一般的にいわれているが、なぜ、特に佐太だけがその信仰と深く結ばれたのか、その理由が説明されなければならないだろう。

朝日が象徴する東との関連において、地名佐太は捉《とら》えられるはずである。佐は人偏《にんべん》がついているだけで、その本義は左と変らない。左は「東」を表わす。中国において皇帝は必ず南面して座したことから、左＝東、右＝西を表わすようになっていった。

太陽神天照大神《あまてらすおおみかみ》が生まれるのも、伊邪那岐命《いざなぎのみこと》の左眼からであり、右眼からは月読《つくよみの》命《みこと》が生まれている。

地形をみると、佐太は曾我川と高取川という二つの川にはさまれた丘陵地帯の東端にあたっている。丘陵の東にあたる地として、佐太と命名されたのだろう。「朝日照る」がかかることによって、佐太は「東田（地）」の意で命名されたことが明らかになる。

『万葉集』中には三首の用例があるが、いずれも草壁皇子の薨去時《こうきょ》、その舎人たちによって詠まれた二十三首にふくまれている。

朝日照る佐太の岡辺に群れ居つつわが泣く涙止む時もなし（巻二―一七七）
朝日照る島の御門《みかど》におぼぼしく人音《ひとおと》もせねばまうら悲しも（巻二―一八九）
朝日照る佐太の岡辺に鳴く鳥の夜泣きかへらふこの年ころを（巻二―一九二）

二例は佐太にかかるが、一例は「島《しま》の御門」にかかっている。

島の宮は、もともとは蘇我馬子《そがのうまこ》の邸宅であったが、後に草壁皇子の住居となったという。つまりこの枕詞は、皇子の生前と死後の二つの地に掛るという特徴を示している。しかも、三例とも皇子の薨去時の歌に限られているということは、「朝日照る」は、皇子そのものに対する修辞であり、草壁のためにつくられた枕詞であるといえる。

「朝日照る」と形容されるにふさわしい皇子——その理由は「日並所《ひなみし》」にあったのだろうか。

草壁皇子は別名を「日並所《ひなみし》知皇子《のみこ》」とも称されている。日は天皇の象徴とされているから、日と並ぶは天皇と並ぶ、つまり皇位継承者としての名であったのだろうか。

草壁皇子の名

「朝日照る」は、「日並（所）」の日との関わりと見ることができるが、「草壁」とは無関係だったのだろうか。それにしても、草の壁とは一体何なのか。改めてそのことが不思議に思われてくる。

草の壁といえば記紀にも登場する「稲城」——戦闘の際に矢を防ぐため、稲わらを積んで防壁としたものが連想されるが、こんなものが皇子の名につけられるとも思われない。

それにしても、日をなぜクサと訓《よ》んだのだろう。草香は日下とも表わされている。

この説明は、朝鮮語の助けなしに解くことはおそらく不可能であろう。

草の古語は「새《セ》」と表わされている。「시《セ》」（새《セ》）は東であり、「시벽《セビヨク》」は晨《あさ》を表わ

している。朝鮮語では、草・東・晨はいずれも同訓だが、その共通義は五行「木」にあったと考えることができる。日本語で、草と日が同訓クサであらわされたのは、朝鮮語の새（草）とᄉᆡ（東）の関わりによるものだっただろう。

ところで、晨《あさ》・「새《セ》（ᄉᆡ）벽《ビヨク》」は、새は草、벽は壁の字音、つまり「草壁」となる。새벽—晨の皇子として朝鮮語によって名づけられていたことが、草壁の表記の下から浮かび出てくる。太陽がふるいたって昇るあさ（晨）の意に対して、日並（所）は、あした（翌）の意を表わした名であった。朝の地が明日香と名づけられたと同様の命名だったのだ。

あさ・あすの皇子に対して、「朝日照る」はダイレクトな形容辞として生きてくる。生前の島の宮にも、葬地佐太にもふさわしい枕詞であった。

皇子の葬地は、はからずもその御名の意を明かしてくれた。私の心は、あの夜明けの阿騎野の地へと飛んでいた。

草壁の子、軽皇子《かるのみこ》に従駕《じゅうが》し阿騎野を訪れた柿本人麻呂は、この地で亡《な》き草壁皇子を追慕する一連の歌を詠んでいる。

阿騎の野に宿る旅人うち靡《なび》き眠《い》も寝《ぬ》らめやも古《いにしへ》思ふに（巻一―四六）
ま草《くさ》刈る荒野にはあれど黄葉《もみちば》の過ぎにし君が形見《かたみ》とぞ来《こ》し（巻一―四七）
東《ひむかし》の野に炎《かぎろひ》の立つ見えてかへり見すれば月傾《かたぶ》きぬ（巻一―四八）
日並斯皇子《ひなみしのみこ》の命《みこと》の馬並《な》めて御猟《みかり》立たしし時は来向《きむか》ふ（巻一―四九）

生前の皇子もまた、阿騎野へよく猟に出《い》でました。その形見の地として理解していた阿騎野だったが、人麻呂のいう形見は、少しばかり違っていた。阿騎野の夜明けそのものが、晨という名の皇子の形見だったのだ。

まんじりともせず古を思う人麻呂の胸中にあったのは、晨を待ちつづける気持ちだった。

阿騎野の早《あさ》は、黄葉のように早逝した皇子その人であった。それゆえの、哀傷の真草刈る荒野に等しい地であったが、晨の御名があらわす形見の地と思えばこそこうしてやってきたのだと歌う。

東方に立つ炎（曙《あけぼの》の光）は、陽の出を告げている。だが皇子は西の空に傾く月のように隠れてしまった。そして日並所（日雙斯）皇子が馬を並べ、勇壮に猟に立たれた朝が、刻々と近づいてくる。日雙斯は人麻呂にとって、雙（ペア）の日、翌―あしたでもあっただろう。あした＝あさの到来は人麻呂にとって、晨皇子その人の到来であった。

これらの歌にはすべて、あさとの関わりで皇子が重ね詠まれている。

「皁」暗くて何も見えない真暗なあさに、亡き皇子が重ねられ、「早」に、黄葉のごとく早逝した皇子が暗喩された。

現実の阿騎野の夜明けの風景――「炎立」と「月西渡」に、東西すなわち日経《ひのたて》を示し、日の通り道に、皇子の生涯が暗喩された。

「翌」（あした・あさ）に、現実のあさと御名の晨《あさ》がペアとして表わされている。

皁―早―朝―翌と、ときを追ってあさが歌われ、それぞれの意味をふまえて皇子が歌われていった。見事なまでの〝あさ〟との関わりも、草壁皇子の名が「晨」であったからに違いない。

阿騎野のあさそのものが、人麻呂にとっては草壁皇子その人であったのだ。

第三章　吉祥の地

あめのカグヤマ

神聖なる山

天香具山《あめのかぐやま》といえば、畝火《うねび》（畝傍）山、耳梨《みみなし》（耳成）山と並んで大和三山と呼ばれ、古来から大和の多くの人々に親しまれてきた山である。

大和三山は、大和の地にちょうど三角形を描くかのように、東に香具山、北に耳梨山、西に畝火山といった具合に位置しており、どれをとっても山というにはおこがましいような、可愛《かわい》らしい姿をしている。大和の人々に親しまれてきたのも、その姿や位置関係のせいなのだろう。

中でもこの香具山は、百人一首でも有名な持統天皇の歌、

春過ぎて夏来たるらし白妙《しろたへ》の衣《ころも》乾《ほ》したり天香具山（巻一―二八）

でもよく知られている。この歌のように天香具山は夏の題材としてしばしば詠《よ》まれるが、不思議なことにこの山だけは、〝天の〟などということばがかぶさり、いかにも特別な山といった風情である。同じ大和三山の畝火山や耳梨山の場合、天の畝傍山、天の耳梨山とは決して言われない。なぜ香具山だけが、と考えると頭の中のクエスチョンマークが次第にふくらんでくる。

実際の香具山を目にするとなおさら不思議になる。香具山の姿ときたら、他の大和の山の中でも、とりわけ立派な姿をしているとは、お世辞にも言えないからだ。多武《とう》の峰《みね》のあたりから伸びてきた山のひとつの先端が、浸食にたえて生き残ったらしく、その姿は三山の中でも一番低く、なだらかに伸びた丘陵とでもいう方がふさわしい。天に届かんばかりに高い山ならばともかく、「天の」とつける理由を山の姿から見出《みいだ》すことは難しい。

しかし、古代ではそんな香具山が神聖な山として信仰されていたことが日本書紀や古事記に記されていることもまた事実である。

天照大神《あまてらすおおみかみ》が天岩戸《あまのいわと》にこもった時に天鈿女《あめのうずめ》が舞いを舞った話は有名だが、その時に用意された様々の神具は天香具山の土から造られたものであったし、神武天皇の東征の際も、苦難を取りのぞいたのが香具山の土でつくった祭器であった。

また崇神《すじん》天皇の御代《みよ》には、謀反《むほん》を企てた武埴安彦《たけはにやすびこ》と吾田姫《あたひめ》が、なによりもまず、香具山の土を盗んだとも記されている。何故《なぜ》なら、香具山の土が大和の国そのものを象徴していたからだという。

舒明《じょめい》天皇に至っては、この香具山で、春先に五穀豊穣《ほうじょう》を祈って行う「国見」という重要な儀式の際、「大和《やまと》には群山《むらやま》あれどとりよろふ天香具山」という有名な歌を詠み、万葉集に残している。

こうしてみると、香具山が古代いかに重要な山であったかが窺《うかが》えるが、なぜ〝天の〟が冠せられるか、その理由については全くふれられていない。

しかし、このことは天香具山に掛る枕詞《まくらことば》「天降《あも》りつく」ということばを調べればすぐに分ることだった。

この「天降りつく」という枕詞は、万葉集中二例をみるのみである。二例とも鴨《かもの》君足人《きみたりひと》という人物によって使われたものだ。ことによるとこの枕詞、鴨君足人の創作によるものかもしれないなどと想像されるが、それはさておいて、香具山にこの「天降りつく」という枕詞が与えられたのも、私たちが調べるまでもなく、あるひとつの説話がもとになっていることが分っている。

伊与国風土記《いよのくにふどき》の中にある「天山」にまつわる話だ。

伊与郡。郡家《こおりのみやけ》より東北《うしとら》に天山《あめやま》あり。天山と名づくる由《よし》は、倭《やまと》に天加具山あり。天より天降《あも》りし時、二つに分れて片端は倭の国に天降り、片端はこの土《くに》に天降りき。因《よ》りて天山と謂《い》ふ、本《このもと》なり。

天にあった山が地上に降りる時に二つに分かれ、そのひとつが倭（大和）の香具山になり、ひとつが伊与（今の松山）の天山になったというのである。

もとは天の山だったから、〝天の香具山〟といわれ、古くから神聖な山として信仰されてきたとなれば、なるほどそうかと納得もいく。そう思ってみると、香具山のカグという音はちょうど「高」の上古音、kɔgに通じていることに気づく。古く天は「高天原《たかまのはら》」と言われていた。当然ながら天は高い。即《すなわ》ち天＝高である。とすれば天香具山は、「天・天山」と同じことをくりかえしているとも言えるだろう。事実、天智《てんじ》天皇の三山歌の中では香具山は「高山」と表記されている。こうして見る限り、このカグという音は、天に通ずる「高」の音ととってよさそうだ。

しかし、である。隕石《いんせき》でもあるまいし、山が天から降ってきたとは何とも解《げ》せない話だ。上代の人だからそんなとてつもない話でも実際にあったこととして信じていたのだ、という理解は、現代人の偏見であり傲慢《ごうまん》であろう。何かが、必ずや潜んでいるはずなのだ。

ではこの説話の底に隠された意味とは何なのか。これが解けて初めて、この枕詞も、天の香具山といわれる理由も真に明らかになるに違いない。

天の形

天から降るものは何だろう——と聞けば、誰の口からもまず「雨」という答えが返ってくるだろう。そう、ふつう天から降るのは山などではなく、雨であるはずだ。

アメ、アメと、知らず知らずのうちにつぶやいているうち、おやと思った。

アメという音をもつ語といえば、雨はもちろんだが、天それ自体もまたしかりではないか。

もしかすると、天香具山は雨の香具山なのではないかと、まるで語呂《ごろ》合せのようなことを考えてみたくもなる。

雨と天——。どこか共通点があるはずである。

古代、天は盆をふせたように地上をおおうものと考えられていた。盆といっても、今の平らなお盆と違って、古代の盆とは底のふかい、椀《わん》のような形のものだったから、ちょうど今の私たちが満天の星空を見てプラネタリウムのようなドーム状の天を思い描くのと同じようなものである。

雨もまた古代では地上を覆《おお》うように降るものと考えられていたことが、この雨の音 hiuag からわかる。この音をもつ漢字である羽、宇などは、みなもともと「覆う」という意味をもっているのである。

地上に椀をふせたようにおおう天《アメ》とそこから地上を覆うように降る雨《アメ》。この説話の中で山が降ってきたというのも、実はその天の、「覆う」という意味そのものを表わしたいがためではなかったのか。なぜなら山の形は言うまでもなく、天と同じ∩型なのだから。そう思えば、天から山が降ったという超自然的な現象も、天の形を山の形に重ね見て表わしたものだと説明できる。

そこまで辿《たど》りついて、なおかつ不思議なのは、どうしてその山が二つに分れなければならなかったのかということと、その二つの分れた山が降りつく場所としてなぜ倭と伊与が選ばれたのかという理由だ。

風土記の頁《ページ》をめくってみたりしてしばらく頭をひねったが、さっぱり見当がつかない。

そんな折、大和に掛る枕詞、ソラミツを解いている仲間が、ついにその解答を見つけたらしく会心の笑みを浮かべてその話をしてくれた。詳しくは第八章を参照して頂くとして、彼女の話によれば、ソラミツというのは◡型の地、即ち山に囲まれた盆地という大和の地形を表わす枕詞だというのである。そして、ニギハヤヒノミコトが天空から見て、ソラミツヤマトと言ったというあの話も、天の形⌒型と大和盆地の◡型を同一視していたのだというのだった。

彼女の話を聞いているうちにはっと思い当った。そうか、天の山が大和を選んだ理由もここにあるに違いない。天と盆地は視点を変えれば全く同じ形なのだ。即ち、天の山にとって大和盆地は、まさしく「地上の天」といえる地であったのだ。この説話をつくった人間が、天の山の第二の故郷を天と同じ形の大和盆地に見出したのである。とすれば、片割れの伊与の地も同様に「地上の天」と呼ぶにふさわしい地でなければならない。伊与も大和と同じ盆地なのだろうか。

はやる気持ちをおさえて地図帳を棚からとりだし、実際の地形を調べてみた。ところがめざす「伊与」の地は、むしろ平地に近いらしい。ではいったい伊与が天山に選ばれたのはなぜなのだろう。

なぜ伊与なのか

伊与は今の四国の松山であることは先に述べたが、古事記の中では四国のことを「伊予の二名の島」と呼んで、「この島は、身一つにして面四《おもよ》つ有り」と説明している。二名の島に双子の片割れが降りついたとは面白い。何かの意図があってのことのように思えてくる。

ところで、古代の人は天を∩型をしたものと見ていた一方で、もうひとつ、どこまでも平らに伸び広がるというイメージで見ていたことが、その音「t'en」からわかる。t'enという音はもともと、平らに伸び広がるという意味を表わしている。

天の形∩型を大和盆地に見出したようにこの天の「平らに広がる」という意味を地上に見出せないだろうか。そう思って辞書を開くと、天と同じ音のグループの中に、まさしく平らにのびる大地の平面を表わした漢字を見つけた。意外にも、誰もが知っている字である。

それは、「田」だ。天が空にある平面であるのに対し、田は地上にある平面なのである。「平らに伸びた」という点においては天も田も同義なのだ。そして、この見慣れた字を見ているうちに、またあっと声を上げそうになった。あの古事記の「この島は、身一つにして面四つあり」ということばが電流のごとく脳裏に流れたからだ。

まさしくこの字の姿そのものではないか。

古代の伊与の国とはこのことから想像するに、豊かな田畑が広がる「田の国」だったと推察できる。

ここまでくると、伊与という地名自体、田のもつ延び広がるという意味に相通じていることにも気づく。というのも、伊与の「与」が、もとは予と同じように使われる字であること、そしてその「予」が「引き伸ばす」意を表わす字であることが分ったからなのだ。田の地=伊与が天の山の一方が降りつく地点として選ばれたのも、ここまでくれば当り前のこととしてうけとめられる。

天の山が降りついた大和と伊与は⌒型と、平らに伸び広がるという、二つの天の形を如実《にょじつ》に示す、まさしく地上の天だったのだ。

さらに面白いことに、この話は中国の古代の陰陽思想をも反映していることがわかった。

陰陽の流れ

陰陽思想とは、この世の森羅万象を陰と陽の二つの組み合わせで全《すべ》てを説明する古代中国の思想である。例えば、男・天・太陽などは陽、それに対し、女・地・月などは陰といった具合である。陰と陽が交ってはじめて物は生まれ、この陰と陽のバランスでこの世界が保たれると考えられていた。

先日、友人が中国のホームステイから帰って来た。彼が向うでお腹《なか》をこわして医者に行った時の話が興味深かった。

「あなたは今、陰の気が足りないので、陰の食べ物をとりなさい」

人の病もまた、陰陽のバランスが崩れた時におこるもので、そのバランスをとりもどすために足りない気を食べ物からとればいいというのである。だから当然、あらゆる食べ物のひとつひとつが陰と陽に分類されているという。

お酒に至るまで、陽の酒、陰の酒と分類されているから、陰の気が足りない時に陰の酒を飲むことは一向にかまわない。しかし陽の酒をとろうものならますますバランスが崩れ具合が悪くなるということらしい。

友人は、このアドバイスと、ピンポン玉ほどの丸薬一個で翌日すっかり元気になったという。陰陽の思想というと、いかにも古めかしくて呪術《じゆじゆつ》的ひびきすらあるが、中国では今でも普段の生活の中にしみついて生き続けている人間の知恵、科学そのものなのだ。当然、この思想は朝鮮を渡り日本にも伝来し、生活の中にとけこんだはずである。

さて、この陰陽では、

「一は天の数」

「二は地の数」

という考え方がある。ふつう、陰陽説では、奇数は陽でその代表を九とし、偶数は陰でその代表を六としている。しかし、そのもとをたどると奇数は一、偶数は二になることから、一は陽（天）を、二は陰（地）を示す数と考えられた。

すると、あの説話の、

「天でひとつであったものが、地上で二つに分れた」

という話も、まさしくこの陰陽の数の考えが根底に流れていることがわかると思う。

さらに、分れた山が伊与と倭に降りたのも、先ほどまでの理由に加えて、この陰陽で考えてみることができる。

倭は東、伊与は西。東は陽に当り、西は陰である。ということは、「陽（天・一）から陰（地・二）に分れた山が陽（東）の地と陰（西）の地にそれぞれ降りた」

と、いうことになろう。やはり、陰陽にきちんとのっとって作られていたのである。

こうしてみてくると、この説話がたんなるおとぎ話でないことは明らかだ。この説話に限らず、どの説話をとっても、またどの万葉の歌をみても、このような古代の思想、漢字に関する知識が一杯に詰め込まれていることが分るだろう。単純な枕詞として看過してしまいそうなこの「天降りつく」という枕詞を通して、古代の人のことばに対する造詣《ぞうけい》の深さに改めて脱帽する思いである。

持統が残した歌の中に

こうして天の香具山について調べていると、やはり初めに掲げた持統天皇の、

春過而夏來良之白妙能衣乾有天之香來山
春過ぎて夏来たるらし白妙の衣乾したり天香具山

という歌が気になって仕方なくなった。百人一首のせいだろうか、私たちにとって、とても身近な歌のひとつなのだ。

初夏、ぬけるような澄んだ青空のもと、目に鮮やかな新緑の木々に包まれた天香具山に、まっ白な衣がたなびいている――この歌からは、そんな初夏の心も洗われるようなすがすがしい風景がまず思い描かれる。実際、現在の解釈でも、この歌は持統天皇が香具山に干された白い衣を見て、夏の到来を詠《よ》んだのだろうと解されている。

以前、テレビでたまたまこの歌に関する特集番組を見た。番組のテーマは、「持統天皇は一体どこでこの香具山に干された白い布を見たのか」というものだった。この歌の標題「藤原宮御宇天皇代《ふじわらのみやにあめのしたしらしめしすめらみことのみよ》」からみても、おそらく持統天皇は藤原宮から香具山を見たと考えるのが一番可能性は高い。

藤原宮の造営は持統四年（六九〇）に着手され、四年後に完成、それまでの飛鳥浄《きよ》御原宮《みはらのみや》からの遷都《せんと》が行われた。まさしく持統天皇自身が築き上げた新しい都である。天智、そして夫の天武によって築かれた大和朝廷の基盤も確実に根をおろし、ここにきて一気に花を開く。

この藤原宮は、東に香具山、西に畝火山、北に耳梨山という大和三山によってとり囲まれた位置に作られている。「三山鎮を成す」ということばが『続日本紀』の中にみえるが、その辺りにこの都が大和三山の間に作られた理由が窺《うかが》える。都を置くのに格好の地勢だったに違いない。

さらに今までの研究でわかっているのは、この都は日本で初めて中国的な条坊制をとり入れた都だったということだ。持統天皇にとって、藤原宮は、まさしく新しい時代が始まるにふさわしい都だったのだ。

その藤原宮の一体どこから香具山に干された白い布が見えるのだろう。番組の中でスタッフが必死に探っていく。

まず、香具山に白い布をつけた棒を立たせ、それがどこから見えるかトランシーバーでやりとりをする。

「オーライ、オーライ。こちら○○××。見えますか、どうぞ」

「いや、こちらからは見えません。もう少し場所を移してみましょう、どうぞ」

結局のところ、香具山に干された白い布を見ることはできなかったというのが結末だったと思う。

私は、番組のスタッフたちが必死に動き回れば回るほど、冷めてきている自分に気がついた。問題のピントをはずしているように感じられてならなかったのだ。

持統天皇が藤原宮のどこから見たかということがそんなに重要なのか。それよりも、一体この歌で持統天皇が何を言わんとしているのか、それを探る方が先決ではないのか……。

春過而　夏來良之　白妙能　衣乾有　天之香來山

たしかに一見したところでは、初夏の天香具山のさわやかな風景しかイメージできない。しかし、ある時、突然この何でもない歌の中でいくつかの漢字が目に止まったのだった。

春、夏、白。

なぜこの字が目に止まったのか。それは私に、この三つの文字が五行という古い中国の思想を思いおこさせたからだ。

五行のめぐり

先に、「天降りつく天香具山」を解いていく中で、陰陽説がひとつのカギになって

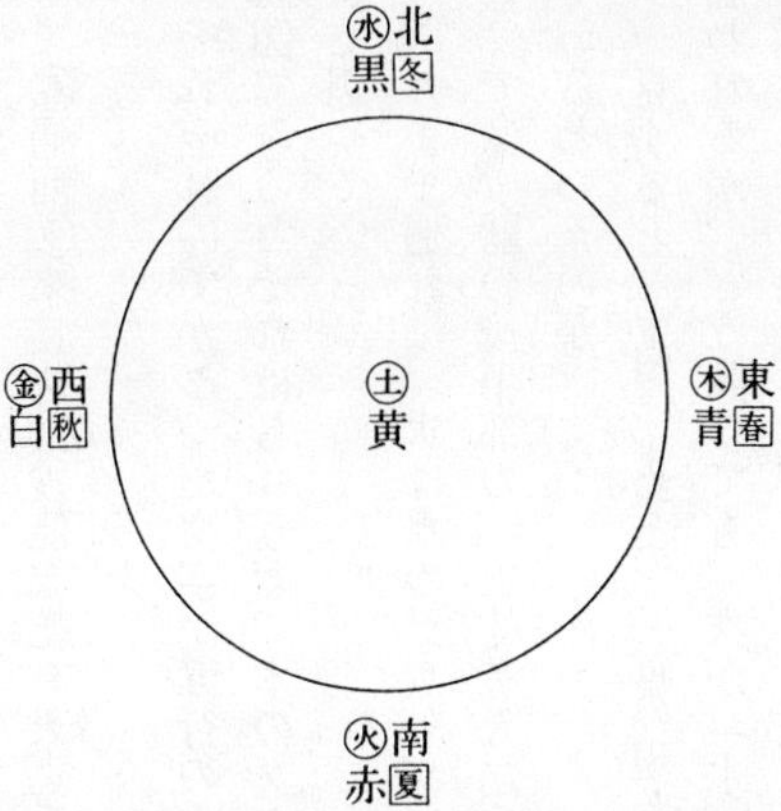

いたことは述べたが、古代中国ではこの陰陽説に並んでもう一つ「五行説」という重要な思想がある。陰陽が万物を陰・陽のふたつに分けることを基本にしているのに対し、五行では、万物を「木・火・土・金・水」の五つから成り立っていると考え、その五つの組み合わせで自然界の森羅万象を説明している。

上の図は五行を一目で俯《ふ》瞰《かん》したものである。方位、季節、色、どれを見ても今の私たちとかけ離れた感性でつくられたものでないことは分る。たとえば誰しも、「夏・火・赤・南」というと共通のイメージを抱くのではないか。

この五行の思想は後に陰陽と互いに組合わされ、陰陽五行説となり、万葉集、古事記、日本書紀に大きく関わっていることは、今までの私たちの経験からも明らかになってきている。

この図を眺めながら持統天皇の歌に立ち返ってみよう。

㊮過而㊰來良之㊄妙能衣乾有天之香來山

それぞれ○でかこった文字が五行の木火金にあたることに気付かされる。五行の配当図でみるとそれはちょうど、木のグループからはじまって時計まわりの方向に順序よく廻っている。

このまま廻れば、次は水のグループにあたるものが歌の中から見つかるかもしれない。では、歌の後半部の「衣乾有天之香來山」のなかのどの文字が五行の水を表わしているというのか。

一見すると、「白」までの五行の現われ方から、次は「衣」がそれに当たるように思われるが、どう調べても、衣が「水」を表わすとはいえない。そこでもう一度考えてみると、白妙能の白が修飾する語は「衣」であることに気づく。また、五七五七七というやまとことばの音節としてではなく、意味の上で区切るとしたら、「白妙能衣」でひとまとめになりそうだ。とすると、その次の「乾」が水に当たることになるのだろうか。

「天地」は「乾坤《けんこん》」とも表わされる。すなわち「乾＝天」である。

また、天地の色を示すことばに「天地玄黄」というものがあるが、天が玄（黒）にたとえられていることがわかる。黒は五行でいうとまさしく水ではないか。「天之香來山」の「天」は、香具山に掛かる語としてだけでなく、明らかに「乾」の一文字を受けての用字だったのだ。

そう思ってみると、香具山の位置しているのは大和の東。東は五行でいえばまさに木のグループである。つまり五行の上で、完全にひとめぐりをすることになり、同様に歌の上でも再び冒頭の「春」につながることで環は閉じられるのだ。それぞれの句に用いられている文字使いが陰陽五行の思想そのものを、鏡のように映し出している。

持統天皇は五行の思想を基に歌を詠んでいたのである。それにしても見事というほかない。

見事なまでの五行の廻り。しかしこのことは、ただそれだけのものなのだろうか。あるいは何か意味するところあっての「廻り」なのだろうか。

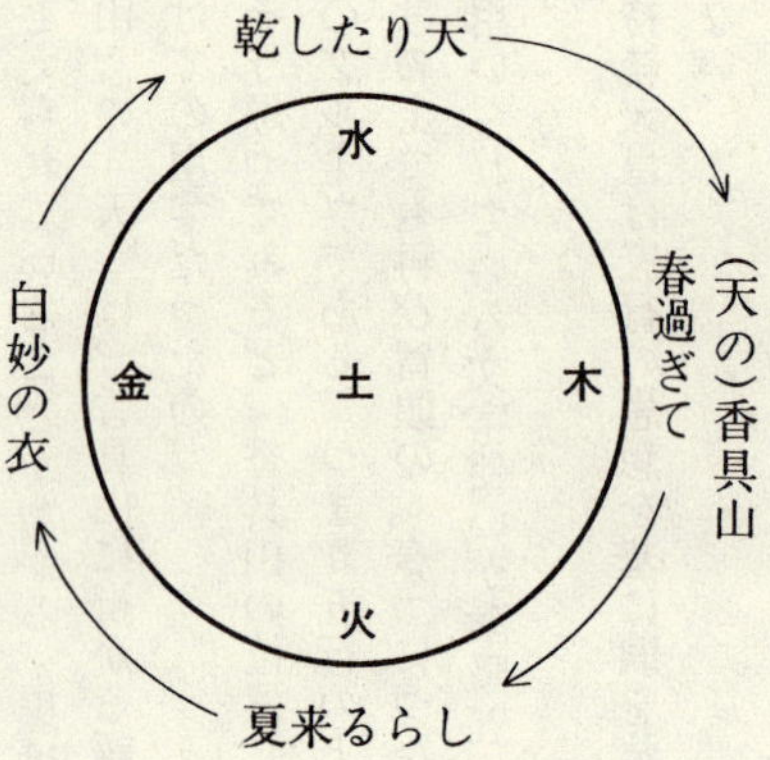

香具山と遷都

持統天皇がこの歌を詠んだのは、前述のとおり、ちょうど今までの都、飛鳥浄御原宮を出て新しい時代の幕開けにふさわしい新都、藤原宮に移ってからといわれている。

飛鳥浄御原宮はまさに香具山を真北に臨むところにあった。そして藤原宮に移ったとき、今度は東に香具山が位置することになる。正確にいうなら東南の方向ではあるが。

持統天皇の目からみて香具山は北から東へ……。東南へ……。そのことに思いあたったとき、頭の中の霧がいちどに晴れ渡ったような感覚に襲われた。

春過ぎて夏来たるらし――というインパク

トの強い冒頭のフレーズが、初夏の到来を詠んだものであることはいうまでもない。これは五行でみれば、木↓火への移行ということになる。つまり、方角でみれば「東南になった」ということが表わされているのだ。

何が「東南」になったのか。この歌において、それは言うまでもなく「天之香來山」が、である。香具山が東南になったということは、都が「藤原宮になった」と解釈できるのではないか。

そしてさらに、後半の、「衣乾有天之香來山」というフレーズのなかにも、北から東へと方位の移行が詠み込まれているように思う。なぜなら乾の一文字が配当図で位置する方位は「北」であり、香具山は「東」であるのだから。

持統天皇は香具山を北に臨む旧都飛鳥浄御原宮から、東南に臨む藤原宮へと遷都した。そのことを時を違《たが》えずしてこの歌に詠み込み、広く伝えたかったのだと思う。

一見、何の変哲もない初夏の香具山の風景を題材に、藤原宮遷都という大きなテーマを語っていた歌。その歌の詠み手である持統天皇のセンスに改めて感心してしまう。加えて、この一首を織りなす、大きな季節《とき》の廻りが、新都、藤原宮の永遠性を説いているようにも思われてくる。

(春)過而(夏)來良之白妙能衣乾有天之香來山

＝(秋)　]＝(冬)

と、用字が掛り合い、結び合うことで季節は廻る。

季節が一巡し、五行でいう気が通じ合うことは、新しいものが生まれ始まることを意味していた。遷都を経て、来たるべき新しい時代をみつめる天皇の藤原宮繁栄への期待。その永遠を願う切なる気持ちがこの歌には込められていたのだ。

あさもよし

樹木の国

深い原生林の中で道を失った私たちは、途方に暮れていた。現実の樹海であれば、生きて戻ることは不可能だが、幸いにも、私たちが迷いこんでいるのは「朝毛吉《あさもよし》」といわれる木国《きのくに》の樹海であった。

誰もが、いつになく寡黙《かもく》だった。長い沈黙のあと、仲間の一人がやっと口を開いた。

「朝毛吉は、木国が麻を特産したゆえの美称で、麻の裳《も》もよいと説かれているけど、樹《き》の国を形容するものが、なぜ麻の裳（衣）なんだろう。麻以前に、檜《ひのき》や杉の真木だというのなら、まだ多少の説得力もあるけど」

堂々めぐりの末に、また最初の疑問にもどってきたのである。

　青丹《あをに》吉《よし》　奈良は青土《あおに》を特産した故《ゆえ》の美称
　白縫《しらぬひ》　筑紫国《つくしのくに》は綿を特産した故の美称
　玉藻《たまも》吉《よし》　讃岐国《さぬきのくに》は海藻《かいそう》の特産地で、それ故の美称

「古代にも一村一品の村おこし運動があったのかしら」

　そんなふうに茶化す仲間の声。

「すると『在根《ありね》良《よし》　対馬《つしま》』は、在根の産出国だったんだ。で、そのアリネって何のこと」

「根は嶺《みね》のことらしいね。在根は嶺々がつづく――」

「対馬は山が特産品だったの」

　そこで大爆笑。しかしその声も鬱蒼《うつそう》と生い茂る樹木に吸いとられるように、また、もとの沈黙がもどった。

　天飛《あまと》ぶや　軽《かる》の路《みち》より　玉襷《たまたすき》　畝火《うねび》を見つつ　麻裳《あさも》よし　木道《きぢ》に入り立ち　真土《まつち》
　山《やま》　越ゆらむ君は（前半省略、巻四―五四三）

と詠《よ》まれているように、古代には、真土山を越えて、大和と紀国を往来していた。右手に畝火山を見ながら、軽の路を南下する。やがて道は西へと通じ、紀国へと向う。山道からは南の方に、紀ノ川のゆったりした流れも見えたのかもしれない。聖なる樹木の国に足を踏み入れ、いっそう気持ちも高まったことだろう。

持統太上天皇の行幸に従駕《じゆうが》した、調首《つきのおびと》淡海《おうみ》は、

朝毛吉木人《きひとども》羨しも亦打山《まつちやま》行き来と見らむ樹人《きひと》羨しも（巻一―五五）

と、そのときの気持ちを歌っている。

木国の人は往《ゆ》き帰りに亦打山を見るだろう、そのことが羨《うらやま》しいというわけだ。ここでは麻裳を産する木国の人が羨しいなどとはいっていない。

「朝毛」はなぜ「麻の裳もよい」と解かれたのだろうか。

だがこの疑問は、表記を見ることですぐに答えが得られた。「朝毛」「朝裳」「麻毛」「麻裳」の四種の表記例で、唯一《ゆいいつ》、意味をなすのが麻裳である。いたって単純な理由にすぎない。

最も古い用例は、持統十年（六九六）に死去した高市皇子《たけちのみこ》の挽歌《ばんか》に、人麻呂が詠ん

だ、
朝毛吉　木上宮《きのへのみや》を　常宮《とこみや》と　高くしまつりて　神ながら　鎮《しづ》まりましぬ（前半省略、巻二―一九九）

で、ここでは「朝毛吉」は、木国（人）ではなく、死者の墓所「木上宮」に接続している。

「麻裳」は麻衣に通じるものである。古代においては葬服を意味するから、確かに、この歌に関しては、麻衣は墓所によく似合う。だが、人麻呂の表記は、残念ながら「朝毛」となっている。

「朝毛吉」は、いったい羨しなのか、哀《かな》しなのか――。考えあぐねているところに、さらに『風土記逸文・紀伊国』では、

「アサモヨヒ（アサモヨシの転）トハ人ノクフ（食）イヒ（飯）カシグ（炊）ヲ云也《いふなり》」

と解かれていることを知り、まるで呪文《じゅもん》のような言葉の呪力にがんじがらめになってしまった。木国と「飯ヲ炊グ」は、麻裳以上に何の接点もない。

「所詮《しょせん》は、木国に対する形容辞なのだから、まずは、この国を知ることが先決だ」という仲間の言葉に、やっと気を取りなおした。なるほど正論である。形容辞が分らなければ、それが掛る木・紀国の実体から攻める方法もあるのだ。

水の国

現在の和歌山県と三重県の南部が旧紀国にあたり、年間の雨量は全国一――何度か耳にしたはずの説明を頭で反芻《はんすう》しながら、私はある歌を思い出していた。

朝裳吉木へ行く君が信土山《まっちやま》越ゆらむ今日そ雨な降りそね（巻九―一六八〇）

困難な山越えだから、雨よ降るなというものだ。古代も今も、紀国に雨はつきものだった。この雨量と温暖な気候が、樹木の生産量日本一を誇る木国を育《はぐく》んだ。この国が木国と表わされたことは、少しも不思議ではない。とすると、一方の「紀国」は、なにに着目した名称だろうか。

古事記や万葉集では「木国」と表記され、日本書紀では「紀国」の表記が原則的に用いられているが、この区別は何に基づくものだったのだろう。

樹木を育てるのは豊富な水である。つまり木と水は切っても切り離せない関係にあるのだから、一方を「木国」と表わせば、もう一方は「水（の）国」であるはずだ。紀国は、そのどこかに必ず水を表わす要素を秘めているに違いない。この問題設定が正しければ、「紀国」は水に姿をかえて立ち現われてくるはずである。

『日本書紀』は、起点から順序よく年を追って書き記した書である。ちなみに『古事記』の方は一切の年月日を記さない。糸の端緒《はじめ》を起こし、順序よく従うという「紀」の意味を端的に示しているのが、次の一文であろう。

「数は一に起こり十二に終われば、すなわち更《あらた》まる。故に紀という」（『説文通訓定声』）

一（子《ね》）に始まり十二（亥《い》）に終わり、一巡してあらたまる十二支の十二年間も、「紀」と表わされている。紀＝十二支、始点子は五行の水にあたる。「糸＋己（＝起）」は、糸を同音同義語・子に置きかえれば「子＋起」すなわち子＝水に始まると解くことができる。子の異体字「孚」（川＋子）も、子＝水の反映だったのだろう。

子に始まり順序よく一巡しあらたまる十二支・紀によって、水や水の巡りを表わし、その水に象徴される土地を「紀国」と表わしたということができよう。

この国の風土を代表する樹木と水が、木国と紀国の二つの表記を生んだとすれば、「朝毛吉」は、木や水に対する形容辞ということになる。

万葉集では、例外なく「木国」と表わされているから、まずは木との関わりで、この形容辞も考えていこう。

古代の人々の樹木に寄せた信仰を考えるとき、「朝毛吉」は木を修辞するたんなる美辞麗句ではなかっただろう。その意味を考えるときに忘れることのできないのが、陰陽五行思想である。

宇宙は陰陽二気、木火土金水の五つの要素で構成され、その相生《そうしょう》・相剋《そうこく》によって万物の生成・消滅がつかさどられるという思想で、古代中国の世界観を示すものだ。

古事記の序文にも、天武天皇が「二気の正しきに乗《の》り、五行の序《ついで》を斉《ととの》へ、神理《しんり》を設《ま》けて俗《ならはし》をすすめ」たと語られているように、政治・祭祀《さいし》はもとより生活全般にわたり、動かすことのできない規範とされた真理であった。

木も水も、その要素の一つであるが、「朝」は東を介して五行・木と結ばれ、「毛」もまた、木と関わり深いものとして、スサノオの説話に語られている。スサノオが鬚《ひげ》や眉《まゆ》や尻《しり》の毛を抜いて、檜や杉・楠《くすのき》を生やし、また八十木種を植えて、この国を青山となした話は有名である。

毛と木はともに、「生える・伸びる・再生」などの共通項をもつところから、毛から木を生やすといった類似説話が生まれたのだろう。ともにケと訓《よ》まれるのも、毛と木に共通義を見出《みいだ》したからに他ならない。

朝と毛は、それぞれに木と深い関わりをもつものだが、「朝毛」としての一語の意味はどう解釈できるのだろうか。「朝に起る」「東にはじまる」は太陽を示しているようにも思えるが、木国は大和の南であって東ではないから、太陽や方位を示すものとはちょっと考えにくい。

単独では木と深く関わりながら、それが一語になったとたん、「朝毛」はまるで記号としか思えない顔つきになってしまう。私たちがまったく道を見失い、途方に暮れていたのは、このことが原因であった。

「木国＝木、紀国＝水」の問題設定は、正しかったのだろうか。「朝→東→木、毛→木」の関連に問題はないのか。その検討に多くの時間が費やされてしまった。

木の国と水の国——自然の樹木と水が密接な関わりをもつように、五行の木と水も、「水生木」（水は木を生ず）相生の関係にある。さらに、木は十干の起点、水は十二支の起点にあたる。キの国の共通義は、この「起（点）」にあったのではないだろうか。「木国」と「紀国」は、樹木と水という風土の特徴を踏まえながら、木と水がそれぞれ「干支《えと》」のはじめにあたることから、「起ノ国」として木と紀で表記されたものではなかっただろうか。

私は古代の命名者の立場になったつもりで想像をめぐらせた。

陰陽五行は巡る

立派な樹木と水のこの地を、何と名づけようか。木は十干の始めに、水は十二支の始めにあてられる。木と水に共通の「起点」の義に基づいて「キの国」と命名しよう。表記は「木国」と、十二支を表わす紀を用いて「紀国」としよう。陰陽を表わし、相生の関係にあり、第一位にあたる甲《きのえ》（十干）と子（十二支）は、一巡する六十年間（甲子《きのえね》）を示すものだ。この一巡によって、「起」は始点の意味にとどまらず、更《あら》まる意でもあることが表現できる。神聖な樹木と水の地、「更まる起国」は二つで一つ

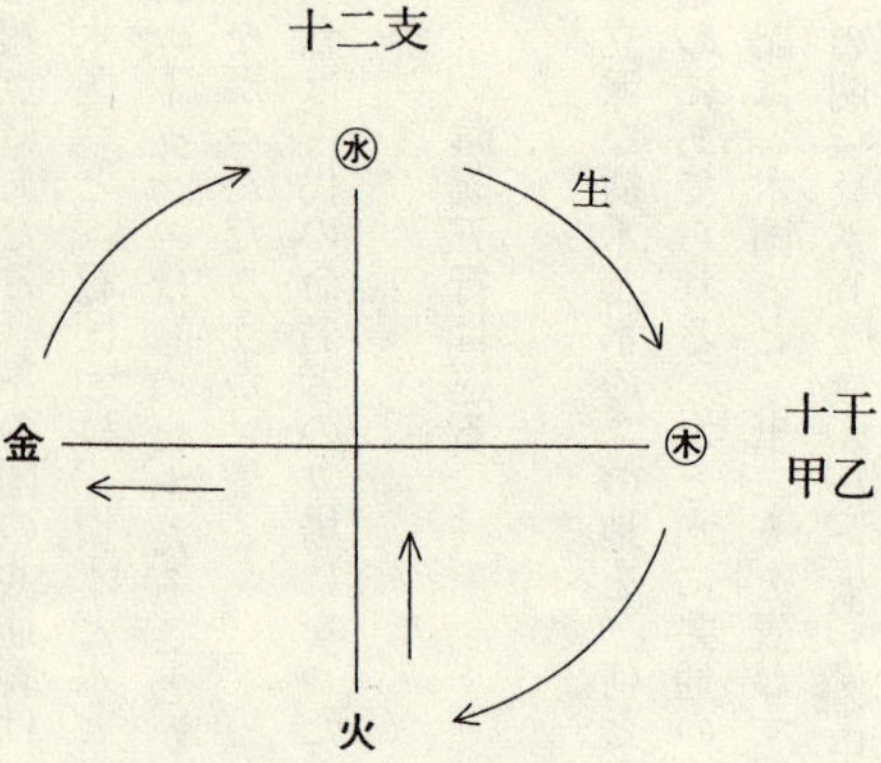

――。

五行・水は北に配置される。われわれ扶余《プヨ》族の本つ国は、朝鮮半島の北・高句麗《こうくり》である。紀国は原郷を、そして木国は渡来の地、東方の地における呼称ともなろう。「水生木」の理は、それにかなうものでもある。朝鮮には高句麗・百済《くだら》・新羅《しらぎ》三国が鼎立《ていりつ》し、互いに覇を競った時代があった。南の馬韓におこった百済は、高句麗族の一部が南下してつくったもので、支配層は高句麗系である。百済八大姓の一つ「木氏」の名も北（高句麗）方の出であることを「水（北）生木」の理によって示したのだろうか。

樹木に恵まれた地は、日本ではなにも紀伊だけではない。どこへ行っても樹木が生い茂った日本で、あえてこの国が「木」と名づけられたのは、扶余族である百済の姓・木との関わりもあったに違いない。

木国と紀国——二つの言葉を通して、その背後に存在する意味を考えてみるのも興味深かったが、かんじんの、朝毛吉がまだ解けてはいなかった。

木に始まり、水に始まる十干「甲」と、十二支「子」——ここに朝毛吉を解くルートがあるに違いない。樹海のなかに見出した一本の道を私たちは辿《たど》ることにした。

一日の始めを示す朝と毛（生える——起こる）の「朝に起こる」は「木に起こる」起点の「甲」を表わしていたのである。まさに、『説文』のいう「甲は東方の孟《はじめ》なり」の解釈と一致する。朝毛吉は「甲＝始めの吉地」として木（五行）に接続していたのである。しかし、始めはたんなる始めではない。朝が象徴するように、一巡し更まる意での始めである。あらたな始まりの吉地として、「木」に東方の孟・甲を接続させたのであろう。

「朝毛吉木上宮を常宮《とこみや》と高くしまつりて」と詠んだ人麻呂にとって、木上宮は、死者にとっての新たな始まりの宮としての「吉《よ》き地」であった。吉き地・吉地は、墓地の意でもある。新たな始まりの宮としての墓所、それはまた、始めも終りもないまさに永遠の常宮であった。人麻呂は「木上《きのへ》」に「甲《きのえ》」をかけたのだろう。

「吉野に〝甲神社〟というのがあるらしいよ。それにまたの名が〝今木神社〟なんだって。甲と木の結びつきが、現実にもあったんだ」

これまでの考えを裏づけるような調査報告に、皆一様に驚きの表情である。

吉野とはいっても、明日香の檜隅《ひのくま》から、八キロほどの所だそうだから、檜隅―今木―甲の関連は、すべて「木」を共通義としている。檜隅は漢語「東隅」を原語とするものだっただろう。東方のすみ・太陽がのぼるところ、東＝木であり、この神社が、今木の民の祖廟《そびょう》であったことを思わせる。甲を木上宮にかけたのは人麻呂独自の発想ではなかったのだろう。

木国は、たんに樹木の立派な国の意のみではなかった。樹木は五行・木として甲と結び、始め―一巡―更まる意の吉地としての起点の国であったことを、小さな一つの枕詞《まくらことば》を通して、今に知ることができるのである。古代の人々にとって、樹木はその象徴として観想されたのだった。

「それにしてもなぜ葬服のイメージを運ぶような麻裳の表記がされたのだろうか」

次に提起されたのはこの問題である。

古代において主要な繊維だった麻は、糸や布の総称ともなっている。麻は糸に置きかえられる。毛は、起こる・伸びる意。つまり「麻毛」は「紀」の字形、「糸＋己」に対応させた表記ということができる。

糸と子は同音同義語であるから「糸に起こる」（紀）とは「子に起こる」、すなわち、十二支を、水の国である紀の糸にかけたのである。

「朝毛（裳）」が木国の形容辞であるのに対し、「麻毛（裳）」は、紀国に対する形容辞といえる。一方は、十干・甲によって、一方は十二支・子によって、「始め・一巡・更まる」意を表わし、それぞれ起点にあたる「木」と「水」に接続したのである。「木国」と表記はしても、木＝紀と捉《とら》えられていたことが、麻毛（裳）からわかる。

朝毛吉——甲の吉地		木	陽	木国
	（始め・更まる）			
麻毛吉——子の吉地		水	陰	紀国
——		—	—	—
干支		五行	二気	起

時間軸（干支）と空間軸（五行）のなかに、この国が陰陽和合の地、万物の生成の

地であることが、〝二つで一つ〟として捉えられていたことがわかる。古代人のこころ——その天地との交流の深さが伝わってくるとき、あまりに大きな風景を前に、言葉もなかった。

朝毛吉の修辞によって、私たちは人麻呂の挽歌《ばんか》に詠まれた木上宮の常宮としての意味を知り、また調首淡海《つきのおびとおうみ》の〝羡《とも》し〟に共感することもできた。新しい意味が、歌の風景をより深いものにしてくれることを、あらためて実感していた。

「いつか真土山に行ってみたいわ」

という声に誘われて、誰かが早速地図を持ちだしてきた。

大和と河内の国境いを南北に走る葛城《かつらぎ》山脈の南端の山——地名辞典の類にはそう記されているものの、地図には記載されてはいなかった。地形図のレベルではとりあげるに価《あたい》しない山なのだろう。

「地図にものらないような、山というより峠みたいなところだったんだ」

「現在の名は、待乳《まつち》峠というらしいしね」

「万葉集には、真土・信土・又打・亦打といろんな表記があるけど、待乳とは変な表記だね。由緒《ゆいしょ》ある地名が変えられていくのは惜しいなあ」

「マッチ山の位置は、言ってみれば大和の終わりであり紀国の始めでもあるわけだから、紀の意味そのものだと言えるね。終わりはあらたな始まりなんだから、マッチ山＝紀山だったんだ」

「とすると、マッチ山を越えることは、紀国の意味そのものを体験することでもあったのかしら」

「マッチとはどういう意味だったんだろう」

「ものの本の解説にあるようにりっぱな土というのでは、よくわからないしね」

改めて穴のあくほど「紀山」を見つめていた私の目の前に、突然一六〇メートルのマッチ山が具体的な意味をもって立ち現われてきた。

「紀山にマッチが見える」

私は思わず、大声で叫んでいた。

「糸は麻に置きかえられるでしょ。麻の音はマ。己はツチノト、五行では土にあてられるから、糸＋己はマッチと訓める！」

亦（又）打の表記は、この麻を打つことからの連想だったろう。麻《マ》が好字・真や信に変えられて真土・信土と表記されたに違いない。「麻毛吉」が「紀」の字形に対応していたように、マッチも同じく字形に音の形成を求めることができる。

あの奇妙に思われた「待乳」が、「子」を表わしていることに気づくのに、時間はかからなかった。「乳を待つ」のは「子」以外にはない。待乳は子を介して水を表わしていたのだ。あの紀ノ川に対して、待乳山はそのむこうを張っての紀山だったのである。水によって紀が示されたのが待乳の表記であった。いつ頃に成立した表記だったのだろうか。

ところで、あの呪文《じゆもん》のような言葉が気がかりになってきた。

アサモヨヒ（シ）トハ人ノ食フ飯炊《かし》グヲ云也

飯を炊《た》くには、水が必要である。竈《かまど》も必要だ。カマは素材が土であることから、周易では「坤《こん》」（地）に含まれるものの一つだが（坤を地となし、母となし、布となし、釜《かま》となし……その地におけるや黒となす。――『説卦伝《せつかでん》』）釜は土気の神でも火の神でもある。

この呪文のような言葉の中に示された水と土も「紀」（左図参照）に対応させたものといえる。周易では、水と地（「水地・比」）は相親しみ和合する意を表わしている。また水と火の関係は「水火相およぶ」陰陽和合の象徴でもある。易の思想で和合を示す「水地比」を借りて、陰陽和合の地「紀国」が解き明かされていたのである。

木国と紀国の二つの表記が、後には、紀国に定着していったのも、紀一字によって「水地比」の陰陽和合が表現できたからだっただろうか。

文字に対する深い洞察力が「マッチ山」の呼称をはじめ、『風土記逸文』のアサモヨシの起源をも生みだしていった。そのエネルギーこそ、古代人の紀国に対するおもいそのものだっただろう。

紀国は、私にとめどなく想像力をかきたててくれた。

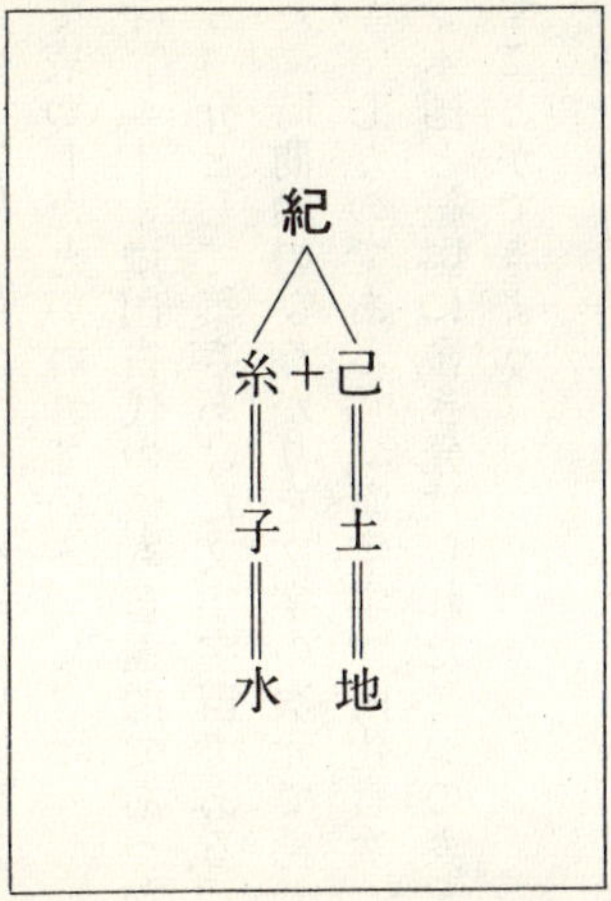

紀元一〇〇年、許慎《きよしん》によって著わされた中国の最も古い漢字の解説書『説文《せつもん》解字』のことが思いだされる。
陰（六）と陽（九）の象徴数をかけ合せた五四〇の部首をたてて全体の枠組をたて、「天地人」三才の理念に基づいて、文字の大系を「一」からはじめ、最後を「亥《い》」（十二支の終り）でしめくくる――この構

成は、森羅万象のすべてをそこに収容し、永遠に循環する宇宙を、文字の循環によって表わしたといわれている。

「――中国古代の最も普遍的であった哲学である陰陽五行説を基礎に、文字を媒介として築きあげた文字宇宙である。中国古代の人間社会を位置づける空間軸と時間軸のひろがりを文字の次元で総合的に表現したコスモロジーを、許慎は完成したのである」（『漢字学』阿辻哲次　東海大学出版会）

木国と紀国に書き分けられた二つの表記に『説文解字』に貫かれた同じ秩序を見出《みいだ》すことができよう。

木国　陽　五行・木　十干・甲

紀国　陰　五行・水　十二支・子

木と水の空間軸によって陰陽の和合が、干支の時間軸によって陰陽の循環が示された。木と水はその間に「木火土金水」（相生）を包含し、「甲子」は干支の一巡する六十年である。

木国と紀国は二つの間に、森羅万象全《すべ》てを収容するものとしての二つだったのであろう。

許慎はそれを一冊の辞書に著わし、はるか後の日本では、国名にそれを実現した。「木国」と表記した古事記。終始一貫「紀国」と表わした日本書紀。ともに天武天皇の勅命によって編纂《へんさん》された二つの史書もまた、同じ思想を実現するためのものだったのだろうか。

ともあれ、古代の紀国は、古人にとって陰陽思想を具現化した国であったことは確かだろう。風土の樹木と水がその原風景であり、原語となった。

二つの国名、その形容辞——小さな小さなことばが、大宇宙を築きあげている。「朝毛吉」に始まった紀国への旅で見た風景である。

ヨシノ

滝の都

始まりの地、あらたまる吉地と修辞された紀国《きのくに》の紀ノ川を遡《さかのぼ》っていくと、川は名まえを変えて吉野川となる。源流は大台ヶ原の山中に発して西北流し、途中高見川を合わせて屈曲しながら西流する。

この流域一帯の地が「吉野」とよばれたわけだが、何やらよほどめでたい地であったらしい。

その地の風景を知るにはなんといっても、万葉集が最も手っとり早い。すぐれた歌人たちの目が見た風景のなかに、最も適確に風土の特徴が映しだされているからだ。

吉野を詠《よ》んだ多くの歌の中で、吉野の全景を伝えてくれるのが、人麻呂の一首であろう。

やすみしし　わご大君の　聞こし食《め》す　天《あめ》の下に　国はしも　多《さは》にあれども　山川の　清き河内《かふち》と　御心《みこころ》を　吉野の国の　花散らふ　秋津《あきづ》の野辺《のべ》に　宮柱《みやはしら》　太敷《ふとし》きませば　百磯城《ももしき》の　大宮人《おおみやひと》は　船並《な》めて　朝川渡り　舟競《ふなきほ》ひ　夕河渡る　この川の　絶ゆることなく　この山の　いや高知らす　水激《たぎ》つ　滝《たぎ》の都は　見れど飽《あ》かぬかも（巻一―三六）

見れど飽かぬ吉野の河の常滑《とこなめ》の絶ゆることなくまた還《かへ》り見む（巻一―三七）

「水激つ」「激つ河内」「滝の都」――歌人たちの描く吉野は一様に激湍《げきたん》の地であった。この激流の地に離宮が造営され、古くは、応神・雄略から斉明・天武・持統・文武・元明《げんめい》・聖武《しょうむ》の諸天皇の行幸が記されている。特に持統天皇の三十回にのぼる吉野行幸は、その回数の多さゆえに謎《なぞ》の一つにすら数えられる。吉野が、とりもなおさずその名が示すとおりの「吉地」であったからに他なるまい。激湍に象徴される水の地としてのイメージが、すなわち「吉地」だというのだろうか。印象のみからの推察は易しいが、地名としての吉野は、追いかけてみる価値がありそうだ。

めでたい、よい意を表わす吉を、ツイタチと訓《よ》むことを知る人は、多くはあるまい。ひと月が終って、暦の最初にもどった日、朔《ついたち》は、あらたまる意味から、古人はそれを、めでたし、よしと観想し、吉にツイタチの訓みが生じたのだろう。

この朔は、十二支・子《ね》（水）にあてられている。激湍の地はその水の循環を、ツイタチ（吉）に置きかえて表わしたにすぎない。

風土の特徴を踏まえ、その水に「あらたまる、再生の地」としての意がこめられたのである。紀国とは、全く同義の地名だということになる。

「三十回にのぼる持統天皇の行幸も〝あらたまる〟ところに意味があったんだ。水のようにつねにあらたまる、つまりは新生・再生を求めたということになるね」

「女帝として政治の頂点にある場合、とくにこうした霊力は必須《ひっす》のものだったろうからね」

「そういえば、例の天武天皇が吉野を隠遁《いんとん》の地に選んだのも、同じ理由だったのかも知れないよ。あらたまる――再生の地でその新生を願った。そして結果はまさにその通りになって、吉野で旗揚げした壬申《じんしん》の乱の勝利によって皇位についた……」

「たび重なる行幸の原点には、持統自身のこうした体験の事実も大きかっただろうからね」

「水のめぐりを月日のめぐりに重ね、そこに〈あらたまる・始め〉の意を見出《みいだ》すって、今の人間の誰にもない目だよね。どうして、こんな目を持ち得たのかな、古代の人たちは」

私たちは、次々に万葉集中の吉野の歌を読みすすんでいった。吉野川の川音を聞き、立ちのぼる川霧に包まれ、その清流にアユの姿も見たが、それらの歌に一貫して流れるものは、絶えまない流れに万年までもかくあれと願う永遠への希求であった。雄略天皇の「蜻蛉島《あきつしま》」の称辞が、この水の地・吉野で発想されたことにも改めて得心がいく。

「よし」尽しの早口ことば⁉

そんな歌の中で、とりわけ私たちの目をひいた一首があった。

淑人の良と吉く見て好といひし芳野吉く見よ良人《よきひと》四来見（巻一—二七）

「よし」づくしの早口ことばのようなこの歌は、たちまち私たちの間で人気ものとなった。誰もかれもが競って歌いだした。簡単なようでなかなかすらすらとは憶《おぼ》えられない。自然に指を折って数えたくなるらしく、仲間の一人が八回もくり返されていることを指摘した。

だが、表記は「淑・良・吉・好・芳・四来」の六種類である。「よし」と訓む字が他になかったわけではない。「能・善・美・誼・令」等々、他にいくらでも存在する。今度は八回と六種類に、私たちの目はひきつけられていった。

この一首は、題詞に、天武天皇が吉野宮に行幸したときの歌とあり、編者の注として、「紀に記されている、天武八年五月五日の吉野行幸をいう」とある。

天武八年（六七九）といえば壬申の乱の七年後である。天武天皇は、皇后（持統）と六皇子（草壁・大津・高市《たけち》・忍壁《おさかべ》・志貴《しき》・河嶋《かわしま》皇子）を同道して、吉野宮に入り、壬申の乱の二の舞いが起らぬよう、諸皇子に親交を約束させた。この歌は有名な吉野盟約の折の天皇の歌だというのである。字面《じづら》だけ追えば次のような意となる。

立派な人がよい処《ところ》としてよく見て「よし（の）」といった、その吉野を、よく見るがいい。りっぱな人もよく見たことだ。

まず話題となったのは、淑人《よきひと》とは誰のことか、特定の人なのか、それとも一般名称なのかという点であった。

「淑」は「清湛《きよらか》なり」（『説文《せつもん》解字』）と説かれ、女性の形容語だが、本来は水の形容であったという。同系語「俶」は、「はじめ」の意を表わしている。

流れる水のように「ヨキ・ヨシ・ヨシ・ヨシ・ヨク・ヨキ・ヨク」と続く歌のはじめに、水の形容「淑」が置かれ、しかも俶は、はじめの意を表わしている。これは偶然ではない。水の流れのように、ルートに従うことで天皇皇后に対する六皇子の従順・忠誠が示されたのだろうか。

吉野盟約の背景には

この誓約の場に居合せた人数は、八人である。これはくり返される八回の「ヨシ」と重なる。しかも六種の用字は、六皇子の数と同数である。これが暗喩《あんゆ》でなくて何だろう。

「確かに天皇に対する忠誠・従順が、ルートを流れる水のごとくに、と比喩されたのはわかるが、天武の意図は、もっと深いところにあったんじゃないかな」

突然、仲間の一人はこう言いだした。

「是非その根拠を聞きたいものだね」

「この八と六が、その根拠だよ。古代中国の易の思想では、数字は大変に重要視されている。天の数は一、地の数は二、人の数は三とか——。六と九は陰陽を象徴する数だし、八方位も数字に還元して表わされている。あの姓名判断というのも、基本的には文字の画数でしょ。つまり、数字はたんに数詞を超えて、オーバーにいえば、万物が数に還元されているわけだから、その数によって全《すべ》ての判断が可能になるんだよ。例の五行も、生成順に〈水《1・6》火《2・7》木《3・8》金《4・9》土《5・10》〉と表わされているよね。①から⑤までは生数で、⑥から⑩までは成数としてね。生数①の水は凝滞して流れない水、成数⑥の水は流れる水、といった具合に静と動の区別までして——。

これでいうと八は木、六は水だよ」

「あら。木国と紀国じゃないの」

「そうなんだ。木と水が何を象徴するかといえば、陰陽二気。二気の和合がなければ物の生成はあり得ない。兄弟の真の和合融和がなければ、何事も成らぬ——だから六皇子に親交を誓わせたのさ。陰陽和合の地・吉野という舞台で」

「でも吉野は水の地でしょ、陰だけの地じゃないの」

「そうくると思った。そこがポイントだからね。答えは、五行の水、イコール十二支の子、にあるんだ。子＝子ども。子が生まれるということは、とりもなおさず陰陽和合の象徴だからね。吉野＝水・子＝和合。

天武天皇は子どもたちに、和合の意味を八と六にかけ、その象徴の地・吉野をよく見よと喩《さと》したんじゃないかな。水＝子に六皇子をかけて――」

吉野もまた、陰陽和合の吉地であった。生成を約束する地である。天武の隠遁も、持統の行幸も、吉野盟約も、全てこの一語によってその謎は明らかとなる。調子のよいことばを以《もつ》て、一首を諧謔歌《かいぎやくか》と片づけることはできない。繰り返される八回と、六種の用字――数字自体が一首のテーマだったとさえいえるのだ。

「なるほどねえ。水・子に六皇子をかけた――で思いだしたけど、水・子に母子を連想した歌もあったね」

「そう。紀ノ川をはさんで向い合った妹山と背山の二つが、母の最愛児《まなこ》にたとえられていた、あれでしょ」

人ならば母の最愛子《まなご》そ麻毛吉木《あさもよし》の川の辺の妹と背の山（巻七―一二〇九）

「母と子の関係にたとえられたのも、水＝子だったからだ。木の川（水）は母に、妹背山は子に——水・子の一体の関係が母子一体の関係に比喩されても当然だよね」

「とすると——あの淑人が、好しといった芳野の関係は、持統天皇と草壁皇子の母子一体だったのかも——六皇子の中で実の母子はこの二人だけだし、よき人をわざわざ美しい女性・淑で表わしたのもおかしいじゃないの」

「それに好も〝母＋子〟の関係といえる」

「よく見よ、といったヨシノは吉野ではなく、芳野。でも集中には、この表記も結構用いられているよね」

なにやら謎めいてきた「淑人」と「芳野」——。

その芳は芳春・芳時など、春の美称として用いられている。春は五行・木。吉野が水を意味するのに対し、芳野は木を示している。紀国と木国の書き分けと同じ秩序で、吉野と芳野も書き分けられていたのであろう。

芳—春・五行・木には東もあてられる。最皇子《あさのおうじ》の暗喩があったのだろうか。「艸《くさ》＋方（両側にならぶ）」も「草《くさ》＝日《くさ》＋並」で日《ひ》並所皇子《なみしのみこ》にとれる。『説文』には

「艸の香りなり」とあるが、草香もクサカベに通じる。

〃芳野よく見よ〃が、吉野でなかった理由は、草壁を暗喩するためだったのだろうか。淑人（持統皇后）が、よしとよく見て好《よ》しといった、その芳（草壁皇子）野をよく見よ、良人（天武天皇）もよしといったことだ——。

諧謔歌とされた真相は、こんなところにあったのかもしれない。皇位継承問題に関して、皇后は影の立役者として実権をふるった。実子を推挙したことも当然であろう。後に伝承詩人は風刺をこめて、皇位決定は皇后の力によるものだと歌うという可能性は、十分に考えられる。この一首は、そうした様々な想像を私たちに投げかけてくれる。

ルートを履《ふ》み行う——つまり従順であれば、おのずから和合がもたらされ、真の和合によって、すべての物事を成すことができる、と喩す天武天皇自身の歌であったのか。それとも、水＝子の一体に母子一体の関係をかけ、母が好しとした子を天皇もよしとしたまでのこと、皇位継承は皇后持統によって決定されたとする伝承詩人の諧謔歌だったのか、その真相は知るよしもないのだが——。

第四章　ほどかれた漢字

あらたまの

玉の変身

現代の生活は、時間に追われ、追いたてられ、また逆に時を追いかけていると言っても過言ではない。日が昇り日が沈むという自然の流れに沿うペースではなく、秒単位に刻まれていく時計によって、我々は背中を押されるように生きている。

時計のない古代、時間の概念は自然の変化をもとにするしか手だてがなかった。日、月の運行によって時は「日、月」と文字通り表わされ、年も、穀物が種から成長して実をつけ収穫されるまでのひと実りする期間、というふうに、きわめて具体的な形で示された。時という目に見えないものが、実際に目に見えるものの変化によって表わされていったのである。

さて、これらの、「年、月、日」にかかるのが〝あらたまの〟という枕詞《まくらことば》である。ほとんどの場合、〝荒玉〟と表記される。

〝あらたま〟と聞いたとき、とっさに、これは〝改まる〟だ、と早合点してしまった。つまり、新しくなる、新しいという意で、年、月、日にかかるのだろうと思ったのだ。しかし、それでは、〝荒玉〟という表記を全く無視することになる。荒玉となると、新しくなるどころか、荒れて古くなるイメージをさそう。「荒れたる故《ふる》き京《みやこ》」という言い方もあるくらいだから、〝改まる〟説は、たちまち念頭から却下された。

現解釈でも、まだ定説はないようだ。荒玉を砥《と》ぐ意で〝年〟にかかるとか、荒玉は角ばっていて〝鋭《と》〟ということから〝年〟にかかるとする説もあるが、〝年〟のトは上代特殊仮名遣の乙類、〝砥ぐ〟〝鋭し〟のトは甲類で、いずれの説も当らないとされている。甲類・乙類うんぬん以前に、砥ぐ・鋭しから年のトを導くなど、語呂《ごろ》合わせにも等しいものだ。

先にも述べたように時という抽象的な概念を説明するさい、古代の人々は必ず具体的な物の姿を借りて表わしていった。〝荒玉〟もその方向で解いてゆくことはできないものか。

〃荒玉〃は〃璞〃と表記される例がある。まだ磨かれていない原石のことであるが、この原石と時がどのようにつながるというのだろうか。

原石は、磨くことによって美しい玉へと変身する。つややかな光沢も、美しい筋目模様も磨かれてはじめて現われてくる。つまり、荒玉の中には美しい玉が隠されているわけだ。荒玉は、美しい玉になる前の姿ということもできよう。どうやらこの変移が、時と結びつきそうな予感がする。

原石から玉になるという変移は、見えなかったもの（光沢・模様）が表に見えてくるということである。「玉」が「見える」ようになる――と考えをすすめたとき、脳裏をひとつの漢字がかすめた。

〃現〃である。玉プラス見で形づくられた漢字だが、これは、今まで見えなかった模様・すじめが、見えるようになることから、「現れる」意を示したものである。〃現〃の漢字の意味もまた、原石から玉の変化によって〃現れる〃意を示していったのである。〃荒玉〃は〃現〃の意味とぴったり一致し、その意味を〃荒玉〃とほどいていたのだ。これもまた〃現〃の字形分解によって造られたことは明らかである。

現は、「現代」「現在」というようにあらわれてきた今という時を表わす。今という現実を形として表わそうとした時、玉の原石に〃見えてくる〃〃現れる〃という現象を映し出したのである。

今の私たちには、ただの原石というにすぎないが、古代の人にとっては、やがて光沢や模様が現れてくる確かな存在だったのだ。日、月、年という時の現れにかかっていたのもごく自然なことであった。

〝改まる〟も、考えてみれば、今までと違った姿になるということだから、新しい姿が現れてくるのと同意といえるだろう。それも、玉の光沢や模様のように、美しいという属性まで込められていたわけだ。〝アラタマ〟の時（年・月・日）イコール、アラタマル意だったのだ。

目に見えない「時」すらも、ことばによって具体的な形をとるようになる。ことばの力を、漢字の力を見たような思いである。

たまだれの

涯《はて》——大地の果てるところ

奈良県高市郡高取町大字越智《おち》——河嶋皇子《かわしまのみこ》が葬《ほうむ》られているといわれる地である。「或《あ》る本に曰《い》はく、河嶋皇子を越智野に葬《はぶ》る時、泊瀬部皇女《はつせべのひめみこ》に献《たてまつ》る歌そといへり」とあるとおり、人麻呂は、この河嶋皇子が亡《な》くなった時、その妻、泊瀬部皇女に、その皇女の気持ちになりかわって歌を詠《よ》んでいる。

河嶋皇子は天智《てんじ》の第二子で、『帝紀』及び『上古諸事』の編纂《へんさん》に参与した皇子の一人である。大津皇子とも親交があったが、六八六年、大津が謀反《むほん》を計画していると密告し、持統からは忠誠をたたえられたが、友人は情誼《じょうぎ》のうすいことを非難した、と

『懐風藻《かいふうそう》』に記されている。
泊瀬部皇女の名にふさわしく、その歌は飛鳥《あすか》の河の流れで始まる。

飛鳥《とぶとり》の　明日香《あすか》の河の　上《かみ》つ瀬に　生ふる玉藻《たまも》は　下《しも》つ瀬に　流れ触らばふ　玉
藻なすか寄りかく寄り　靡合《なびか》ひし　嬬《つま》の命の　たたなづく　柔膚《にきはだ》すらを　剣刀《つるぎたち》
身に副《そ》へ寐《ね》ねば　ぬばたまの　夜床も荒るらむ　そこ故《ゆゑ》に　慰めかねて　けだし
くも　逢《あ》ふやと思ひて　玉垂《たまだれ》の　越智《をち》の大野《おほの》の　朝露に　玉裳《たまも》はひづち　夕霧に
衣は沾《ぬ》れて　草枕《くさまくら》　旅宿《たびね》かもする　逢はぬ君ゆゑ　（巻二―一九四）

越智という地名に「玉垂乃」という美しい響きの枕詞《まくらことば》がつく。しかし、玉垂という語から想像できる様子が、越智という地名にどのように重なってくるのかがまるでわからない。
玉垂とは、玉簾《たますだれ》のことで、玉を垂らす糸（緒《を》）と越のヲとが通じるので、「玉垂の越」、即《すなわ》ち「玉を貫く越の大野」となる――というのが現解釈である。確かに、万葉後期の歌では、「玉垂之小簾」などと簾にかかるようになるので、単純に玉簾と結びつけられるが、地名の越智にかかる用例の方が古いことは見逃せない。地名・越智にかかる以上、地勢と無関係ではなかろう。第一「玉を貫く越の大野」ではイメージを結ぶことができない。そもそも大野とはどのような地だったのだろうか。

「越」は、〝乗り越える〟という意から、〝遠く隔たっている〟ことを表わしている。越前《えちぜん》、越中《えっちゅう》、越後《えちご》は、遠く道を隔てた辺境の地の意だったのである。古くは古志国と呼ばれていたのも、野を越え山を越えた、まさに国土の果ての遠い地、越の国ということに他ならない。

だが、奈良の越智は、飛鳥からそれほど離れた所ではない。「越」の意味からは、ほど遠いのである。ひとまずガイドブックの類をめくることにする。

真弓鍾子《かんす》塚《づか》古墳のやや南から、真西へ高取町越智に向かって、最近整備された新道が通じている。その道の南と北とに、真弓丘陵から続く丘陵が続き、いずれも越智の近くで曾我川に雪崩《なだれ》落ちるように終わっている。北を走る丘の麓《ふもと》には橿原《かしはら》市北越智町の集落があり、南を走る丘の西端には現在の斉明《さいめい》天皇越智崗上陵《おちのおかのうえのみささぎ》があり、二つの丘陵に囲まれて高取町越智の集落があるので、越智野は二つの丘の麓一帯を広くさしたものであろう。(『万葉の歌』〈明日香〉)

丘陵がその先端で雪崩れ落ちるようになっている、その麓一帯が越智であるらしい。〝落ちる〟と〝越智《をち》〟、何やら符合めいた成り行きである。

「越」の音を調べてみたら、呉音にヲチという音があった。〝hruăt〟という中国の上古音が、呉音ではヲチとヱチ、漢音でエツという音になっていたのだ。「越」一字でもヲチと読めたのに、わざわざ〝越智〟としていたのも、こしではなくヲチと読ませるためのサインだったようである。

地形と地名が、〝ヲチ〟という音で結びつくということだ。〝ヲチ〟とは上から下へ落ちることであるが、では、地形として具体的にどんな形で、しかも〝玉垂〟と結びついてくるのだろうか。

〝垂〟も、物が真下に落ちる様子を表わしている。もとは辺陲《へんすい》（国土の果て）の陲の原字で、〝大地の末端の垂れ下がったところ〟という意味であった。一瞬、地球が丸いと言われる前のヨーロッパの世界地図で、両端が滝になっている絵柄を見た記憶がよみがえった。

「陲は危《がけ》なり」（『説文』）とあるように、洋の東西を問わず、古代の人は、平らな大地が四方に伸びて、そのはては垂れさがっていると考えたのである。つまり大地の端は崖《がけ》だと信じたのだ。曾我川に雪崩落ちるように終わっている丘陵のはしとは厓であり、越智はその地勢を「落ち」と表わしたというわけである。

厓っぷちに立った時の足のすくむ感じは、大地の果てというイメージに容易に結びつくだろう。「生涯」の「涯」に「厓」が含まれているのも、生まれてから命の果てるまで、という意であることがわかる。「越」の字も、音だけでなく遠い果てという意で陲、厓と結びついていたのだ。

残る〝玉〟はどんな役柄を演じているのだろうか。

「垂→陲→厓」の流れの通り、越智は厓地と解ける。厓の越智と玉垂の越智――何か共通点はないだろうか。

文字に目をこらしているうちに、〝厓〟こそが〝玉垂〟が語りたかった事柄そのものではないかと思えてきた。つまり、〝たまだれ〟の〝たれ〟が〝厂〟。そういえば厂のことを雁《がん》だれというではないか。そう思った瞬間、私は以前〝玉手《たまた》次《すき》〟という枕詞を調べた時に、〝圭〟は⌂型をした玉器であることを思い出した。ということは、〝たまだれ〟は「厂（垂）＋圭（玉）」の字形分解だったのだ。厓という字の風景が人麻呂の手でほどかれていたのである。

越智という地名自体、葬地にふさわしい名であった。落ち＝垂（陲）＝厓。大地の果てのガケに命の涯《はて》をかけ、皇子の葬地、丘陵の厓を字形分解して、圭《たま》と厂《たれ》で表わした見事な枕詞だったのだ。――玉を貫く緒《ヲ》とヲチとの関わりがわかったところでうっかり通り過ぎてしまうと、この表現力には触れることができなかったはずだ。

皇子の死と葬地の地勢が結びあった「匚《たまだれ》」であった。

やすみしし

分解された字形

天皇を讃美《さんび》する常套語《じょうとう》の一つに、「やすみしし　わごおほきみ」がある。このことばで始まるだけで、なにか畏《かしこ》まった感じになり、歌全体も荘厳な雰囲気を帯びてくる。

やすみしし　わご大君　神《かむ》ながら　神《かむ》さびせすと　吉野川　激《たぎ》つ河内《かふち》に　高殿を
高知りまして　登り立ち　国見をせせば　畳《たたな》づく　青垣山《あをかきやま》　山神《やまつみ》の　奉《まつ》る御調《みつき》と
春べは　花かざし持ち　秋立てば　黄葉《もみち》かざせり　逝《ゆ》き副《そ》ふ　川の神も　大御食《おほみけ》
に　仕《つか》へ奉《まつ》ると　上《かみ》つ瀬に　鵜川《うかは》を立ち　下《しも》つ瀬に　小網《さで》さし渡す　山川も　依《よ》

りて仕ふる　神の御代《みよ》かも（巻一―三八）

〝八隅知之《やすみしし》〟は八方を統《す》べ治める意、〝安見知之《やすみしし》〟は安らかに治める意と、いずれも大王にふさわしい修辞として解釈されている。天下をあまねく治めている天皇のイメージが文字通り浮び上ってくるが、一つだけ気にかかることがあった。それは、この〝やすみしし〟が必ず〝吾《わご》（我）大王〟という熟語的なことばに接続しているということである。

大王、王だけではないところに、何か意図があったのだろうか。畏敬《いけい》の存在であった大王に対して、いかにも親し気な〝わご、わが〟が付くことで思わず「わがおほきみよ」と呼びかけたくなる――文字のなかった歌謡の時代からの古いことばとされるのも、こんなところに理由があったのだろうか。

言うまでもなく我、吾は、私・自分ということである。私たちは自分をさすとき、鼻を指さすという奇妙な習慣をもっている。アメリカ人やヨーロッパ人であれば、必ず胸を指すところであるが、鼻をさす習慣が漢字にはっきりと刻まれているのが「自」である。

「自」は鼻の象形文字で、漢民族は自分を指す時に鼻を指したので、「自」が自分の意に転用されていったといわれている。

しかし、鼻をさす行為が、まず最初にあったのだろうか。少なくとも人類に共通の普遍的な行為ではない。むしろ自（はな）が表わす「初め」、すなわち「鼻祖」の意から分かれでた「自分、自己」としての意味が自《はな》をさす行為を生んだと考える方が妥《だ》当《とう》であろう。文字が一つの習慣をつくっていったことになる。

自は多くの漢字に「はな・はじめ」の意符として含まれているが、その代表的なものが「皇」である。白はしろではなく、れっきとした自（鼻）で、皇は「自＋王」で構成されている。

この「自＋王」は何と読めるだろうか。しかり、「自《わが（ご）》＋王《おほきみ》」である。「わが（ご）おほきみ」という一つの熟語でなければならなかった理由はここにあったといえる。「おほきみ」だけでは「皇」にならない。「わが（ご）おほきみ」は皇の字形分解によって「皇」を示したことばということができよう。

いうまでもなく、皇は「天皇」のことであり、天皇は天の神（皇天）である。この皇天にかかる「八隅知之」八隅、すなわち八つのスミ（角）は東西南北の四方に、西北、西南、東北、東南の四隅を加えた「四隅四方」の方角を表わしたもの――図示すれば「✳」である。四方八方を治める（知之）であるが、八方を統べ治める意を表わした漢字が「帝」である。

〃釆〃、三方から垂れた線を中央でとりまとめて締めた形で、万物を統括する最高神を表わすが、その字形は八方を示す米とダブッてくる形である。東西南北の四方、その間の四隅は、全空間を示すものであり、この宇宙を統括する最高神〃帝〃と、「八隅を統べ治める」意とは、全くの同義といえる。

「八隅知之」の形もその意味も〃釆（帝）〃を表わしていることは明らかであろう。

帝は、もともと人格神ではなく、天帝、宇宙神であった。それが、地上の支配者の権力が強くなり「帝」への信仰が衰えてきたために王の名となっていった。秦《しん》の始皇帝が、自らを「皇帝」と称したのがそもそもの始まりであるというが、人間の王が天神と並ぶ存在になっていったわけである。

「八隅知之」も「吾（我）大王」も、それぞれ、「帝」と「皇」の字形分解によって成り立っていたということである。「八隅知之　吾大王」は漢語「帝皇」をもとに成立したことばだといえるだろう。

　さて、「やすみしし」は文字がなかった時代、つまり歌謡の時代からあった古いことばと言われているが、どうだろうか。「わが（ご）大王」という熟語的用法の謎《なぞ》が字形分解を以《も》って解けることを考えると、歌謡の時代からの古いことばとは言えなくなる。この枕詞の背景に「帝」という漢字が存在していたと考える方が自然である。「安見知之」は、「八隅知之」の後にこの音を受けて表わされていったのだろう。

私は、紫禁城として有名な故宮に行った時のことを思い出した。そこは、中国で皇帝という名が存在する最後の砦《とりで》となった所である。

門をくぐるたびに広がっていく空間はつきあたりがないようにすら感じられた。歩きに歩いて、皇帝が王座に座って臣下を見下ろす高台に辿《たど》りつき、その端に立ってみた。今では、外壁の周囲に北京《ペキン》の高層建築が目に入ってくるが、当時は紫禁城に並ぶ高さの建物を造ることは許されなかったという。見渡すと北京の街並みが絨毯《じゅうたん》をしきつめたように拡《ひろ》がっている。見上げれば青い天空。まるで自分が宇宙の中心に立っているような錯覚に陥った。

一見、歌謡の掛声にも似た「やすみししわごおほきみ」から、皇帝の実像が鮮明に浮びあがってきた。いかめしい漢語が歌人たちの手によってまろやかな和語にほどかれていった時代の一つの産物だったといえるだろう。

この産物を生み出す一つの手段として、字形分解が介在したのである。

ちはやぶる

荒ぶる神の正体とは

人が噂話《うわさばなし》に興じるときの光景は人類共通のものがある。

Kさんが Yちゃんを好きらしいとか、U子がBを振ったとか振られたとかいう類《たぐい》の話題に人が群がり、ヒソヒソ声になったかと思うと次の瞬間にはどっと歓声があがったりして、この日もいつになく盛り上っていた。

その時、Fがいきなり「ちはやぶる神」とはどんな神かと口をはさんできた。唐突な質問の意味がわからず、キョトンとしている私たちに向って、Fは「ちはやぶる」は、〝ちはやさん〟が〝振る〟意味ではないか、と言って、ますます私たちを混乱させた。

Fがいうには、ちはやというおいらんにさんざん入れあげたあげくに振られてしまう相撲取り・竜田川の話が、落語にあるというのである。振る、振られるといった話題に枕詞《まくらことば》を思い出し、口をはさんできたというわけだ。誰かが、きっとそれは〝ちはやぶる神代《かみよ》も知らず竜田川からくれなゐに水くくるとは〟から思いついた話ではないかと言い出して、皆が面白がっているところへアガサがやってきた。いきなり私を名指しでこう言ったのにはまいった。

「振るにしろ振られるにしろ、噂話の一つくらいあってもいいんじゃないの。その年になるまで恋の一つも実らないのは、そのちはやぶる神にとりつかれているからよ」

噂話など自分では立てられないし、それよりなにより、振ったちはやと、ちはやぶる神と実らぬ恋が一体どこでどう繋《つな》がるのか、皆目見当もつかなかった。周囲の爆笑をよそに、この私にとりついているという「ちはやぶる神」の正体が、ひどく気になってきた。しかもことが恋、しかもアガサの発言である。是が非でもこの枕詞を調べて、ちはやぶる神の正体を探らねばならなくなった。冗談にせよアガサのことだ、何かあるにちがいない。

「あなたの運命にも関わることだから」と協力を申し出てくれた仲間とともに、早速

この枕詞に取り組んだ。だが、調べていくうちにほどなく、

玉葛《たまかづらみ》実ならぬ樹《き》にはちはやぶる神そつくとふならぬ樹ごとに（巻二―一〇一）

（玉葛のように実のならない木には恐ろしい神がとりつくといいます。すべての実のならない樹には。あなたという樹にも）

この歌にアガサの発言の根拠を見出《みいだ》すことができた。実がならない葛に、恋が実らない意をかけたことは確かだが、葛になぜ、ちはやぶる神がとりつくというのか、この歌だけではわからない。万葉の昔から、こんな言い伝えがあったとしたら――私の不安は、ますますつのっていった。

現解釈では、神にかかる枕詞として「勢烈《はげ》しくふるまう意のイチハヤブルの省略」とか「霊力によって千の磐《いわ》も破る意か」などと説明されているから、いずれにしても荒ぶる恐ろしい神であることに違いはなさそうだ。だが、あまりにも漠然としている。とりあえず漢字「神」にあたってみることにした。神という概念が、古代中国ではどのように捉《とら》えられていたかを知ることで手掛りがつかめるかもしれない。

神のつくりの「申」は、稲妻の象形で「電」の原字。稲妻のような不可知なものが自然界の不思議な力の代表として神と考えられていったという。つまり中国では「かみなり」が神の右代表となっていることがわかる。恐ろしいものが畏敬《いけい》の対象として神格化されていったということだろうか。

確かに自然の力は火、風、水など、どれをとっても人間の思惑をはるかに超えた存在であり、人々に恵みを与える一方、ひどいダメージを与え死をもたらす脅威でもある。日本でも、「地震・雷・火事・親父《おやじ》」と言われて、雷は恐怖の代表格となっている。

この神を雷と限定することで、「ちはやぶる」は説明できないだろうか。漠然とした神のイメージから見えてきた雷神を起点においてみることにした。

雷と刀

「ちはやぶる」は「千磐破」「千速振」の二つの表記に代表されるため、「ちは・やぶる」「ちはや・ぶる」の二通りに解釈されている。「破る」なのか「振る」なのかが問題なのだ。

冬の街並みにクリスマスの飾りつけが目立ち始めた頃、外出先で季節はずれの雷に出会った。私の雷嫌いは有名だが、こんな時に出会うのも何かの縁であろう。激しい雨と風を伴い、思わず店先に飛びこむことになった。夜空に閃光《せんこう》がきらめくのと同時に、轟音《ごうおん》が鳴り響き、ショーウィンドウの硝子《ガラス》がビリビリと揺れ、生きた心地もしなかった。

地震の揺れと違い、雷鳴で空気が振動するのだが、このビリビリと震える雷に着目した文字が「震」（いかづち）である。「振」と同系語だ。「振」は鳴る神「震」、「千速」はその急激に鳴り響く迅雷に対する迅（はやし）の形容辞と見ることができる。「破」はいうまでもなく、物をやぶること、引き裂くことである。夜空にくっきりと映しだされた稲妻の形は、まるで空中を引き裂くかのように見える。天と地をまっ二つに切り裂いて走る光の矢は、まさに「千磐」を破るという形容にふさわしい。こちらは、千引きの磐をも引き裂く稲妻・電に着目していたのだ。雷と電はいつもあい伴うものだが、二つの表記はそれぞれに対応させたものであることがわかる。古代人は雷を音と光という、実際に耳で聞き、目で見ることのできる姿で捉え説明していたのだ。

思いがけない雷との出会いで「ちはやぶる神」はすんなりと解けてしまったが、調べていく過程で似たような枕詞があることに気付いた。「石上《いそのかみ》・振《ふる》」である。「かみ」と「ふる」が同じように呼応している。上は神でもあり、振は震だから「石上・振」は「石神・震」で、当然雷という連想が可能である。

ところで、石上も振も地名である。奈良県天理市の石上神宮を中心とした一帯を指し、布留もその中に含まれている。この地にある石上神宮は、石上坐布留御魂神社《いそのかみにますふるのみたま》、布都御魂《ふつのみたま》神社、布留社などともよばれ、記紀にもしばしば登場する古代の社《やしろ》で、武器庫としての重要な役割を担《にな》っていた。

神武天皇は東征の途中、熊野で難にあったが、建御雷神《たけみかづちのかみ》の代わりに天から下された神剣によって事なきを得るが、この刀剣が布都御魂であり、石上神宮の別称になっている。

刀剣の名「ふつ」からは、ふつふつ、ふっつりという擬態語が連想される。何かが湧《わ》き出るように出てくる時の状態が「ふつふつ」だが、おそらく「沸」（あわが水を左右に押しのけて出ること）の漢字音そのものであろう。「弗」は、左右に切り分ける意を示している。途切れてしまうことを「ふっつり」といい、「ぶつぎり」に到《いた》っては切る切ると重ねていることになる。何気なく使っている擬態語も、もとをたどれば漢字（音）に行きつく。擬音が運ぶイメージは、必ず漢字の中にその本義を見出すことができるのだ。

布都御魂が刀剣の名になっていたのも当然のことで、「切る」という意味がダイレクトに名称になっていたのだ。

古代の武器庫であった石上神宮は、「切る御魂」としての刀剣名を別称とし、その刀剣は雷神・建御雷神の分身であった。雷と刀剣の深い関わりを示しているが、同一線上に「石上・振」もあったことは確かだろう。

ところで、雷と刀剣が一体化された背景には何があったのだろう。

二つは勇猛・猛々《たけだけ》しいという共通のイメージで重なるものだし、刀剣の第一義目的「切る」と、天を引き裂く稲妻とは類似の状態である。裂く・切る意味やその輝きにおいて二つが同一視されたことがわかる。

刀剣名を別称とする石上神宮が、雷と深い関わりにあることがますます濃厚になってきた。

この「石上・振」を年若い後輩が初めて目にした時の反応をふと思い出した。それまで彼女は、イソノカミとは「磯《いそ》の神」だとばかり思っていたというのである。表記と読みがすでに一つになっていた私には、思いもつかない「磯」であったが、考えてみれば、石をイソとよむ例は他にないのではないだろうか。「磯」の略体として、石をイソと訓《よ》んだ可能性は十分に考えられる。

水際《みぎわ》の岩がごろごろと積み重なった所を磯といい、磯釣りもそんな岩場での釣りをいう。

ゴロゴロと岩が積み重なる磯。雷鳴はゴロゴロと鳴り、雷の異名はゴロゴロさまである。ゴロゴロという擬態語は、積み重なる意を表わしているが、それは雷の字形に含まれる字音を示す「畾」（つみ重なる）の意でもある。ゴロゴロさまの異名は、畾にルーツがあったといえる。

石は磯の略体、岩の積み重なる磯と畾（雷）の同義に着目し、雷神を石上と表わしたことが考えられる。石上が振にかかるのも、雷神と震（いかづち）の同義の結びつきとして解ける。その雷神社に刀剣が収蔵され、刀剣名を社のまたの名としていることも、すべて雷＝刀剣の関わりにあったことがわかる。

「石上」も「振」も地名であるが、震（雷）は周易（先天図）では東北の方位を示すものだ。はたせるかな大和の東北にあたる石上の位置と一致している。古代武器の収蔵庫として、石上神宮は「刀剣（武器）—雷（震）—東北」の関連から、この方位に造られる必然性があったのである。

雷神の住所は

さて、千磐破神も「石上・振」も雷神であることが確実となったが、この雷神がなぜ実のならない葛にとりつくというのか――実らない恋と雷神との関係を求めて、もう少し寄り道をしてみることにした。

ところで、雷神として最も有名な神は建御雷神である。伊邪那美命《いざなみのみこと》を死に到らせた子の火之迦具土神《ひのかぐつちのかみ》は伊邪那岐命《いざなぎのみこと》に殺されたが、切った剣から生まれたのが雷神であった。刀剣と雷のつながりが、ここでもはっきり示されているが、この剣の名が「天之尾羽張《あめのをはばり》神」(伊都之尾羽張《いつのおはばり》神)とある。つまり、刀剣神と雷神は親子の関係にあるわけだが、この二人がまさに親子として登場するのが、古事記の葦原中国《あしはらのなかつくに》平定のくだりである。

先に派遣された神々はいずれも平定に失敗したため、次に派遣する神を選定する場面である。

天《あめ》の安《やす》の河《かは》の河上の天の石屋《いはや》に坐《ま》す、名は伊都之尾羽張神、これ遣はすべし。もしまたこの神にあらずは、その神の子、建御雷之男神、これ遣はすべし。またその天尾羽張神は、逆《さかしま》に天の安の河の水を塞《せ》き上げて、道を塞きて居《を》る故《ゆゑ》に、他神《あだしかみ》は得《え》行かじ。故《かれ》、別《こと》に天迦久《あめのかく》神を遣はして問ふべし（『古事記』神代）

結果は、子の建御雷神が行くことになるのだが、このくだりは何度読んでも不思議な箇所である。情景がさっぱりつかめないのだ。

建御雷神は雷神で、その親は刀剣である。雷と刀剣が類似のものとして同一視されたことは、すでに見てきたとおりだが、刀剣もしくは雷のいずれかの神を派遣するということは、つまり同じものだからどちらが行ってもよいということである。だがその先となると、全くの謎《なぞ》である。

最も奇妙なことは、この神が〝逆に天の安河の水を塞き上げて道を塞《ふさ》いでいる〟ということだ。

↓方向に流れてくる水を、↑方向に塞きとめていることになる。しかも、そこへ行けるのは天迦久神以外にはいないというのだ。天之尾羽張神の居所は、たずねて行こうにもこれでは見当もつかない。

分っていることをもう一度整理してみよう。

刀剣の神天之尾羽張神と雷神建御雷神は親子とされる一体の神である。同じ場所に住んでいることも確かである。刀剣の住みかを問われても答えられないが、雷の住みかなら答えられる。「雲」の中である。雲の中にいることがこのように表現されたのだろうか。

雲は、もやもやと立ちこめた水蒸気、その立ちのぼる蒸気が一印につかえてこもったさまを「云」が表わしている。「雨＋云」の字形にそって、

雨――天の安の河の水を
云――逆《さかしま》に塞《せ》き上げて
雲――道を塞《せ》きている

と表わしたのだ。

謎かけのような神の言葉は「雲」と解くことができる。字形分解による巧みな表現手段に、私は開いた口がふさがらなかった。

この神の住所は「雲」。その居処・天の石屋が、雲の湧き立つ岩穴・「雲岫《うんしゅう》」であることはいうまでもない。伊都之尾羽張親子は、もうもうと立ちこめる雲に道をふさがれた、安の河の水源・岩穴に住んでいたのである。

「刀剣―雷―雲」が一連のものとして捉えられているが、連想はさらに「雨」に続い

ていった。

「雨とは水の天より下るなり。一は天に象《かたど》り、冂は雲に象り、水のその間に雫（しずくがたれる）するなり」（『説文《せつもん》』）

「雨とは羽なり」（『釈名《しゃくみょう》』）

と説明された一文に、私の目は釘《くぎ》づけになった。この解説に天之尾羽張神の姿が二重映しになって見えるではないか。

伊都は文字通り「天・一」に、たれる尾は「雫」に、羽は「水（雨）」に、そして張は「冂（雲）」に呼応している。「天より雫する雨の神」が、この神の正体だった。雨の字形分解によって名が構成されていたのである。

一は天に象り——天・伊都 ｝
水の雫するなり——尾羽 ｝雨
冂は雲に象り——張 ｝

ここでは刀剣が雨とイコールで結合している。刀剣—雷—雲—雨が、いかに関わり深いものであったかが示されているが、刀剣＝水（雨）が火之迦具土神を殺したのも、火を切る（伏せる）のは水という自然の摂理が映し出されたものとして納得がいく。

謎かけの終わりに天迦久神が登場している。この神だけが、雲の中の天之尾羽張神の住居に行くことができるという。カクという音がヒントになりそうだ。最後の謎解きは読者へのプレゼントにしよう。

現在では、雷は不可知な自然現象ではなくなった。上空の雲のプラスとマイナスの電荷が気流の変化などによって下側に正負どちらか一方だけが集まって、それが地表の電荷と引き合って放電する。

古代の人々にとって雷は「千磐破」と「千速振」に象徴される雷(稲妻)と雷(雷鳴)だけであったかというと、そうではない。

「陰陽薄《せま》りて動き、雷雨す」「陰陽不測《はかられず》を神という」と、すでに紀元一〇〇年頃に成立した『説文解字』には記されている。だが驚くにはあたらない。気が遠くなるほどはるかな周代(前十二～前三世紀)の易では、雷というのは、陽気が陰気によって地下に圧迫されて最後に爆発する現象として捉えられ、雷鳴は陰陽二気の和合する象としてとかれているのである。ゴロゴロさまの激発するゴロゴロは、二気の和合によって起こる、つまり雷が神となり得たのは、陰陽二気の和合にあったのである。この和合によって万物は生成する。

雷はその象徴的な存在としての神であり、陰陽の合一・生成を最もダイナミックな形で表わすものとして、雷は捉えられていたのである。

その雷を名とした石上神宮には、神宝として祀《まつ》られた奇妙な形をした「七支刀」がある。

左右それぞれ三つの分岐は、左＝陽、右＝陰の象徴。中心の軸はその合一を表わしたもの。雷神社の神宝七支刀は、陰陽和合を具現化したものではなかっただろうか。七という数は、一陽来復する陰陽消長の周期を示す数でもある。一陰発生（五月・夏至）から一陽来復（十一月・冬至）までは七ヶ月、七箇の卦爻《かこう》を経過し、その七番目にあたる一陽来復（陽がいったん往《ゆ》き、ふたたび一陽が戻ってくる）は、天地の万物の生成を示すものとされている。「七支」は陰陽消長の周期をさすものではなかっただろうか。雷神社に神宝として祀られた陰陽消長・一陽来復（地雷復）のシンボルとしての七支刀だったと考えられる。

なぜ悲恋なのか

陰陽和合の雷――こんな神にとりつかれているのだったら別に心配することはなか

ったのだ。長い寄り道をしてしまったが、そろそろもとに戻らなければならない。

それにしても、なぜこのような雷神が実のならない樹《き》・葛《かずら》につくというのだろうか。

実のならない葛にはすべて、あなたという樹にも、ちはやぶる神がとりつきますよ

——恋文というよりはむしろ脅迫状である。

葛＝雷　神　＋樹《ちはやぶるかみのつくき》ということだから、葛と雷神を結び合うものが何だったかが問題だ。

キーワードは葛だ。漢字では「藟・蘿・虆」が「カズラ」と訓まれている。いずれもつる状にまきつく植物だから、巻きついてのびるかずらに、とりつく雷をたとえたのだろうか。だが調べていくうちに、思わず笑いがこみあげてきた。藟と櫐は同字であった。なんと、「畾」（雷）が「木」にとりついている。

畾に雷（靁）をかけ、「畾＋木」を「ちはやぶる神のつく木」と表現したのだ。畾＝雷のつく木・すなわち櫐《かずら》には実がならない——恋が実らない。あなたという樹は、櫐に等しいということを、雷がとりつく樹と表わしていたのである。

ところでつる状に巻きつくかずらは、その絡《から》み合った状態から身にまつわりつく困難な物事にたとえられている。「葛藤」はそのいい例だが、相手の女性をかずらにたとえたのは、実がならない——恋が実らないこと、同時に、葛藤するわだかまりの心

情をもさしていたと思われる。

というのは、この歌の作者・大伴安麿《おおとものやすまろ》と相手の女性、巨勢郎女《こせのいらつめ》との関係にある。大伴旅人の父であり、当人は大納言兼大将軍の位にまで昇った名門の出身、壬申《じんしん》の乱では天武方について活躍した人物である。

対する女性は巨勢人《こせのひと》の娘、壬申の乱では近江《おうみ》方につき、乱の処分により一族は配流《はいる》された立場にある。郎女にとって安麿は敵将であり、その二人が恋をしたのだから、まさに万葉版ロミオとジュリエットである。

愛し合いながらその結実を不可能にしているもの、それは敵将としての自分へのわだかまりにある——と安麿は見たのである。玉葛の絡み合うさまに、郎女の心中の葛藤を重ねみた安麿は、そのこだわりを半ば恨み、せめながら、こだわりを捨てて下さい、でなければ恋は実らない、と詠《よ》んでいるのだ。

郎女はこたえて言う。

玉葛のように花ばかりで実がないのは、一体どなたの恋なのでしょう。私はこんなに恋しいと思っておりますものを、と。

この二人がその後どうなったのかは、わからない。この婚姻によって郎女だけは配流をまぬかれたともいうが、定かではない。

過去は流し、こだわりを捨てなければ恋も実らない。アガサはそのことを私に言いたかったのだろうか。いずれにしても、つる茎のように物事にこだわったりとらわれたりしていると、雷神にとりつかれて、文字通り「纍《かずら》」になってしまうということだ。そうなれば恋も何事も実らない。雷神にとりつかれないためには、絡んだりまつわりついたりこだわったりしないこと、葛藤するかずらにならないことが唯一《ゆいいつ》の処方箋《しょほうせん》だ。

用心しなくては。

第五章　朝鮮語——古代へのパスポート

あしびきの

音から入れ

韓国語を初めて耳にしたのは、今をさること十五年前のこと。外国語と言えば、英語ぐらいしかなじみのなかった私には、まるで宇宙語みたいに聞こえたのをよく覚えている。語気がやたら強くて、いつか話せるようになるだろうと思うことはおろか、そのことばを好きになるだろうとさえ夢にも思わなかった。

それが、いつの頃からだろうか、心地よいリズムとなって、何か忘れていたようななつかしい感じで耳に響き始めたのである。韓国にたくさんの知りあいができ、焼き肉、キムチが好物となる頃には、みんなで韓国の演歌などに耳を傾けていた。

無機的な機械のような音が、あたたかい血の通った音に変貌《へんぼう》していく過程は、あたかもドラマのようだ。そこには多くの人が登場し、それがまたおもしろみとなって、ますますそのことばにひたっていくことになる。韓国語でのこの感触は、その後、他の外国語に向かっていく時の一つの指針となるものであった。

さらに、韓国語は、私たちにもう一つの贈り物を与えてくれた。それは現代から古代へとさかのぼることができるパスポートだった。私たちは想像もしなかった領域に足をふみ入れることになったのである。日本語のことばが韓国語と響きあうことによって、鮮明な意味を持ち始め、結果として漢字を媒介に古代の人たちと、自由に対話することができるようになった。その結果、私たちは、時代を超えたドラマにも、ひきつけられていくことになったのである。

さて、枕詞《まくらことば》を多くは知らない人でも、思い浮ぶままに二つか三つ挙げてごらんと言われて、返してくる答えのなかに必ず入っているのが、「あしびきの山」ではないだろうか。万葉集中でも、最も多く使われている枕詞である。

にもかかわらず、これがなぜ山にかかるのかということは未詳のままだ。意味に関してはいろいろな説があるが、傑作をひとつ挙げておこう。日本古典文学大系の補注には次のように書かれている。

「アシヒキのキはキ乙類kïの音、当時、ヒコヅラフ（引っぱる）という動詞があり、そのコはコ乙類köの音。従ってアシヒキのヒキは、ヒコの転でFikö→Fikïという語形変化を経たものである蓋然性《がいぜんせい》がある。ヒコヅラフのヒコは、今日のビッコ（跛）の古形で、ビッコとは足がつれる状態をいう。従ってアシヒキのヤマという場合のアシヒキは、疲れで、足がつれるさま、足をひきずりながら登る山の意と考えられる」

アガサは、この注釈を夜中に読んでいて、一人で笑ってしまったという。山道を人が足をひきずり喘《あえ》ぎながら登っていく姿は、たしかに詩的ではない。こんな情景を歌人たちは山の形容辞として歌の中にとりこんでいったのだろうか。

「あしびき」が万葉集の中でも一番数多く使われているのは何を意味するのだろう。当初の意味が不明になって安易に使われたということは考えにくい。誰にでも容易にわかるポピュラーな枕詞だったからこそ多用されたのだろう。

恋歌に使ってもおかしくない情景が、かならずや描けるはずである。

足日木、足引、足曳、足病、安之比奇

足というと、まず、私たちの二本足を思い描くが、この漢字の字形は、ひざから足先までを表わし、関節がぐっとちぢんで弾力を生み出すということを示す。ちぢんだ所には力がたまるので、そこから、〝充足〟とか、〝満足〟という熟語が生まれる。日本語では、その意を〝足りる〟と訓じているが、これが、韓国語の足《タリ》ではないかとふと気づいたのが、私たちのスタートであった。

この韓国語のタリの音が、〝藤原鎌足《タリ》〟とか〝足りる〟ということばのもとだと直観的に思ったのは私だけではなかった。

다리《タリ》には、脚、胯、腿などの漢字があてられており、多少の違いはあれ、二本足のことを指していることがわかる。さらに다리には、橋という意もあった。大きく言って、橋も二股《ふたまた》に分かれている足と同じ形と見ることができるわけで、다리ということばは、足の形に着目していると言える。

二本足をノートに描いてみたとたん、〝あしびきの山〟が見えてきた。二股に開いている形は、山の形そのものであるということに気付いたのだ。ふつう山と言うと、誰もが∧型を画《か》く。そして、「ひく」というのはその∧型の斜線の部分を言っているのだということにすぐ思いあたる。

「あしびきの山」とは、山の形状を絵で画くかわりに、ことばで説明していたものだったのだ。わかってみれば、何ということもない。しかし少し突込んで考えてみれば、ただ山と言っても人によって思い描く山の形状は様々である。富士山のような独立した大きな火山と、箱根山のような連山とではイメージが大きく違う。それを、〝あしびきの〟ということで、一つのシンプルなイメージに限定したわけだ。∧型の山、そんな平均的な山容が、〝あしびきの山〟の情景だった。単純な風景だからこそ、この枕詞が数多く使われていったということにもなったにちがいない。

足イコール、タリということが、この話のきっかけだったわけだが、実は、このタリというのがすべてを表わしていたのだった。古朝鮮語で、引くことをㄷ、리다《タリダ》と言う。そして、あしびきが다리《タリ》、ㄷ、리다となれば、当然次に続く山もタリではないかと想像される。調べてみると、案の定、山は古い朝鮮語で、達（달《タル》）と訓じられている。〝あしびきの山〟は、다리、ㄷ、리、달と古朝鮮語の音合わせにもなっていたのだ。∧型を強烈に焼きつけるかのように音が畳み込まれていたのである。山の形が元になって造られた枕詞だったと言えよう。

それではこの∧型が恋歌の中で、一体どのように使われているのだろう。このままでは、従来の解釈と同様、とても恋歌に使うとは思えない。

あしひきの山のしづくに妹待つとわれ立ち濡《ぬ》れぬ山のしづくに（巻一一一〇七）

（あなたを待つとてたたずんでいて、私はすっかり山のしずくに濡れてしまった）

これは、大津皇子が石川郎女《いしかわのいらつめ》に贈った歌である。「山のしづく」という語が二度もくり返されているせいか、雫が線を引くように下に落ちていく様子が目に映ってくる。大津皇子の思いが、雫《しずく》のしたたるごとく、尾を引いているように感じられる。

つまり、「あしびきの山」に込められている大津皇子の思いは、石川郎女にひかれ、気持ちが傾いているという心の動き、すなわち恋心ではないだろうか。二股に分れている∧型は、大津皇子と石川郎女の二人が、今、離ればなれになっていることを暗示しているようで、一見、無味乾燥な∧型も二人の関係を表わすのには、充分なサインだったということだ。

大津皇子は、石川郎女に強くひかれる思いにとらわれて佇《たたず》んでいたのであろう。目の前にある風景は、すべて大津皇子の心象に重なってくる。山すらも、ただの山でなくなってしまっている。そんな、長く長く、糸を引くように伸びていく思いを詠《うた》ったのであろう。

足をひきずって登る山というイメージのままでは、到底、推し計ることのできない心の情景が見えてくる。

一枚の絵を目にした時、感じ方はさまざまであろうが、その時の心の状態によって見方が左右されることが多い。心にある感情の波が、その絵によって形になり、色を帯びてくるのだ。

韓国語で、〝다리、ᄃᆞ리、닭〟となっていた「あしびきの山」は、韓国語という新しい切り口がいかに重要であるかということを私たちに教えてくれた最初の枕詞であった。

たらちねの

はたして老母のイメージか

なれない手つきで赤ん坊を抱き、乳を含ませる友人の姿に、あらためて女性が生命を生みだす根源であることを感じ、見慣れた友人の顔がいつもと違う尊い存在に見えてくる。思わず「たらちねの母」と言いそうになって、慌《あわ》てて口をつぐんでしまった。乳房の垂れさがった老母のイメージに通じるらしい枕詞を、目の前の若い母親におくるわけにはいかない。

それにしても「母」を形容する唯一《ゆいいつ》のことば「たらちね」が、老母に対するものに限定されるとしたら、ちょっと不自然だ。古代の人々にとって母とはどんな存在だったのか。老若を問わず、母に対する普遍的な意味が必ず含まれているに違いない。

　年老いた私の母、生まれたばかりの子に乳を含ませる若い友人——二つのイメージの間を行き来しながら、「たらちね」の枕詞は、母とは何かを問い直すチャンスを与えてくれた。


「足乳根之《たらちねの》、垂乳根之、帯乳根之、足千根、多良知祢」の表記に含まれる乳は、母と乳房が一体の繋《つな》がりにあることを思えば当然だろう。「母」という字自体、乳首をつけた女性の姿を描いている。やはり子を生み育てる女の意が乳房に象徴されている。だから「垂乳根」は乳房が垂れた様子をさすとされているのだが、それだけでいいものだろうか。

母と山

　タラに当てられた「足・垂・帯」がここで問題になってこよう。

　朝鮮語では∧型の足を다리《タリ》といい、物を懸けたり吊《つる》したりすることを달다《タルダ》と表わしている。物を掛ければ∧型にたれるから、同じく달と表わされ、さらに↘や↓方向に

引いたり伸びたりするさまもᄃᆞ리다（引・演）と表わされていく。山を「達・달・들」というのも、その本義は∧型の形状にあった。開いた両足（股・奎）は∧型をなすが、足はく型にぐっと縮んで伸びるあしでもある。帯も考えてみれば体をきつくしめて伸ばすものだ。帯（紳）と足は、締めて伸ばす意では同じ状態を示すものといえる。また垂の本義は陲（厓《がけ》）である。厂は切り立ったがけ∟・〈で、ここにも同じ形状が含まれている。

足・垂・帯、三つの文字に見出《みいだ》せるのは「∧型」という共通義であるが、この形から充足の意や引く・のびる・たれる（→↘）意が派生している。この形に代表されるものは何といっても「山」である。「足引の山」に象徴されたように、ここでのタラも、山（達・들）に焦点を置いてみるとどうなるだろうか。

つまり、山と母の関係ということになる。

脳裏に、なぜかいきなり「山の神」ということばが浮んできた。言うまでもなく一家に君臨するおっかない妻のことだが、ここでは明らかに山と母（妻）がユーモアまじりに結ばれている。

中国の『釈名《しゃくみょう》』では「山は産なり」と説かれている。産は古訓にコウ、ウムとあり、山の訓にもウム・コウムとある。豊かな山の幸を生む山と子を生む母はイコールで結ばれている。草木が繁茂し豊富な水を湧出《ゆうしゅつ》し、鳥やけものが棲息《せいそく》し、鉱物資源の宝庫でもある山は、「万物を吐生《とせい》するなり」といわれ、土気の象徴であった。万物生成の根源としての山は、母と同一視され、ともに「コウム」と訓《よ》まれていたのである。

さらに『鶏林類事《けいりんるいじ》』（宋の孫穆が高麗《こうらい》時代の朝鮮語を記した書）には「山曰毎（뫼《モイ》）」とある。뫼は今でも残っている山の古風な呼び方「메《メ》」の古語にあたるものである。「毎」は字形の中に母をもつように、次々と子を生むことを表わす。「毎毎」は、植物が次々に生い茂るさまを表わしており、それが次々に生じるものの一つ一つを指すことば「〜ごとに」として用いられていったのだ。「山は産なり」を朝鮮では、生む・子生む意の「毎」に置きかえて「山は毎なり」と表わし、それを日本では山をコウムと訓じたとすれば、まさに、二つのことばは地つづきだったといえる。子生む山と母の同義性を知っていたから、母（妻）を山の神と呼んだに違いない。
山＝母、少なくとも古代の人々にとって、母は万物を吐生する最大の土気・山に等しい存在だった。

この山と母は、周易の卦《か》に置きかえると「艮《ごん》」（山）と、「坤《こん》」（地・母）になる。二つは同根で、八卦のうえでも対称軸上に位置し、互いによりそい扶《たす》けあう仲にあり、尊貴な土気の象徴と説かれている。

山と母の結合の根底には、周易の「艮」と「坤」の関係を見出すことができる。タラは山＝艮。チネ（乳・千根）は、根が伸びてつながっていくこと、すなわち同根の意。「艮《タラ》と同根《チネ》の（＝坤）」と解くことができる。母の形容辞は「坤」である。この「坤」とはどんなものと考えられていたのか。

……坤元（大地）は、なんとすぐれたものであることよ。万物はこれをもとにして生じた。かかるすぐれたものでありながら、坤（地）は、天にしたがい、天をうける。そうすることで坤は万物の母となる。乾《けん》には始といい、坤には生という、始は気の始め、生は形の始めをいう。（『易』本田済）

万物の始源としての母——老いた私の母も、友人の若い母も、大地の母であった。古代の人々が、母に見たこの普遍的な意味に、いま私も共感することができる。

彼《か》の岵《やま》に陟《のぼ》り父を瞻望《せんぼう》す
彼の屺《やま》に陟り母を瞻望す（詩・魏《ぎ》風《ふう》・陟岵《ちよつこ》）

親をなつかしむことを「陟屺《ちよくき》」（山にのぼる）というそうだ。山と親とが切り離せないものとしてあったのも、艮と坤の同根にあった。

とすると、同じく母にかかる「たらちし」(多良知之)のシはネと同じ意味なのだろうか。しかも『播磨国風土記《はりまのくにふどき》』には、多良知之を吉備《きび》の鉄《まがね》にかけた用例がある。「之」を手掛りに考えると、之は止と同じく足の象形で、進む足のさまを示すが、もとは定着する足、止と同義であった。進む足(之)と定着する足(止)は、伸びて定着する根の状態と全く同じものを表わしていた。

さて、艮にしろ坤にしろ、強大な土気を表わすが、土気から生ずるのは金(五行「土生金」)である。「艮と同根の」坤(母)に対して、ここでは「艮(土気)に繋がる」金(鉄)に掛けられたのであろう。鉱物もまた母なる山の産んだ子どもなのである。

あまかぞふ

はないちもんめ

小さい頃のことで、もう忘れてしまっているようなことを何かの拍子に思い出すことがある。たとえばこの歌を見た時だ。

天數《そらかぞふ》　凡津子《おほつのこ》之《が》　相日《あひしひに》　於《お》保《ぼ》介《に》見《み》敷者《しかば》　今叙悔《いまぞくやしき》（巻二―二一九）

（大津の子と逢《あ》った日にはっきりと見なかったので、今になると後悔される）

大津にかかる枕詞《まくらことば》、「天数」は「そらかぞふ、あまかぞふ」と訓《よ》まれている。「おほよそ」の意の「おほ（凡）」を引き出すための「そら（＝ぼんやり）数ふ」とか、空の星の数の多いことからとか、「天にまで数えあげる」などと解釈されているが、はっきりはしていない。

「あまかぞふ」に思いをめぐらせているうち、幼い頃よく使っていたことばを思い出した。子供同士の間で、何かのことについてどちらがたくさん知っているか、持っているか、というようなたあいもない競《せ》り合いになり、大きい数を競って言い合ううちに、いつも決まっていきつくのが、「天まで届く」という言い方であった。大きな桁《けた》数を知らない子供にとって、そういう言い方で、最大の数を表わしたつもりだった。

何とも懐《なつか》しい気のするこの「天数」だが、一体どんな数であったのだろう。天に届くまで数えあげるというふうに考えると、無限大がその答えのように思われる。しかし、見方を変えて「天を表わす数」と考えたらどうなるだろうか。「天の数」は、陰陽説でいえば「一」なのである。そして、天に対する地の数は「二」と表わされる。

一は数詞の一、はじめの意であると同時に、全部をひとまとめにするという意でもある。〝心を一つにする〟とは、皆の心を一つにまとめ合わせることだし、「一家」は家全体、「一天」は、空全体という意である。天の数が一というのも、その一に全体が包含されていたからであった。一は一つであり、同時に全体でもある。「天数」がかかる凡も『三蒼』に「数の総名なり」とあり、おしなべて・すべてという意で使われている。全体という意で、凡が天の数・一と同義で結ばれていることがはっきりと見えてくる。

朝鮮語でもᄒᆞᆫ《ハン》（한）は、一だけでなく、たくさんのものや大きいもの、全体を言う時に使う。ふつう、一のことはᄒᆞ나《ハナ》と言うが、これは、하늘《ハヌル》（天）とも同源になっているようで、天と一が同一のものとして捉《とら》えられていることがわかる。朝鮮では、〝天（하늘）――一（ᄒᆞᆫ・ᄒᆞ나）――全体（ᄒᆞᆫ）〟と、ことば自体がすべて同列に並んでいるのだ。

さて、これも子供の頃よくやった遊びだが、「はないちもんめ」を御存知と思う。「はないちもんめ」がどういう意味かなど考えることもなく遊びに熱中していたものだが、よく考えてみればみるほど変なことばだ。この〝はな〟は、ᄒᆞ나（一）で、〝ᄒᆞ나《ハナ》（一）いち（一）〟と、同じことを朝鮮語と日本語で重ねた合成語のようになっていたのではないだろうか。〝もんめ〟が、数の単位になっていることを考えても、やはり「はな」は〝一〟だったのではないか。実際の遊びにおいても、二組に分かれて、お互いの仲間を一人ずつ取り合うという形をとる。まさに、一を取り合う遊びだったのだ。

日本語でも、「はなから」と言えば最初から、という意だが、もとは、朝鮮語の〃하나《ハナ》(一)〃に由来するのだろう。花子という名前は、日本人の名前の代表として太郎に並ぶ存在だ。太郎が長男を示すように、花子は長女、最初の女の子という意味にちがいない。

花と言えば、鼻もまた同音である。朝鮮語の하나《ハナ》を通すと、鼻は、体の中で一番先端にあるもの、花は草木の枝の一番先端に咲くものとして重なってくる。どこからが、日本語で、どこからが朝鮮語であるという線引きもできない。

水の地

天の数、一＝全部であるという思想は、日本、朝鮮、中国で同じだったのである。裏を返せば、その基になる世界観が、漢字とともに大陸から日本にもたらされたということだ。漢字一つ一つに描かれている概念が、漢字と離ればなれになってしまうことはない。漢字を用いること自体が同時に、中国の思想を吸収していくことに他ならなかった。海によって隔てられた国を、文字、すなわち漢字が地つなぎしている恰好《かっこう》だ。

それにしても、天数・一が掛る「大津」とは何とものものしい。たんに字義の上から一（全体）と凡（大）が結ばれただけではなかったようだ。「一」が地つなぎにしていった具体的な思想とは、何だったのだろうか。

同時にそえられた反歌には、「凡津子《おほつのこ》」が「楽浪《ささなみ》の志賀津の子」ともあるが、志賀津も大津のことである。大津はその名の通り「水」の地だ。五行「水」には十二支の第一位「子《ね》」があてられる。水・子に始まり一巡してあらたまる十二支・水の道は「一」のはじめの意と全体の意を同時に表わすものといえる。

「一」（天数）は、また大津＝水を示すものだっただろう。凡津子、志賀津子にも、水と子の関わりが示唆《しさ》されている。一が表わす始めと全体の意が、五行・水＝十二支・子を介して凡津の子にかかっていたのである。

第六章　玉の変奏曲

たまかぎる

人麻呂《ひとまろ》に注目

枕詞《まくらことば》によっては、表記や、掛けられることばの種類がいろいろあるタイプのものがある。「たまかぎる」もその中のひとつだ。表記としては、「玉限」「玉蜻」「玉垣入」などがあり、掛けられることばの方も、「夕」「磐垣淵《いはかきぶち》」「髣髴《ほのか》」「颪《ほのか》」「ただ一目のみ」「日」などとバラエティに富んでいる。

これでは枕詞の意味を探ろうにも、どこから手をつけていいのかわからない。けれども「枕詞＝被枕詞」という前提に立てば、これらのことばのすべてに何らかの共通点があるはずである。だから考えようによっては、ひとつのことばにしか掛らない枕詞よりも、解明へのヒントが多いということにもなる。

現解釈によれば、「たまかぎる」が「夕」に掛るのは、夕方の薄明りを玉の淡い光に見たてているからであり、「磐垣淵」に掛るのは、やがて玉と輝く石と続くからであり、「日」に掛るのは、燦然《さんぜん》と輝く日の形容だからであるという。どれも玉の放つ光ということでまとめられてはいるが、その輝きのイメージには相当ひらきがあり、その場しのぎの解釈という感をまぬかれない。

たくさんのことばを並列的にまんべんなく見ていったところでそう簡単に埒《らち》があかないだろう、と経験的に私たちは考えた。ではどうするか。

こういう時にマークする相手は、やはり柿本人麻呂《かきのもとのひとまろ》をおいてない。万葉歌人を枕詞という切り口から見ていっても、人麻呂はその使い手として傑出している。とびぬけた枕詞創《づく》りの名手だったのではないかと思わせるほどの腕前だ。「たまかぎる」においてはどうだろうか。

「たまかぎる」の使用例全十例のうち、初めの三首が人麻呂の作である。しかも、そのどれもがそろって挽歌《ばんか》ときている。

……玉限　夕去來者……　（巻一―四五）
……玉蜻　磐垣淵之隱耳……　（巻二―二〇七）

……珠蜻　髣髴谷裳……（巻二―二一〇）
人麻呂ひとりの作にしぼってみても、表記も被枕詞も多様である。その中でも私は、最初の「玉限」という表記が気になった。玉の輝きを表わすのなら、どうして「限」をつかうのだろう。「限」をかぎると読むことは、現在でも日常的にそうである。だがそれだけにかえって不思議な気がする。人麻呂ならば、ただその音を借りるためだけに文字を選ぶとは思えないからだ。
あるとき、字源辞典をめくっていると天啓のように「限」の文字が眼に飛びこんだ。
「景とは竟なり。照せし処《ところ》に竟限あるなり」（『釈名《しゃくみょう》』釈天）
「景」は日の光そのもの、またその光によって生じる明暗のくぎれ目をもいう。「影」の原字である。「影」といえば、今ではもっぱら暗いイメージが強く、「陰」と混同しがちだが、本来は明るいという意味も合わせ持っていた。古語辞典で見ても同様であり、成務紀の「山の陽《みなみ》を影面《かげとも》と曰《い》ふ」という例があげられている。
「景」と「竟」は、元の中国音がまったく同じであるから意味も近い。「竟」の字形は、音プラスひざまずく人を象《かたど》っており、音楽の区切りを意味する。ヲハル、ツヒニといった古訓を持つ。竟に土をつければ空間的な区切りの境になる。
「限」もまた、いついつまで、どこそこまでと区切ることばであり、時にはそれが終りを意味するというところまでよく似ている。

まとめればこういうことになる――景とは光の明暗による区切り（限り）である。

なるほど、人麻呂が「たまかぎる」に限の文字を用いた理由がわかってきた。「限」が玉の景（輝き）そのものを示すからなのである。そして「玉限夕去來者」とつづくのも、夕を一日の区切り目として見ているからであろう。しかも「限」は、この世の限り、あの世との境という意味もにおわせ、挽歌としてふさわしい効果をあげている。

それにしても「景」や「限」などの漢字を追いかけていると、いつのまにやらかげやかぎるなどの和訓がダブって聞えてくる。カゲロフとカギロヒの転の例もあるように、和訓の音の面からもかげとかぎるは大変近い。景をとりまく漢字の世界が、そのまま和訓に映し出されているようだ。

光が沢山当っていると、そのぶん影も濃くなる。その対比により物がはっきりと見える。影という漢字も、かげという和訓も、もともとはそのこと自体をいっていた。「あの人、影がうすい」という時の影も、めりはりのある存在感の有無をさしている。

むろん同時に暗い側をさすことも多い。光がわずかしか届かない影の中では、物の形や色も、ぼんやりとしか見えてこない。

すべては「景」のなかに

さてここで、この節の冒頭に列挙した「たまかぎる」関係の語群を思い出してみよう。一見ばらばらでまとまりに欠けていたが、実は「たまかぎる」の表記や被枕詞は、すべて景がくり広げる意味の範囲内に含まれてしまうのである。

まず明暗のけじめということでは、「玉限」をはじめ、「玉垣入」「磐垣淵」が当てはまるだろう。断絶してしまった空間のあちら側にいる人への悲痛な思いが伝わってくる。

もはやかげになってしまってよく見えないという状態を表わしているのが、「ほのか」であろう。「ただ一目のみ」もまた、ちらりとしか見えないということだ。「玉蜻」は何か。蜻蛉《かげろう》はトンボの古名のひとつである。これはやはり蜻蛉の羽根のちらちらとしたあえかなきらめきをいっているのだろう。同じ訓の陽炎《かげろう》も光のゆらめきであるのだから。そしてトンボは水の精とされていたことをみても、陰陽五行で水気は陰であり、輝きとはいってもおのずからかげをおびている。

では、日に掛っていたのはなぜか。これまでの脈絡からいえば、燦然と輝く太陽などではないはずだ。原文をにらんでいた仲間のひとりが面白いことに気がついた。

玉限　日《ひ》文累《もかさなり》……（巻十三—三二五〇）

これを文字通り、日と文をかさねてみるとひとつの文字、「旻《そら》」ができあがる。「旻」は日光がかぼそくなった秋の空のことで、むしろ暗い感じのすることばだったのである。

以上のように「たまかぎる」ということばは、様々に姿を変え、様々なことばを引き寄せながらも、「景」という文字を核に、それが投げかける光の輪の外にはずれることはなかったのだ。

現代は光にあふれている。自ら光源となる電燈《でんとう》やネオンサイン、それを反射する物質である金属、ガラス、プラスチックなども私たちの身のまわりをとり囲んでいる。したがって都会では、むしろ真暗な闇《やみ》を設定することの方が難しい。

それにひきかえ万葉の時代は、一日の半分は闇に支配されていた。光るものといえば、太陽、月、星などの天体、燃える火、それらの光を受ける水面等、天然の発光体だけである。その威力は今とは比較にならないほど大きく感じられていたにちがいない。それから磨きあげるという人の労力をかけた鏡、刀剣、そして玉があった。雑多な光が氾濫《はんらん》する現在では想像もつかないほどの素朴さである。素朴なぶんだけそれらの輝きは、人々の心に多様で鮮明な印象をうえつけたことだろう。

私は半透明の乳白色の玉の光沢を思い描いてみる。内にこもるようなおぼろげな光。たとえばじかに見る日光ではなく、それを含んだ雲のような輝きである。その奥に、しかと存在を感じるのだが、ほのかな明るさのみをかろうじて目にすることができる。

やはり玉の輝きは、すでに暗さを帯びているように思われてならない。日のように自ら輝くのではなく、他の光を借りているからだ。その点、太陰ともいわれる月に通じるものがある。月のことを玉兎《ぎょくと》などというのも、青白く冷たい輝きを月と玉の両方に見ていたからであろう。

うつせみと　思ひし妹《いも》が　玉かぎる　ほのかにだにも　見えぬ思へば（前半省略、巻二―二一〇）

人麻呂が亡《な》き人への断ちがたい思いをたくすには、この玉の輝きをおいて他にはなかったようである。

たまぼこの

矛《ほこ》と言えば……？

万葉集中に三十七例といえば多い方である。それも初期の柿本人麻呂《かきのもとのひとまろ》から後期の大《おお》伴家持《とものやかもち》に至るまで、この枕詞《まくらことば》は安定した人気を確保していた。

「たまぼこ」の表記のほとんどが「玉桙」。まれに珠や戈などの字も用いられているが、大差はない。これが掛ることばのほうも、ただ一例の「里」を除けばすべてが「みち」に対してであり、その表記は三例ほどが路、あとは道のみである。ばらつきが少なくまとまっている枕詞といえるだろう。

「なるほど、たまぼこのみちね」

とすんなりそのまま通り過ぎることができそうな気がする。「たま」も「ほこ」も「みち」も一応の意味がわかるからだ。ところがこの三つを合わせると、とたんに心許《こころもと》なくなってくる。たまぼこのみち——いったいどのような道で、どういう意味がこめられているのだろうか。

現解釈を見ると、「玉は美称、桙状のものを道に立てたことによるという」という、はなはだ不確かな情報しか与えてくれない。ともかく昔の風習なのだから、というようなかたづけ方をされても、それ以上先へは進めない。

それに桙が立っているから「玉桙の道」というのでは、今ならさしずめ「電柱の道」とか「信号の道」などというようなものである。

道に桙を立てることが本当にあったのならば、なぜそのようなことをしたのかがわからなければ、枕詞の意味もわかったことにはならないだろう。

私はまず、「たまぼこの」ということばが「みち」を形容しているケースを考えてみた。つまり「たまぼこのようなみち」ということである。仲間にも問いかけてみたところ、次のような意見が返って来た。

A、桙は槍《やり》のように突き出す武器だから、遠くの一点に向ってまっすぐにのびた道が思い浮ぶ。

B、玉の字形は玉を三つ紐《ひも》で連ねた象形であるから、穴を穿《うが》つように、突き進んで行く道のことではないか。

C、矛《ほこ》という漢字には、見えないものを探り求めるという意味がある。照明もなくデコボコで不案内な古代の道を言っているのかもしれない。

どれも、そういえないこともないが、かといって確信も持てない。みんなで考えあぐねているうちに、私たちの道はたちまち行き止まりにさしかかってしまった。

「そういう時はね」

アガサが言った。

「ホコホコって何度も口に出して言ってみるのよ」

私たちはうつけたように「ホコホコホコ……」とやりはじめた。自分でやらせておきながらアガサは、そんなふうじゃだめねといわんばかりに笑いをこらえている。

「ほことい えば何？」

アガサの凜《りん》とした声に押し出されるように誰かが答えた。

「ひょっとして、たて」

思わぬ展開になった。矛といえば盾、いにしえの武器ほこは必ずたてとセットになっていたのだった。敵を攻めるほこと自分の身を守るたての二つがあってはじめて戦えるのだ。そういえば「矛盾」という熟語だってあるではないか。

それだけではない。たてとほこを一文字で表わしてしまう漢字があるのだ。干《ほこ》である。干は先が二つに分かれた武器をかたどったものであり、これは人を突く時にも用いれば、相手の攻撃をさえぎる時にも用いる。それほどほことたては切りはなせないものなのだ。

道に託す思い

さて、突き出すほこ、それを受け止めるたて、力と力が組み合うことしばし、そんなかたちを道に投影するとどうなるだろうか。

道と道とがぶつかり合う交差点が浮び上る。道を行く人々もそこに出合う。たまぼこのみちとは十字路のことであろう。

私は目の前の道がひらけたような気がした。それは、単に一本道だとばかり思っていたのが、実は十字路だったというだけのことではない。それまでとらわれていた道の外形を超えて、道がどういうはたらきをするものなのかということが見えて来たのだ。道が矛のような形をしているというよりも、道が矛と盾のようにはたらくのである。行く人もいれば来る人もいる。互いに出合い立ち止まる。そんな人々が引く導線の矢印が矛と盾の関係に重なってくる——こんな瞬間、ことば本来の素朴な意味を取りもどしたような気持ちになる。アガサが「ホコホコ……」と繰返させた意図もそこにあったわけだ。

ところで、みちに最もポピュラーな漢字をあてるとすると「道」だろうが、実はみちと訓《よ》む漢字は「道」以外にもたくさんある。『漢和大字典』の索引には、路、迪、径など十六種あり、それぞれ道の様々な形態を表わしている。その中で十字路を表わしている文字はどれか。万葉集の「たまぼこのみち」にも三回用いられていた路《みち》が、一文字ですでに十字路の意味を含んでいたのである。路の原義は、たての道をつなぐ横みち、連絡路のことであり、その結び目は十字路となる。

横のみちということで思い当るのは、古代の軽のみちだ。詳しくは「あまとぶや」の章で述べているが、古代の日本は朝鮮にならい、太陽の通り道である東西を主軸の縦におき、それに交差する南北を横においてみていた。ゆえに南北にわたる軽の道は横のみちといえるのである（カルという地名自体朝鮮語では横を意味している）。万葉集などに軽のみちが出て来る場合、必ず漢字は路が選ばれているのもおもしろい。

『日本書紀』推古天皇の二十一年に「難波《なには》より京《みやこ》に至るまでに大道《おほち》を置く」とあるが、これが今の竹内街道であるともいわれている。もっとも、すでに朝鮮三国との往来は密であり、難波はすでに第一の要港であったのだから、それまでに道がなかったというわけではないだろう。港から都への道、いわば玄関から応接間までの通路をととのえ、天皇直轄《ちよつかつ》の支配下に置いたということになろうか。ともあれこれが東西を結ぶ代表的な道であり、それに対する南北の軽の道は、今の下《しも》つ道のなごりとされている。こちらも五世紀にはすでに漢人たちによる交易の市がひらかれていた。

と、ここまで話を横路に引っぱって来たのにはわけがある。「たまぼこのみち」が登場する人麻呂の歌の一つが、軽の市の妻にちなんだものだからである。

天飛ぶや軽の路は……に始まるこの長歌（巻二—二〇七）には、亡《な》き妻のおもかげを軽の市を行き来する人々の中に探し求めてさまよう人麻呂の悲哀が切々と詠《よ》み込まれている。

……玉桙の道行く人も一人だに似てし行かねば……ひとりとして妻のおもかげをしのぶことができるような人は通らない。沢山の人々の往来の中で人麻呂の孤独感はなおいっそうつのるのである。

人麻呂の歌の中からさらにもう一首みてみよう。讃岐《さぬき》の狭岑島《さみねのしま》に行き倒れになっている人をみて詠んだものだ。

家知らば　往《い》きても告げむ　妻知らば　来《き》も問はましを　玉桙《たまほこ》の　道だに知らず　おぼぼしく　待ちか恋ふらむ　愛《は》しき妻《つま》らは（巻二―二二〇）

（あなたの家が分るならば、行っても知らせましょう。妻が知っていたら、来ても問うだろうに。ここに来る道すらも知らずに、不安な気持で待ち恋い慕っているであろう、あなたのいとしい妻は）

「玉桙の道だに知らず」という句が、本来なら盾と矛のように向い合うべくつながっている道が断たれ、もはや二度と会うことがかなわないのだという無念の思いを濃くしている。往（徃は異体字）と来、合わせて往来という二文字の対が象徴的である。「たまぼこのみち」を含む歌の群をひととおりながめてみると、必ずしも十字路とはかぎらないが、やはりすべてにおいて矛と盾のように、人と人とが向い合う姿が描き出されている。そして出合いの場面よりは、むしろ離れているぶん、なおいっそう逢《あ》いたさがつのる、またそのつながりを信じたいという内容の歌が多い。

遠妻《とほづま》のここにあらねば玉桙の道をた遠み……で始まる安貴王《あきのおおきみ》の長歌（巻四―五三

四)は、空を行く雲や、鳥になっても会いたいとつづられている。ゆるされぬ恋愛の末、勅命により追放になった采女《うねめ》をしのんでの悲しい歌である。

その他にも、たまぼこのみちは遠いが、あなたに逢いに出て来たという歌、たまぼこのみちを行ったばかりに心をつくす恋に逢ってしまったという歌、たまぼこのみちを歩いてうらなうと、あの女《こ》に逢うと告げられたという歌など、「逢う、相う」という文字がキーワードになっているものが多い。

たしかに人と人とをつなぐものは、道しかなかったのだとあらためて考えさせられた。電話もなければ郵便システムもない。逢いたければ歩いて行くしかないのだが、それも今のように自由な外出はままならない。相手へとつながるみちに思いをはせて、心のベクトルが働くのだろう。

さて、ここまで来て、始めの方に書いた、現解釈がひきあいにしている「道に桙を立てた」という古代の風習が気になってきた。

なぜ道に矛を立てたのか——このように枕詞に表現されるよりはるかな昔から、人と人とが行き交う道、とりわけ十字路を、矛と盾にたとえて見ていたからに他ならないのではないか。

道にはどこにでも無作為に矛を立てていたわけではあるまい。やはり道と道とがぶつかる要所にこそ立てられていたはずだ。自分の土地であるという主張と、外敵への威嚇《いかく》というねらいがあったろう。また、旅人の安全を守る道祖神のようなものも含めて、厄除《やくよ》け等の呪術《じゆじゆつ》的な要素もあったにちがいない。

日本書紀の崇神《すじん》天皇九年の条に実に興味深い記述をみつけた。大物主《おおものぬし》のたたりを鎮《しず》める手だてとして「……宇陀《うだ》の墨坂神《すみさかのかみ》に赤色の盾矛を祠《まつ》り、また大坂神《おほさかのかみ》に黒色の盾矛を祠り……」云々《うんぬん》の行事が行なわれ、国は安らかになったというのである。ここでも矛と盾が対になっているのが面白いが、さらに注目すべきはその位置である。墨坂、大坂はそれぞれ倭《やまと》の地域から東方と西方へ通じる要路の境界点であったという。この「盾矛」の赤と黒という色は何を意味していたのだろうか。赤は陰陽五行説でみれば南、黒は北にあたる。つまり墨坂、大坂を結ぶ東西の線に、十字に交差する南北の線を加えることにより、陰陽の世界の空間の広がりを表現したのだと考えられる。

陰陽について言えば、さらに付け加えることがある。十干のうちの戊《つちのえ》と十二支の戌《いぬ》は、ともに矛を描いた象形文字である。これらは五行の土気に属している。道ももちろん土気であるから、その点から見ても、矛と道には密接なかかわりがあったのである。

はじめに理《ことわり》ありき

さて、ここまでくれば、一首だけ、「たまぼこの」が里に掛っていたことにもすぐ合点がいく。里という漢字は見てのとおり、田＋土でできており、たてよこにきちんと区切られた田畑のことである。そこにはおのずから十字をなす道が含まれているのだ。

里の、「区切られた土地」という名詞的な意味を、そのまま動詞にして「土地を区切る」という意味を持たせた漢字がある。「理」がそれである。理は玉偏に里、つまり、玉に浮きでたすじ目をもって、ものごとにすじみちをつけるという大きなテーマをも表現したのだ。

どきりとさせるではないか。玉と里——玉と十字路……。「理」という字は、まさに玉桙の道そのものである。

字形だけではない。「理」は古訓にミチとも訓み、ものの道理や理路整然などというように、みちの意味と抱き合わせた熟語がいくつもある。

玉桙の玉は、単なる美称でもなければ、桙の材質としての玉をいったものでもなかった。もとに「理」という字があって、それが玉桙の道ということばにほどかれていったにちがいないと思われてくる。

今でこそ私たちの身のまわりには、網の目のように道路がはりめぐらされている。対数的に増加の一途をたどり、無数のひびが入ったような現代都市のたたずまいは、むしろ無秩序の感が強い。

けれども道がそのように複雑に入り組む前、はるか昔にさかのぼればどのような風景が見えてくるだろうか。草木がぼうぼうと茂っている。あるいは岩が方々でむき出しになっている。そこに人が最初のまっすぐな道を造る。そしてやがてもうひと筋の道が交わる時、空間が拡《ひろ》がり、その交差点には人が集い、市が立ち、町が生まれる。混沌《こんとん》とした空間に人の手が加わる。道を引くこと、すじめを入れていくこと、それは秩序の誕生である。

いくすじもの線が美しくそろうさま。玉もまた、古代よりそのすじ目が貴ばれてきた。私たちの身近ではあまり見られないが、玉にも木目のように層があって、磨く角度によっては絶妙な模様が浮び上るということである。古代の人はそのような玉の模様をめでながら、地上の道すじを重ねて見ていたのだろうか。

玉、桙、道、里、そして理、これらの文字を、そこに込められた深い意味もろとも継承した人麻呂たちが、やまとの道すじに何を見ていたのか、私たちには少し窺《うかが》い知ることができたように思う。

たまづさ・たまゆら

梓弓《あずさゆみ》を手がかりに

「玉梓之《たまづさの》」がおもに「使《つかひ》」に掛る理由として、使者が梓の杖《つえ》を持っていたのであろうという説がある。

古代はそういった使者が伝言を口で伝えたのだという。その姿を思い描いてみようとしても、何か滑稽《こっけい》な感じでなかなかイメージが結ばない。だいいち今の郵便配達のように、それと見てすぐわかるような使者がいたとも思えない。

この枕詞《まくらことば》も初登場は、人麻呂の挽歌《ばんか》の中である。長歌なので、訳文の一部を引用しよう。

「……長い藻《も》のごとく靡《なび》き寄った妻は黄葉《もみじば》の散るに似て死んでいったと、玉あずさを携えた使いが来ていうので、梓弓の音を聞くようにしらせを聞いて〔一八云《い》ワク、しらせだけを聞いても〕、何といいどうしたらよいのか途方にくれて、しらせだけを聞いてじっとしてはいられないので……」（巻二―二〇七・講談社版『萬葉集』中西進訳）

妻の死を突然に知らされた者の動揺が如実《によじつ》に表わされている。この中で私は、玉梓の使がすぐに梓弓の音に続いてひとつのまとまりをなしていることに気がついた。梓弓は、弓に縁のあることば「音」「はる」「引く」などにかかる枕詞である。梓という木は古くは呪力《じゆりよく》のある聖なる木とされていたらしく、梓弓も武器や猟具としてのみならず、神降しに用いられていた。すなわち巫女《みこ》が梓弓をはじきながら、死霊《しりよう》や生霊を呼び出して口寄せを行うのである。

弓ではないが、やはり弦をつまびいて神を呼ぶ琴についての話が古事記にみられる。

仲哀《ちゆうあい》天皇が琴を弾き、建内宿禰《たけうちのすくね》が神の仰《おお》せを伺うと、神功《じんぐう》皇后が神がかりとなった。おつげは、西の方の国（朝鮮）を授けるというものだった。しかし天皇は本気にせず琴を止めてしまったため、神の怒りをかい、再び琴を弾きはじめたが、ほどなくその場で息を引きとってしまったというのだ。

私はなぜか、いつか耳にした朝鮮古来の伽耶琴《カヤグム》の音を思い出していた。日本の琴よりもトーンが低めで太く、うねるような音を出す。そのひびきはなにか怪しげで、この世のものとも思えないような魅力があった。

古代において音楽は、人々の楽しみというよりは、まず神の世界と人間界をつなぐものとして存在したのだろう。音そのものが神秘であり、人間のあずかり知らぬ力によって鳴りひびくと思われていたのだから。

さて、梓弓に話をもどすと、万葉集の初めから三番目、中皇命《なかつすめらみこと》が舒明《じょめい》天皇の遊猟の時に詠《よ》んだ歌の中にも見られる。

御執《みと》らしの　梓の弓の　金弭《かなはず》の　音すなり

この句が二度繰り返されている。やはり猟そのものよりは、弓の音の方に何かしら思い入れがありそうである。

玉の音ひびく

私は、梓弓がこれほど深く音とかかわっているのならば、玉梓もまた、音を意味しているのではないか、と思い始めていた。なにしろこの二つは、人麻呂の歌の中では対のように寄り添っていたのだから。

……玉梓之　使乃言者　梓弓　聲介聞而……

原文を見て聲という字が気になった。久びさに見た声の旧字体がいかにも意味ありげに映ったのだ。解字をみると、「聲」の「声」の部分は「磬《けい》」という楽器の象形だった。磬というなじみのない楽器について調べてみると、平たいへの字形の玉や石を音階順につるし、それを打ち鳴らすもので、高い澄みきった音を出すという。今でこそ仏具にしか残っていないが、中国古代においては、「磬鐘」などというように、鐘と並んで基本的な楽器とされていた。

なによりも私は、玉を使った楽器があったということを知り、妙に納得していた。

やはり玉梓は「音」なのである。玉を打つ音が、弦をはじく音とひびき合って伝わってくるようだ。

「玉梓の」は、この音響が遠くの方から伝わって来ることをもって「使」に掛る、そう考えれば自然である。

これまで私たちは、玉のつく枕詞に誘われるままに玉をながめてきた。その光沢、模様、そして形。時には手にとって堅さや重みを感じたりもした。けれどもそれだけでは充分ではなかったのだ。今度はさらに、玉が奏《かな》でる音色に耳を傾けなければならないことも知った。

もう一つ、玉の音を運ぶ枕詞がある。「玉響」である。もう見るからに音がひびいているではないか。

「玉響」は万葉集中に一例しか見られないのだが、読み方には諸説ある。たまゆらに、たまあへば、たまさかに、たまさやかに、たまかぎる……。

私たちは「たまゆらに」と読んでいる。音が響く時には空気がゆらいでいるから、ということもあるが、もっと直接的な根拠がある。「ゆら」という音のありかだ。古代朝鮮語で鳴ることを「우ᄅᆞ다《ウラダ》」と言う。鳴るは、響くと同じ意の範疇《はんちゅう》にある。

では歌を見てみよう。

玉響　昨夕　見物　今朝　可戀物（巻十一—二三九一）

（たまゆらに昨日の夕《ゆうべ》見しものを今日の朝《あした》に恋ふべきものか）

略体歌であるだけに、昨夕と今朝の対、見物と恋物の対がくっきりと見える。昨夕から今朝へと時間がたったのに、ずっとあの人のことばかり思っている。ますます恋しくなるようだ——そんな気持ちが伝わってくる。これは一夜のことのみならず、過去から未来にかけてもずっと続いているという意味に拡大解釈できる。

音もまた、ひとたび打ち鳴らせばしばらく余韻が残る。音そのものが消えた後も、心の中で鳴り続ける。音の波は時間に乗って伸びていくものなのだ。

中世になると玉ゆらということばは、ちょっとの間、ほんのしばらく、という意味に派生していく。これも根本に、音が聞こえる間、という意味があってのことだろう。「間」の古訓にはシハラクもある。

現代にいたっては、玉梓や玉響ということばを見て音を感じる人は、ほとんどいなくになってしまった。しかし、私たちは耳を澄ましていようと思う。そのうちに古代に打ち鳴らされた玉の音のかすかな余韻が聞こえてくるかもしれない。

たまきはる

たましいをきざむ？

「霊剋」という書き方が「たまきはる」には多く用いられている。見るからにただならぬ気配が感じられる文字づかいである。

なにしろ「たま」と訓《よ》ませている霊はたましいのことであり、「きはる」にあたる剋はきざむという意味であるから、そのまま素直に受け取れば、「たましいをきざむ」の意となろう。なにやら恐ろしげである。

日本古典文学大系の注には「霊魂の続き極まる意味で命の形容」とあり、古語辞典類には「きはるは極まる、刻む意で、うち、命などにかかり、そのかかり方は未詳」

などとあった。現解釈の方には恐《こわ》さは感じられないものの、妙に抽象的で、具体的なイメージは文字どおり未詳ということになってしまう。

ここではやはり、歌の中にそのイメージを見つけていくほかはないだろう。

山上憶良《やまのうえのおくら》が、愛児古日《ふるひ》の死を悼《いた》んで作った長歌は、今も私たちの胸を打つ。いつの世も親しい人の死ほど悲しいものはない。ましてやそれがまだいたいけな息子のとあってはなおさらだ。日に日に衰弱し、ついにむかえてしまったその子の死を憶良は「……靈剋　伊乃知多延奴礼（命絶えぬれ）……」（巻五—九〇四）と表わしている。

あれほど生気に満ちていたのに、なぜ、という思いであろう。

けれどもたまきはるは、幼い命だけをさして言うものではない。憶良の別の長歌に、時ばかりが過ぎ去り、長生きはしているものの思うにまかせないわが身を嘆いたものがあり、その結びにも「……たまきはる命惜しけどせむ術《すべ》も無し」（巻五—八〇四）とある。七十四歳の安倍広庭《あべのひろにわ》も、「……靈剋　短命乎　長欲爲流（短い命も長くと願う）」（巻六—九七五）と詠《よ》んでいる。

結局その人の寿命がどうであれ、主観的にはいつも命は短くて、惜しまれるものなのではないだろうか。

たまきはるの用例は、万葉集の後の方になると、恋のためならば、たまきはるいのちを捨ててもかまいはしない、というニュアンスの歌が目立ってくる。そして「玉切」という表記も現われる。それこそたましいをきざむほどの思い、身を切るほどの思いということだろうか。

ある時は命を惜しみ、ある時はそのような命でも惜しまない。けれども共通していることは、いのちそのものは限りがあり、かけがえがないということだ。

人はいつも命を意識して暮しているわけではない。大切な人を失った時、自分の人生がそこなわれていると感じる時など、生と隣り合わせにある死をかいま見た時にあらためて生を意識するようだ。

霊剋というような、それ自体あの世の暗さをただよわすかのような文字が選ばれているのも、歌われる場面がシリアスで、歌の雰囲気が哀調をおびているからだろう。

春——生命の源

しかしたまきはるは、暗い歌ばかりにあるのではなかった。実は霊剋よりずっと前に、ただ一首ではあるが玉尅春という表記で登場していたのだ。

玉尅春　内乃大野介　馬數而　朝布麻須等六　其草深野（巻一―四）

たまきはる宇智《うち》の大野《おほの》に馬並《な》めて朝踏《あさふ》ますらむその草深野《くさふかの》

この歌は万葉集の巻頭近く、舒明《じょめい》天皇が馬をずらりと従えて猟にいそしむ様子を、中皇命《なかつすめらみこと》がたたえたものである。どことはなしに明るさがにじみ出ている。それは「玉尅春」という文字の印象や音からも発散されているようである。

玉尅春という表記がたまきはるの原型だとしたら、そこに本来的な意味がつまっているはずだ。もう一度、気分を新たに見ていくことにしよう。

見なれない尅という字は、霊剋にもあった剋の異体字である。確かに剋は刻とも近いことばで、多くはきざむという意味で使われているが、元はといえば克《コク》や亟《キ》などと同じ、ピンと張るという意味の漢字のグループに属している。概して中国語のキは、気、吉、乙などにもみられるように、いっぱいにつまる状態をいうものが多い。それはおのずから張るということにも通じるのだ。

中国音キと和訓はるの音は同義なのである。当初、尅春と書かれていたのが、後に剋の一字で済むようになったのも、剋にはるという意味と音が内在していたからにほかならない。

「尅は張るということか……」

とつぶやいてみて、はっとした。玉尅春の春もまたはるである。日本語においてもまた、同じ音のことばは共通の意味を持っているものだ。

春といえば、ともすれば花が咲き、鳥が鳴き、ふんわりと軽く柔らかなイメージが先行しがちだが、そうなるちょっと手前、花びらが開く前のつぼみ、ひながかえる前の卵、まさにはちきれんばかりに張る状態こそが、本来の春の原義であったのである。

さらに「春」を漢字の表記としてみていくと、古代中国人が春という季節をどのようにとらえていたのか、その深みがわかってくる。春は豚や碓など、ずっしり下ぶくれという意味の漢字と同類である。春という字体は艹（くさ）＋屯（ずっしりと下にこもる）＋日からなり、太陽の暖かみを受けて、植物の伸び出ようとする活力がずっしりと地下に蓄えられた季節を示している。芽の出た部分よりも、芽生えを用意している姿の方を春の象徴としてみていたのだ。

そして春といえば、陰陽五行が浸透していた古代においては陽そのものである。陰の気をおさえて陽の気がきざし始め、これから上向きの気運に乗るという時期である。

さて、あえて置きっぱなしにしておいた「玉」はどうだろうか。そう、玉もまた中身がみっしりとつまり、硬く張っている。手にずしりと重い感触がある。割れる時には砕けて飛び散るのも、はりつめていればこそである。

となると玉・尅・春は、共通の意味をとれば、すべて「はる」と訓むことができる。玉尅春ということば自体、すきまなく連結している、密度の高いことばである。

玉尅春が内に掛るわけも、そうした張っている内側の状態についていっていることを思えば簡単に納得がいく。では次第にいのちに掛る例が現われてくるのはどうしてだろうか。

玉のように中身がつまってはりきっており、芽ばえを用意しているいのちといえば、それはもう、おなかの中にいる胎児、あるいは身ごもっている有様としか考えられない。

私は、妊婦となった友人のおなかにさわらせてもらった時の感触が忘れられない。思ったより堅かったのだ。すでにひとつのいのちが堂々と存在を主張しているようで、おろそかにはできないものを感じたものだ。現代ですらこうなのだ。ましてや古代において妊婦は、生命の神秘の極致といったイメージだったろう。

「胎は始なり」といわれ、胎源や始原は共に物事のはじめ、おこりという意味だ。一方、胎内とは胎児を孕《はら》む腹《はら》のことであり、これも同音のもうひとつのことば原《はら》を呼び起こす。

「玉剋春内乃大野」が、草深い野原であることを思い出そう。視界いっぱいに、照り輝くような萌黄色《もえぎいろ》の宇智の野が広がっている。ただの原っぱではない。わご大王が馬を並べて踏み入るその草深い宇智の野は、新しいいのちを宿しているかのように、何かが生まれ出ようとする気運に満ちている。歌う人の気持ちの張りが伝わって来るような一首である。

それにしても始めにとり上げた「霊剋」とは、同じ「たまきはる」であるにもかかわらずかなり印象を異にする。生命力にかげりが生じたり、危機を迎えた時には、見るからに晴ればれとした玉剋春という表記は似つかわしくなかったのだ。歌のトーンに合わせて霊剋という表記をあみ出した感覚もさすがである。

たまだすき

パズルの一級品

漢字というものは、偏やつくりや冠など、いくつかの構成要素からできている場合が多い。そのひとつひとつの要素をばらばらにして表現することも可能である。ばらになった最小単位も、ひとつの漢字として独自の音と意味を持っているので、また新たなことばとして展開されていく。このように、漢字だからこそできる知的な遊びが字形分解である。

私たちは枕詞《まくらことば》の中にも、字形分解からなるものをいくつか見つけ出してきた。中でもひときわ美しく、たくみに作られているものがこの「たまだすき」である。

玉田次　畒火乎見菅……（巻四―五四三）

玉手次　懸而將偲……（巻二―一九九）

今ではその会心作につくづく眺めいってしまう。ひとたび解けてからというもの、私は気に入ったパズルを何べんでもばらしては組み立てるように、ノートの上に広げて再現してみる。それもこのごろは、暗号を解く側からではなく、暗号をしかけた側になりすましてやるほうが、より楽しめるのだ。解く側というのは、いくつかのピース、たとえば玉や田などを組合わせて、元の姿をつきとめようとする。これに対し、ある漢字が手中に在り、どのように展開していこうかと工夫を凝らすのが発信者の楽しみなのである。

今、「ある漢字」と言ったが、正確に言えば漢字群である。まさにその幅の広さが大切なポイントとなるのである。

きりりととがった鋭角の形が、古代中国の人々の間ではたいそう好まれていた。玉も⌂の形に作られた「圭《けい》」は、特別の価値を持ち、諸侯に土地領有のあかしとして授けられた。もとより土地を授ける時は、その土地の土を三角形に盛り、その上に立って神に宣誓したという。圭の土＋土の字形もそれを象《かたど》ったものだ。

圭は玉という特定の物体を離れ、その圭角の形を示す記号として様々な漢字に含まれていく。たとえば挂や畦などがそうである。挂（掛）とは∧型に物をかけ垂らすことだ。かけ軸などの紐《ひも》を釘《くぎ》にかけると、まるで計ったかのような美しい三角形となる。畦《うね》もまた土をかどばらせて田畑に区切りをつけるものである。

壁に掛けるものであったり、田畑の畦であったり、まったくちがうものでありながら、角ばった形という共通点をしっかりと見極めている。それこそが漢字の特質の中でも最も面白いところである。

「たまだすき」の作者も、この漢字の作字法に心底感服していたことだろう。字形分解は中国にはすでにあった知的遊戯だが、万葉の歌人もここ一番、思わず挑戦してみたくなったのである。

出題者の手の内は

そもそもこの枕詞を生み出すきっかけが何だったのかはわからない。畝火山《うねびやま》をほめたたえることばを探しに探してついにここにたどりついたとも考えられる。なんといっても畝火山は、三山の中でも一番大きく、神武天皇の最初の宮が築かれたという伝説の地である。そのような山を、圭角の最も大きなスケールのものとして拡大してみせたのではないか。これはもしかすると、圭にまつわる漢字を元に、すばらしいことばがあみ出せるかもしれない――そんな期待で胸をいっぱいにして創《つく》られていった枕詞ではないかと想像する。

　畝火山に掛けることのできることばが欲しい。畝の文字をそのまま分解しても、丸見えで趣に欠けるので、同じくうねと訓み、∧型を強調できる畦を元にして考えてみよう。

「畦」という文字は、玉（圭）が田の次に並んでいる。つなげれば玉田次だ。こうすればうまい具合に田次はたすきと読める。たすきは采女《うねめ》がうなじに掛けるものであるから、∧の形を美しく表現するにはうってつけだ。玉もいかにも美称のように添えられている。

　田を同じたの訓を持つ手に換えてもかまわない。玉手次の場合、元になる漢字は玉が手の次に並ぶ「挂」ということになる。玉手次は当然掛けるという意味のことばにかかる。ただしここでも挂の文字をそのまま使ってしまうような見えすいたことはしない。「挂は懸なり」といわれる懸をもってくる。

かくして「玉田次畝火乎見菅……」や、「玉手次懸而將偲……」といった表現が登場してくるのである。

私はパズルの手を休めてひと息入れることにした。できれば解く側ではなく、しかける側に立ってみたかったのだが……。本当のところははかり知れなく、なかなかあちら側になり切ることができない。

けれどもひとつだけ、手応《てごた》えのあったことがある。「たまだすき」のように、解く側から見れば複雑に入り組んだ字形分解の枕詞も、詠《よ》んでいる当人は案外すんなりと単純に仕掛けているのではないかということだ。奇想天外なアイデアとか、凝りに凝ったからくりとかいうものがあったわけではないのだろう。あったのは漢字の同音同義という基本的なルールの理解だけだったのである。そのルールにのっとって、新しい自分のことばの世界を創造していこうという詩人特有の意欲が存在したのである。

玉の五徳

陰陽思想のたまもの

玉で始まる枕詞《まくらことば》がいくつもあることに気がついたのは、いつごろのことだったろう。数えてみると万葉集中には十七種類ほどあることが分かった。

これはシリーズで追いかけていくと面白いかもしれないという仲間がいた。私は逆に、どれも似かよっているから飽きてしまうのではないかとあまり気がすすまなかった。現解釈では、どれも「玉は美称」という扱いになっており、そのままにしておいてもいいんじゃないかと思っていたのだ。けれども彼は、玉シリーズの枕詞の豊富さには何かそれ以上の理由がありそうだという。そんな仲間の熱意にあおられて、私も

「それ以上のもの」を求めてみることにしたのだった。

二つ三つ解いてみると、なかなかどうして似かようどころか、玉というものが様々な表情を持っていること、もっと正確に言えば、玉を観《み》る目、その観点の豊かさに、少なからず驚かされた。

たとえば「玉かぎる」という時には玉の輝きを見つめており、「玉ぼこの」という時には玉に浮き出るすじ目に思いを寄せている、という具合である。

やはり、玉をお定まりの飾り文句にしていたのは、受け取る側のイメージの貧しさだったのかもしれない。

私たちがふだんの暮しの中で、玉ということばを聞いて思い浮かべるのは、まず丸くてころころとした物だ。パチンコの玉や野球のボールなど、球《たま》の部類がほとんどである。

そんな日常性を越えて、古代にまでさかのぼれば、勾玉《まがたま》や平玉《ひらだま》など、その性格は一変する。それはたしかに得難い物であっただろう。しかし今女性にもてはやされているダイヤモンドやルビーなどの宝石類にあるような、希少価値からくる高級感だけではない。玉は神事に欠かせない小道具のひとつだった。たましいのよりどころとされていたのだ。玉は人間界よりは、むしろ神々の領域に属するものと見なされていたのである。

さらに百科事典で見ていくうちに、「たま」で引くのと「ぎょく」で引くのとでは、その内容にかなりな違いがあるということに気がついた。「たま」は、形としては、右に書いたような小粒の物体の域を出ないのだが、「ぎょく」はもちろん漢字・玉の音であるから、古代中国人のとらえ方を反映して多様である。

中国においては、玉はなによりも素材が特別視されていたのであり、外形の方は球とは限らなかった。古代より精緻《せいち》な技巧がほどこされ、じつに様々な形の玉器が作られていたのだった。

玉偏の漢字は、これまたあきれるほど多いが、それを見るだけでも、まるで玉のカタログをながめているような気分になる。

たとえば「珪」はとがった角を持ち、「璧」は平べったいドーナツ盤、「璜」はそれを半分にしたもの、といったふうである。

また、今でも頻繁に使われる漢字、たとえば「現代」の現、「理論」の理、「環境」の環なども玉偏である。いかに玉が重要な位置を占めていたかがわかろうというものである。

今あげた漢字のうち、珪は枕詞「玉だすき」の元に、また理は「玉ぼこの」の元になっているということも分ってきた。どうも枕詞「玉」シリーズの答えは、「たま」という和訓の枠の中にではなく、漢字の「玉」がくりひろげる広い意味の世界の中に求めた方がうまくいきそうである。そうすることで作者たちのスタンスのより近くに迫ることができるだろう。

それにしても、古代中国において、なぜこれほどまでに玉が珍重されたのだろうか。それは当時、自然界の運行のすべてをつかさどっていると信じられていた陰陽五行説、とりわけ神仙思想が底流にあるからなのである。

玉は、崑崙《こんろん》山に住むという不老不死の仙女・西王母《せいおうぼ》のシンボルであった。仙女を玉女ということもある。西王母のもとには玉のなる木玉樹があるともいわれていた。事実、崑崙山麓《さんろく》のホータンは、古くより玉の主要な産地であり、玉門関を通って中原にもたらされている。

玉を含む熟語を見ていると、神仙への崇拝の深さのほどが窺《うかが》える。たとえば玉液《ぎよくえき》、玉漿《ぎよくしよう》、玉津《ぎよくしん》、玉醴《ぎよくれい》、玉屑《ぎよくせつ》などは、すべて不老不死の霊薬をいったものであり、実際に玉を砕いて粉末にし、それを水に溶いて飲用したという。日本で玉が神事や呪術《じゆじゆつ》に使われるのも、そうした中国での玉信仰の流れをくんでいるからに他ならない。

あの日のアガサの講義は、今でもありありと思い出すことができる。

「玉シリーズは終ったわ」

あまりの唐突さにみんなはアガサの意図を解しかねて次のせりふを固唾《かたず》をのんで待った。

「だからもうつまらないのよ」

まだ思わせぶりである。つまらないと言いながらその眼は輝いていた。

「あんたたち『説文解字』は知ってるでしょう。そこに法則が載っていたわよ」

『説文解字』といえば、西暦一〇〇年に生まれた中国最古の漢字の解説書であり、漢字の字典などにはよく引用されている。けれども私たちは、そのものに当ってみることを忘れていた。『説文解字』の翻訳本は一部だけ、私たちの本棚にある。まだ二巻しか出版されておらず、全巻がそろうのは数年先ということだった。

幸い、その限られた既刊本の中に、なるほど玉部が存在した。玉偏の漢字は実に一二四種類を数えた。そのうち冒頭の「玉」の説明のところが、アガサ言うところの法則であることは私たちにもすぐに分った。

「石の美しく、五徳あるものなり」

すなわち玉の温かみのあるつやは仁の徳、きめがはっきりと見えるのは義の徳、玉の音の遠くまで聞こえるのは智《ち》の徳、たわまずに折れるのは勇の徳、そしてするどい角があるのは潔の徳という、合わせて五つの徳が玉にはそなわっているのだということが書かれている。

これを読んでいるだけで、玉のついた枕詞のいくつかが頭の中にはね上って来るような気がした。先にあげた「玉かぎる」は玉の光沢、「玉ぼこの」は玉の筋目にぴったり対応する。私たちは興奮した。他はどうだろう。

玉の音については、「玉づさ」や「玉ゆら」がある。玉が折れるのは玉の質がはりつめていることをいっているのであるから、「玉きはる」がこれに当る。おしまいの玉の角ばった形は、もちろん珪の「玉だすき」である。

まだはっきりとしなかった解釈も、玉の五徳に照らし合わせることで確信が持てるものとなっていった。玉シリーズの枕詞のうち、少なくともこれらは、玉の五徳の知識、観念を下じきにして生み出されたということができるだろう。

ところでこの『説文解字』も、基盤は陰陽五行説にあった。その章立ても、一に始まって亥《ガイ》に終わり、森羅万象のあらゆる循環を文字によって包括しようとしたものである。

それを考えれば玉の五徳の発想というのも、自然に五行説に重なってくる。最もはっきり分るのは、玉の音で「聴」と「智」という水気の要素が一致をみているところだ。さらに玉の光沢の「仁」は木気に、玉のきめの「義」は金気に該当している。すっきりとした玉の形の「潔」は、火気の「礼」と見ることができよう。そして玉の質の勇が属するのは、万物を殺し、また生かす力を持つ土気をおいてはないだろう。

始めのうち私たちは、きれいではあるがただそれだけの、ころころとした玉を追いかけていたような気がする。それが今は、思いもかけなかった中国古代の思想の広がりの中に、ひとつの象徴としての玉、様々な姿をそなえた玉を見て、感嘆のため息をもらしている。そしてはるばる海を越えて来たこの玉の魂を、歌の中に包み込んでいった古代日本の歌人たちにも、拍手を贈りたい気持ちである。

第七章　大陸の香り——先進国のことば

うつせみの

ぬけがら

夏休みの宿題リストから昆虫採集が消えてしまうという新聞の記事を読んだ。結局は、みなデパートなどで買い求めた虫の標本になってしまい、本来の意図からそれてしまうばかりでなく、昆虫保護が理由に挙げられていた。夏休みになると、必ず、虫カゴ、虫取り網や標本セットを揃《そろ》えて楽しみにしていた私たちの幼い頃をなつかしく思い出す。

夏の昆虫といえば、とりもなおさず蟬《せみ》だろう。そのかまびすしい声は、古来変わることなく、じりじりとした暑さをかき立てる。なぜか皮膚感覚を刺激する音らしい。

この蟬が登場する枕詞《まくらことば》がある。「うつせみの」という枕詞だ。「世」「代」「命」「人」「身」などに掛ってゆく。「空蟬」「虚蟬」「鬱蟬」「打蟬」「宇都蟬（打背見）」などの表記を見る限り、蟬と関連づけて考えるのが自然であろう。ところが、この語源は「現身《うつしみ》」と解かれている。身のミは乙類mïで、ウツセミのミは甲類miであることから、この語源を正しくないとして、大野晋氏は、別なところに語源を求めた。古事記の雄略天皇の条にある、「宇都志意美」から「顕《うつ》し（目の前に見える）＋臣《おみ》（人）」とし、そのウツシオミがウツソミに転じ、さらにウツセミに転じたと解いたのである。このような語音の形成過程において意義も拡大され、人間、世人、現世を表わすに至り、「空蟬」という表記に仏教的無常観が盛り込まれ、平安時代には「蟬の抜けがら」から無常な意として「この世」に冠する枕詞となった、というのである。

　仏教的無常観にたどりついて初めて、蟬の姿が形を表わしてくるというのだが、それにしてもまわりくどい解釈ではないか。虚蟬、空蟬、鬱蟬、打蟬という表記と、「現身」または「顕し臣」の解釈は、あまりにもかけ離れているように思える。万葉集の表記が、ほとんど「蟬」を用いていることから考えても、ここは素直に「蟬」に注目してもいいのではないだろうか。

からっぽ・むなしいの意を表わす空・虚の「空蟬」「虚蟬」から、セミの抜けがらを思い描くのは容易である。「打蟬」は、からを打ち破って脱皮するセミで、「鬱蟬」は殻にこもったセミだが、こもる意に蟬の脱皮を暗示したものといえる。

以前、蟬の脱皮を間近に見たことがある。木の幹に止まり、しばらくじっとしていたかと思うと、いきなり背中に亀裂《きれつ》ができて、中から、カラと同じ形の虫が出てくる。緑色を帯びた乳白色の虫が、みるみるうちに色を変え、羽を伸ばし、見なれた蟬の形が現われた。手品でも見ているような心地だったが、自然の摂理には種も仕掛けもない。抜け出る前の形をそのまま留めたうす茶色のカサカサしたカラは異様にリアルな感じがしたものだ。

「ウツセミ」ということばは、蟬の抜けがら、蟬の脱皮に結びついてくるが、そうなるとやはり、抜けがらの状態に示される空虚なイメージが強まってくる。世、命、人、身に本当にその意味で、掛っていたのだろうか。

空蟬之《うつせみの》　命乎惜美《いのちををしみ》　浪尓所濕《なみにぬれ》　伊良虞能嶋之《いらごのしまの》　玉藻苅食《たまもかりをす》（巻一―二四）

この歌は、麻《お》続王《みのおおきみ》が罪に問われ、伊良虞の島に流された時、伝承詞人が哀傷して詠《よ》んだ歌に和《こた》えた歌とあり、これも実際は同じ伝承詞人の作によるものとある。中西進氏注によれば「現実に生きているこの命をいとおしんで、浪に濡れては伊良虞の島の玉藻を刈っては食べておられるのだ」と解釈されている。「空蟬」の表記からは「現実に生きている身」という意は遠い。浪にぬれ玉藻を刈る落魄《らくはく》の身であることからいえば、むしろ、むなしい・無常の意ととる方がよほどふさわしく思われる。

そんな折、思わぬ所でこの「蟬」に出くわす機会があった。トラカレでちょうど古事記の輪読会が始まっていた。その日は、いつもは飛ばしてしまいがちな序文から読み始めていた。その一節に、「然《しか》れども、天の時未だ臻《いた》らずして、南山に蟬蛻《せんぜい》し……」という件《くだ》りがあったのだ。大海人皇子《おおあまのおうじ》（天武天皇）が近江宮《おうみのみや》を去り吉野に隠退することが「蟬蛻」と表わされている。この言葉は、蟬がからを脱ぐこと、あるいは蟬の抜けがらそのものを表わしていた。まさに、「うつせみ」が示している意味ではなかろうか。さらに「今までの形から脱け出る」意もそこに込められていた。近江宮から吉野へ移る、そのことが「蟬蛻」だったのである。

蟬の脱皮、抜けがらに示されていたことは、無常観などではなく、今までの形から脱け出る、つまり移り変わることそのものだったのだ。

今までの形から脱け出るという移り変わりの意として見ると、被枕詞である「世」

「代」「命」「人（身）」に接続した理由も明確になってくる。すべて移り変わっていくものとして簡単にくくれてしまうからだ。しかし、移り変わると言ってもいろいろなタイプがある。全く様変わりしていくもの、巡り回っていくように変わっていくもの……。「蝉」にもどって考えてみると、蝉の脱皮に見られた、カラを残して中身だけがそっくり抜け出ていくという移り変わりをさしていることになりそうだ。「うつせみ」が表わしていたのは、この種の移り変わりだろう。「うつせみの」を冠することによって、世、代、命、人の移り変わりがどのような変わり方として捉《とら》えられていたかが具体的にわかる。

「遷《せん》」の意味

実は、蝉の脱皮と同じ移り変わり方を示した漢字があった。「遷」という字だ。中身だけが他へ移ることを示し、tsʻian という上古音は、蝉の dhian に近い音である。日本ではどちらも「セン」と発音している。「遷都」という語は、古い都から人々が抜け出して新しい都に移ることだ。蝉の抜けがらと同じく、古い都の形骸《けいがい》だけは残るのである。

〝うつせみ〟ということば自体が、この「遷」の語源を説明していたようだ。中身だけが移っていくことを表わすのに、蝉は、はまり役だったのだ。

「遷」を携えて、麻続王《おみのおおきみ》の歌を見てみよう。「空蝉之命」に、「遷人（罰せられて遠方へうつされた人）」「遷謫《せんたく》（罰せられて遠方に追われる）」ということばが重なり、麻続王の姿が浮び上ってくる。流罪《るざい》は死罪に等しい重刑であった。「遷逝（うつり去る。人が死ぬこと）」の命――死んだも同然の命を惜しんだのであった。

伝承詞人は、配流の身を死んだも同然の命ととらえ、そんな惜しむべきでない命を惜しんで玉藻を刈り食《は》んでいると、麻続王の心情を詠んだのだ。「うつせみ」の原語は「遷」。移り変わる意に遷人麻続王の遷逝をかけて、その身の上を詠んだのであろう。

「うつせみ」は、枕詞としてではなく、単独でも使われている。中大兄皇子《なかのおおえのおうじ》の三山歌に、

香具山《かぐやま》は　畝火《うねび》雄《を》々《を》しと　耳梨《みみなし》と　相《あひ》あらそひき　神代より　斯《か》くにあるらし
古昔《いにしへ》も　然《しか》にあれこそ　うつせみも　嬬《つま》を　あらそふらしき（巻一―一三）

とある。

「うつせみ」を「移り変わり」の意と見れば、この歌の意は明らかだ。神代、古昔、今の世と移り変わっていく世にあって、妻争いだけは変わらずに起こる、と歌っているのである。移り変わる世（代）にあって、移り変わらぬもの、それが妻争いなのだと――。

「うつせみ」が一段落ついた頃は、もう夏の終わりであった。蟬の声に代わって、秋をつげる虫たちの声が朝夕涼やかに聞こえ始めていた。

あぢさはふ

鴨《かも》の捕獲網!?

明日香皇女《あすかのひめみこ》は天智《てんじ》天皇の娘で、天武天皇の皇子の忍壁皇子《おさかべのみこ》の妃となった女性である。皇女が亡《な》くなった時に柿本人麻呂が詠《よ》んだ挽歌《ばんか》（巻二—一九六）がある。

その名にかかわる明日香川の川藻《かわも》のように、玉藻のように靡《なび》きむつみ合った夫君を、どうして忘れてしまわれたのか。春には花を折りかざし、秋には黄葉《もみじば》をかざし、衣の袖《そで》をたずさえて仲むつまじくお出ましになったものをと、生前の二人の姿が対句による修辞によって、明日香川の流れのように続いていく。

その川の中つ瀬で、思わぬ一つの枕詞《まくらことば》にその流れを塞《せ》き止められてしまった。

「……城上《きのへ》の宮を　常宮《とこみや》と　定め給ひて　あぢさはふ　目辞《めこと》も絶えぬ……」がそれである。

「味澤《あぢさ》相《はふ》」と聞いて見当もつかぬ私たちだったが、現解釈に接していっそう混乱してしまった。「味鴨を捕える網の目で、見る目にかかる」とあったからだ。

どうやら「味」は鴨のことで、「澤相」は「障《さは》ふ」の意であるらしいことがやっとわかった。捕獲網に捕まったのは、鴨ならぬ私たちだったわけだが、美しい挽歌の中に、いきなり鴨の捕獲網がでてきたのだから、みな一様にあっけにとられ、現解釈の傑作集の筆頭格として、私たちに長く記憶されるところとなった。

味鴨を捕える捕獲網のあみの目から、目や目辞に掛るというのは、澤相を「角《つの》障経《さはふ》」と同じものと見た結果であるが、少なくとも表記が伝える意味はまったく別物である。表記にのっとって「味鴨の多い（サハフ）群（メ）」とする解釈もあるが、この歌中においては、障《さは》ふ捕獲網も、鴨の大群も意味としては異様ですらある。

万葉集中三首の歌に用いられている「あぢさはふ」は、すべて「味澤相」と表記されている。素直に考えれば、これは「味が澤《さは》（沢）に相《あ》ふ」で、「サハアフ」が「サハフ」になったと考えられる。澤は多《サハ》という意だから味がいっぱい合うということになるが、味がいっぱい合うでは、これまた何のことかわからない。澤に相ふ、「味」

が問題である。

「味」は確かに鴨をさす語だが、おそらく、味——うまい・おいしい——鴨というふうに意味が派生したのだろう。しかし味は何も味覚や鴨にかぎった意ではない。味がある、味わい深いというように、現実の味覚以外に微妙な美しさや奥行の深い様を表わしている。

陰と陽の和合

「味」をめぐって言葉捜しを繰り返しているとき、あることに気がついた。「味気ない」「気味がわるい」「いい気味だ」「風邪気味」「味も素っ気もない」等々と連想ゲーム式に浮んだ表現のなかで、「気」の存在が自己主張をはじめたのである。味と気が一対のものとして、慣用句的に使われていることに私たちは気づいたのだ。そういえば漢方の栄養学では、味は陰で気は陽にあたると考えられている。味と気で陰陽のバランスをとるということだ。気と味とが一対で用いられていたのは、根底に陰陽の考えが存在していたからである。陰陽のバランスを欠いたときに風邪をひき、陰陽の平衡、非平衡状態を、人は気味がいいとか悪いとかと表わしていたのである。

とすれば、「味澤相」の味を、一対のものとしての気、もしくは気味として考えてみればどうなるだろう。気が澤に相ふ、陰陽が澤に相ふ、となる。少なくとも「味鴨」よりは、数段グレードアップした印象だ。

次に、「澤」について考えてみよう。沢は、草地と水たまりが交互に連なった湿地のことだが、この沢に「たくさん」の意があるのはなぜだろう。

「沢山」は、最近ではひらがなで書く方が一般的だし単なる当て字だと思っていたが、なんとれっきとした漢語として存在していた。しかも本来の意は、周易の卦《か》「沢山《たくさん》咸《かん》」だというのである。上が沢、下が山からなり、多くのものが流通することを表わし、そこから数量が多いことを表わすようになったというが「咸」そのものが、みな、すべてという意味なのである。日常的に用いられている「沢山」が漢語で、しかも周易の語であったとは驚きである。

周易などと聞くと、夜の街角で筮竹《ぜいちく》を使って行う占いを思い出す。当るも八卦、当らぬも八卦のあれである。今日では、うさん臭い目で見られがちだが、もとは紀元前十八世紀頃に中国で始まったもので、物事の筋道や人の生きる道、また天下国家を治める道を占うのに大きな指針となった、いわば古代の自然科学だった。陰陽二気から生じた万物の象徴、「天、沢、火、雷、風、水、山、地」の八象を組み合わせた六十四卦で事象を表わしていく。

沢山――沢は水をたたえ、その水は山に浸透する。この自然の摂理を、二つの気が感応すること、つまり咸の卦で説明したのである。さらにこのことは男女が相感応しあう和合の象として表わされたものである。

「多」の意義は「沢」で書かれなければならなかったのだ。「相」も二者がまともに向きあって見ていること。「味澤相」は「気が多に通じ合う」、つまり二気の通い合いを示した枕詞であり、その原語は男女相咸ずる卦、夫婦の道とされる「沢山咸」にあったと考えられる。

「味澤相」が掛っているのは、「目辞《めこと》」だが、気が通い合うという意でみると、目に掛るのに何ら不思議はないことになる。「目は口ほどに物を言う」というように、目はことば以上に多くを語ることが多い。気の通い合い、心の通い合いは、二気（陰陽）と同じく形や音として目に見えたり聞こえるものではない。目と目で心を通わせるのだ。「目辞」も目やことばの意ではなく、「目語（目で相手に示す）」であっただろう。

「味澤相」は、他の二首では「妹目」と「宵昼《よるひる》」に掛っている。夫に対しての妹、妻であり、宵昼も陰陽の対である。陰陽二気の通い合いを示していることはもう歴然としている。

明日香川に靡く玉藻に、皇子に靡きよる皇女を比喩《ひゆ》し、花をかざし紅葉をかざし衣の袖を相たずさえてむつび合った二人の関係は、まさに「澤山咸」の姿そのものである。言葉はいらない。目と目で見つめあうだけですべてが通じ合う二人であった。山と沢の感応、和合を象《かたど》った「沢山咸」を、人麻呂は陰陽の二気が多に通いあう「味澤相」と訳し「目辞」にかけた。それだけに、その断絶を示す「目辞も絶えぬ」が何とも痛ましい。この枕詞は、鎮魂歌の核をなす見事なレトリックだったのである。

明日香川に通じる皇女の名を沢の水に、夫、忍壁皇子を山になぞらえ、二人の和合を沢山咸になぞらえた。皇女の名が明日香——川でなければ、おそらく「味澤相」は造語されなかったかもしれない。

残された痛ましい皇子の姿を人麻呂は、ぬえ鳥の片恋嬬《かたこいづま》にたとえ、萎《しな》えた若草にたとえ、今となっては、御名にかかわる明日香川を皇女として、永遠にお慕いする以外にはないと心情を述べて、歌を結んだ。

明日香の盆地を流れる川に、山と沢の気の通い合いを見た人麻呂は、その山と川に皇子と皇女の姿をなぞらえたのだった。

さざなみの

廃　都

使いこんだ愛用のグローブでも入っていそうだと、つね日頃噂《うわさ》している例のバッグを肩に、赤瀬川隼《あかせがわしゅん》氏がひょっこりトラカレに姿をあらわした。

「このあいだ大津に初めて行ってきて、そこでちょっと藤村由加を思い出してねえ」

小説の取材もあったらしいが、正直なところは琵琶《びわ》湖でも眺めながら、束《つか》の間《ま》ののんびりしたいという夫人同伴の小旅行だったらしい。

このことについては、後に隼氏自身が「廃都のオペラ」に書かれているので、その一部を引用させて貰《もら》うことにしよう。

ホテルに落ち着いて、まず琵琶湖を展望する。湖面には、ちりめんの帯をひろげたようにさざ波が光っている。柿本人麻呂と高市黒人《たけちのくろひと》の歌を思い出した。万葉集の巻一に、大津の廃都をしのんだ人麻呂の長歌と二首の反歌、それに黒人の二首の短歌が並んでいる。どの歌からも、薄命に終わった大津京への懐古の哀愁の情が惻々《そくそく》と伝わってくる。たとえば、黒人の一首を今日に伝えられる三十一文字の読みで記すと、

　ささなみの　くにつみかみの　うらさびて　あれたるみやこ　みればかなしも

　枕詞《まくらことば》の「ささなみ」は、今僕が眺めている「さざ波」ととれば簡単だし、この付近に地名も残っているらしい。しかしこの枕詞は万葉仮名では大半は「楽浪」と記されている。となると、天智《てんじ》天皇が開いた大津京よりもずっと昔に朝鮮北部にあった漢の楽浪郡を連想する。「ささなみ」は後世の学者が「楽浪」の二字をそう読んだのである。

　琵琶湖のかなたに、古代朝鮮や中国の風景が見えてくるような気がする。しかし僕の想像はそこから先には進めない。このあたりの解釈は、ベストセラー『人麻呂の暗号』の著者藤村由加さんに聞いてみたいところである。(『ラジオデイズ

の彼方《かなた》』赤瀬川隼著、筑摩書房）

ちりめんの帯をひろげたようにさざ波が光っている――こんな表現に出会うと瞬時にして目の前に琵琶湖がひらけ、自分もホテルの窓から湖面を眺めているような気になるから不思議である。人麻呂や黒人も湖水のさざ波に、故京大津宮を偲《しの》び、同じさざ波に、作家は人麻呂や黒人の歌を通して薄命の大津宮を実感する。

さて、問われたからには少しでもいい返事をしたいと思うのだが、「ささなみ」（楽浪）は琵琶湖西南部一帯――大津市・滋賀郡の地の総称であり、その地にあった大津宮に掛るという説明も単純明快で、湖面のさざ波を枕詞にした大津宮を美しいと思う以上には、なにも浮かんではこなかった。

ところで朝鮮の楽浪郡に通じる表記を「ささなみ」に当てて用いたのは万葉集では人麻呂が最も古い例である。

二首の反歌のうち一首は「左散難弥」とあるから、同じく滋賀に掛る「楽浪」も「ささなみ」と訓《よ》まれたことは確かだろう。だが不思議なことに、「楽浪」と書いて「ささなみ」と訓ませているのは、万葉集だけなのである。天武紀には「筱（佐佐）浪に会ひて」とか、「狭々波合坂山」などとあるから、この地が「ささなみ」と称《よ》ばれていたことは確からしいが、「楽浪」の表記は見当らない。

人麻呂はなぜ、漢の楽浪郡に通じる表記を選んだのだろうか。

樂浪之　思賀乃辛碕　雖幸有　大宮人之　船麻知兼津（巻一―三〇）

左散難弥乃　志我能一云、比良乃大和太　与杼六友　昔人二　亦母相目八毛（巻一―三一）

滅亡した大津宮に対する惻々たるおもいを述べた歌において楽浪とあてたのは、それなりの意図があったのだろう。たんに「楽浪郡にあった志賀・大津宮の意」とは思えないのである。多分に、大津宮がたどった運命が、私にそう思わせたのかもしれない。

朝鮮の白村江《はくすきのえ》で百済《くだら》とともに唐・新羅《しらぎ》の連合軍と戦って敗れた大和《やまと》朝廷は、人心の一新をはかるために、周囲の反対をおして飛鳥《あすか》から近江《おうみ》への遷都《せんと》を強行した。しかし、天智天皇の死とともに起った壬申《じんしん》の乱によって、わずか五年で廃都となってしまった大津京――人麻呂や黒人ならずとも、ささなみの地における人々の懐旧の情は、大津宮がたどった痛ましい運命そのものへの思いであったことは確かである。

大津宮—ささなみ—楽浪を結ぶ線は、歴史的背景とは無縁だったのだろうか。「ちりめんの帯をひろげたような」さざ波の光が、ちらりと別の表情を見せたような気がした。

滅亡の波紋

朝鮮の楽浪郡と、決して無縁ではなかっただろう楽浪《ささなみ》——だが楽しい浪では何のことかわからない。「楽」とはなんだったのか。

「ラク・ラク・ラク」と呟《つぶや》いていた私のなかで、「楽」と「落」が結ばれるのにそんなに時間はかからなかった。「千秋楽」の楽は、明らかに結び・終わりの意の「落」である。集落・村落の落は人々の落ち合い集まる里や邑《むら》の意でもある。結びの意が同音の好字「楽」(ŋ̊lɔk-lak)に置きかえられたこれらの例でいえば、楽浪は落浪でもある。

大同江という大きな川の下流に開けた地を、川の〝下(落)流(浪)〟として命名したのかもしれない。楽浪の本義は下流の水辺の邑と考えれば、同じように湖畔の水辺の地「ささなみ」に、この表記があてられても、少しも不思議はない。

だが、落浪は一方では不吉なイメージを伴うものである。浪に落ちる・沈む意は没落や滅亡に通じる。人麻呂が「ささなみ」に楽浪の表記を当てた意図は、滅びた大津宮に対する水に沈む「落浪」にあったのだろうか。

しかし、滅亡した大津宮に掛る「落浪」に「ささなみ」という何とも可愛《かわい》らしい訓みを冠したことのアンバランスが、今度は気になってくる。

さざ波は小波・細波ではないとでもいうのだろうか。一体どんな漢字が「ささなみ」と訓まれたのだろう。

私が知っている範囲ですぐ思いつくのは「ドナウ川の漣《さざなみ》」の漣だったが、他には「淪」がささなみと訓まれていた。

漠然と小波をイメージしていた「ささなみ」の本義は、きちんと並んだ波紋である。湖面に美しい弧を描く波紋がさざ波であることなど、今はもうすっかり忘れ去られ、小さな細かい波としての派生義だけが生き残っていたのだ。

さらに「淪」は「水に沈む・滅ぶ」意をも表わしている。水に落ちるものがあって波紋は生じるのだから、波紋と水中に沈む意は一体であり、滅ぶ意を伴うのも当然である。

何のことはない。人麻呂は「淪波」が表わす波紋と水に沈む二つの意を利用して、楽浪《ささなみ》を滅びた志賀・大津の宮にかけたのである。今の私たちにとって、可愛らしいさざなみと痛ましい滅亡は、漢語「淪波」においては同義だったというわけである。人麻呂が楽浪とともに用いた文字「左散難弥」からも、心なしか痛ましいイメージが伝わってくるようだ。

そういえば朝鮮の楽浪郡も紀元前一〇八年、漢の武帝によって衛氏朝鮮が滅ぼされ、成立した郡であった。楽浪郡はその後約四世紀にわたって中国の朝鮮半島経営の根拠地となり栄えたが、北方に興《おこ》った強国、高句麗《こうくり》の南下により三一三年頃に滅亡した。人麻呂は大津宮に同じ運命を重ね見ていたのだろう。水辺の邑ささなみの郡に、楽浪の表記をあてた人麻呂の真意は、楽浪に想起した落浪にあったに違いない。たんに楽浪郡にあった大津宮という表面上の意にとどまらず、波紋と滅亡の意で結ばれた大津宮に対する形容辞だったことを知ることができる。

「ちりめんの帯をひろげたような」湖面のさざ波に注がれた視線——ささなみを見る目は、まさにことばを見る技量そのものであった。

ちりめんの帯のような波とかけて、湖底に沈んだ大津宮と解く。そのこころは、波紋と滅亡——。あのささなみは、滅びの風景を映しだしたもの——今度、隼氏に会ったらこう伝えることにしよう。

ひさかたの

光か天か

珍しく晴れ間がのぞいたさる日曜日、私は束の間《つかのま》の太陽を楽しもうと、柄にもなく近くの公園に出かけた。

台風一過とはよくいったものだ。都会のスモッグを一掃して、抜けるような空がどこまでも天高く澄み渡り、通り過ぎる風が心地よい。

ベンチに坐《すわ》り、吹く風に任せて万葉集のページを繰っていると、ちょうど日並所皇子《ひなみしのみこ》の殯宮《あらきのみや》の時に、人麻呂が詠《よ》んだ長歌が目に入った。

天地《あめつち》の　初《はじめ》の時　ひさかたの　天の河原《かはら》に　八百万《やほよろづ》　千万神《ちよろづかみ》の　神集《かむつど》ひ　集《つど》ひ座《いま》して……（巻二―一六七）

神代に遡《さかのぼ》り、天皇家の正統性を歌いあげ、それに亡《な》き皇子に対する讃辞《さんじ》がつづいている。

これに並んで、

ひさかたの天見るごとく仰ぎ見し皇子《みこ》の御門《みかど》の荒れまく惜しも（巻二―一六八）

の反歌。どちらも「ひさかたの天」とある。

「ひさかた」といえば、百人一首の、

ひさかたの光のどけき春の日にしづ心なく花の散るらむ（『古今集』巻二―八四）

春の陽光が溢《あふ》れ、のどかな雰囲気が伝わってくる紀友則《きのとものり》のこの歌があまりにも有名だが、人麻呂の歌では、「ひさかた」は「光」ではなくて「天」に掛っている。

第一印象の「光」が強烈だったせいか、「久方（堅）の天」といわれても、すぐにはピンとこない。

が、古今集よりも前に万葉集が編まれたことを考えると、「久方（堅）」は元来「天」に掛っていたことは明らかだろう。

改めて万葉集を開き補注に目をやると、そこには「久しい方で、天の無限をいう」とあった。

私は思わず上空を仰ぎ見た。確かにこれは〝遥《はる》か彼方《かなた》の無限の天〟という形容辞がぴったりである。

ところが、「ひさかた」が掛る万葉初期の歌をみると、それらは、軒並み皇子の挽《ばん》歌《か》であったり、「天津宮、天津御門、天知らしぬる君……」など、天空としての天というよりは、むしろエンペラーとしての天に掛っているのだ。天空としての「天」に掛るのはそののちのことにすぎず、さらに時の経過に伴って、「雨」「月」「雲」など、天の派生語にも掛るようになったのである。

その伝でいくと、古今集、友則の「ひさかたの光」もまた、この延長線上、つまり天の派生語と考えてよいだろう。
現解釈はというと、「日幸《さきは》ひます方」「日刺す方」の意とする説もあるが、一般には、その表記に基づいて、遥か彼方の天空、悠久の天、無限の空の意などと解されているのが一般的だ。理由は、古代の人は「天」や「月」を久しいもの、堅くて不変のものと観《み》ていたからだという（『古語大辞典』小学館）。

「天」を時、空間ともに久しく変わらぬもの、遥か彼方まで伸び広がるものとみる感覚は、今の私たちにも充分通じる。

「久方（堅）」の「方」「堅」が示す「ぴんと張って硬い」意は、まさにこの天の堅固さを表わしていたのだろう。

それを後押しするかのような一文を、易の思想の中にみつけた。

「天の性状は剛、地の性状は柔」。つまり「方」「堅」は、易でいう天の性状（剛堅）そのものを表わしていたのだ。

「久方《ひさかた》」の「方・堅」が天の性状をストレートに表わしていたのであれば、「久」もまた「天」と密接な関係にあるのではないか。

久と天とをつなぐものは何だろうかと、いろいろ思い巡らすうちに、やがて久と同音の九にいきついた。

九は陰陽で考えると、陽（奇数）の中でも〝究極の陽〟を示す数である。そして天もまた、陽の代表である。

天龍を「九龍」と呼び、天や天子の宮殿を「九天」「九重」「九重天」と称《よ》ぶ。いかに九と天とがダイレクトに結びついていたか、一目瞭然《りょうぜん》であろう。

さきごろ中国の紫禁城を訪れた友人の話も傾聴に価《あたい》した。紫禁城の部屋の総数は、大小とりまぜると、なんと九九九九部屋もあるのだというのである。まったく、九と天とをつなぐ話には事欠かない。「九天」などという表現は、まるで「天天」といっているようなものである。

「久方（堅）」の「久」が「九」を介して「天」を表わし、「方（堅）」がその性状で「天」を表わしているのだから、「久（天）堅（天）」が「天」に掛っても、何の不思議もない。

「久方（堅）の天」とは、まるで「天天の天」といったも同然の、同義の枕詞《まくらことば》だったのだ。それになんとなく先程の「九天」にも似ている。

九方位

その「九天」であるが、もともとの意味は、その字の通り「天を九つの方角にわけたもの」であった。

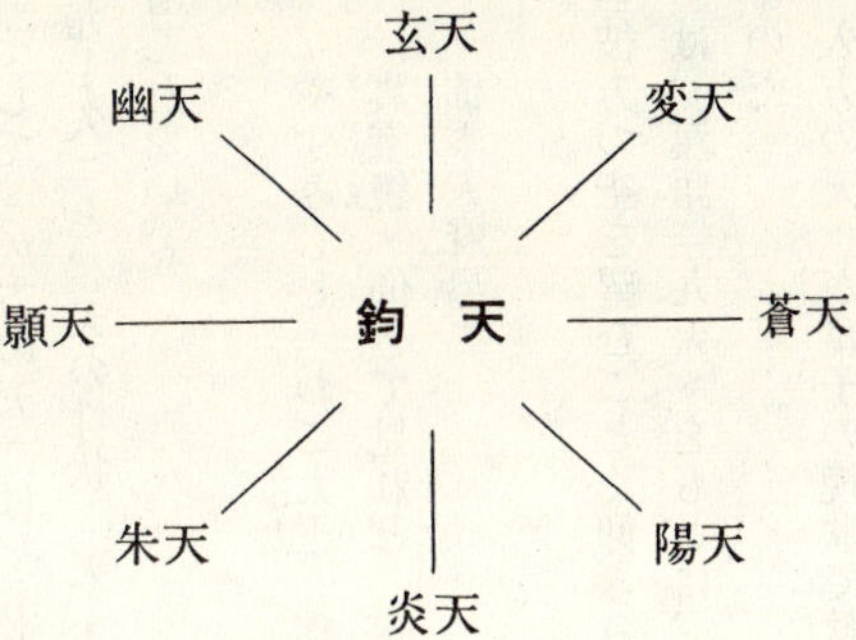

〈九天図〉

東西南北の四正と、その間の四隅に中央を加えたもので、易では陽天、玄天、鈞天《きんてん》……とそれぞれ名前がついている。

　この「天の九つの方角」が、「宮中」をも意味するようになったのは、一体なぜなのか。

　古代中国の人々は、天の中心から八つの方角にのびた「九天図」で、一つの宇宙を描いていたのだ。

　そして、この全宇宙を総括する最高神「帝」の字源（米）に、九天図と全く同じ形をみつけた時、「九天」に「宮中」の意味があることも、うなずけたのだ。

「帝」はもともと、天帝・宇宙神であった。しかし、人間界の王「皇」が次第に権力を強め、ついに天神「帝」と並ぶ存在「皇帝」になってしまった。

「九天」に「宮中」の意があったのは、この全宇宙、四方八方を統《す》べまとめる天帝としての「天子」ということではなかったのだろうか。

そして「久方の天」は、もしかすると、この「九天」という漢語を、同音の漢字（九→久）と、天の性状（天→堅・方）を使って、和語にほどいた枕詞であったのかもしれない。

やすみしし　わご大王《おほきみ》　高光る　わが日の皇子《みこ》の……ひさかたの　天《あめ》見るごとく
真《ま》澄鏡《そかがみ》　仰ぎて見れど　春草の　いや愛《め》づらしき　わご大王《おほきみ》かも（巻三―二三九
柿本人麻呂）

「彼方の空を望むごとく仰ぎみた天子」という従来の解釈に加えて、私たちには人麻呂は、漢語「九天」をもとに、宇宙・万物を総括する天子を讃《たた》えていたように思われるのだ。

「久方の天」が皇子の挽歌で歌われたり、天津宮に掛っていたのは、古代日本においても、中国の皇帝観と全く同じ天皇観が存在していたことのあらわれではないだろうか。

折しも、私は仙台市博物館を訪れる機会に恵まれた。閉館間際《まぎわ》、「武将の装《よそお》い」と銘打った特別展を一目見ようととびこんだのだが、私はその手前にある常設のショーケースの前で動けなくなってしまった。

「天子様ハ天照《あまてらす》皇大神宮様の御子孫様ニテ此世ノ始《はじめ》ヨリ日本ノ主ニマシマシ……神サマヨリ尊ク……」（奥羽《おうう》人民告諭　明治二年）

朝廷の権威と正統性、そして天皇の神格化の図式がそこにはっきりとよみとれたのである。

また、尋常小学修身書（明治二十七年）というのもこのとき初めて見たのだった。

「天皇陛下のおんめぐみは　かぎりなし　つねに忠義をわするべからず
御真影ををがむときは　行儀たゞしくせよ　不敬のふるまひ　あるべからず
……」

「天皇」とは、本当に「天の皇子」であったというのである。その足跡を、館内のあちらこちらで目の当《ま》りにした私は、異様な興奮のとりこになってしまった。

しかし考えてみれば、ほんの祖父母の世代まで、天皇は神であり、畏《おそ》れ多き存在であったわけだ。

昭和から平成に元号のあらたまった数年前、うちつづいた大喪礼、大嘗祭《だいじょうさい》、即位礼、秋篠宮《あきしののみや》の御成婚の儀などの皇室行事では、政治的、宗教的にはいくぶん平明になったとはいえ、古式ゆかしい、古事記さながらの神話の世界が、眼前で繰り広げられたことは記憶に新しい。

戦後、「神」から「人間天皇」に引きおろされ、そのことばにふさわしい天皇像へと変わってきてはいても、「久方の天（全宇宙を統べまとめる天子）」と歌われた万葉の時代から、現代に至るまで、「天皇」ということばがある限り、「神」としての天皇観も、また消えることはないだろう。

「久方の天」は、久しく忘れていた「天皇」観を私の中によみがえらせてくれた枕詞であった。

ぬばたまの

不気味な響き

「ぬばたまの夜」ということばを、小説か何かの中でみかけたのは、確か中学生の頃だった。

「ぬばたま」が何であるかも知らないのに、その音は私に、何ともいえず暗くて不気味な光景を思い描かせるのに充分だった。ただでさえ暗い夜が、さらに陰気さを増し、漆黒の闇《やみ》が眼前に立ちふさがるような思いがしたものだ。

その「ぬばたま」に、万葉集の中で再会した時、私はまたもや奇妙な感覚に襲われた。

「ぬばたま」に当てられている表記（烏玉・黒玉・夜干玉・野干玉）のどれをとっても、とても「ぬばたま」とは訓《よ》めないものばかりだったからだ。

そんな「ぬばたま」が掛るのが、「夜・夕・宵・暮・宿・月・夢・黒髪・黒牛・黒馬……」といったことばだ。

黒髪とか黒馬などの被枕詞《ひまくらことば》があるところをみると、どうやらこれらは、〝夜の闇の暗さ・黒さ〟のイメージでくることができそうだ。

さらに、「ぬばたま」なるものが実在するというから面白い。アヤメ科の多年草で、扇を広げたような葉をもつ檜扇《ひおうぎ》（別称「烏扇《からすおうぎ》」）の、円くて黒い小さな実のことで、「うばたま」ともいうのだそうだ。

「烏扇」とはうまくいったものだ。ずばり一言で、その葉（扇型）と実（黒→烏）の特徴を表わしている。それに気づいたとたん、「黒玉・烏玉」といった表記もまた、ぬばたまの〝黒い実〟そのものを表わしていて、その〝黒さ〟で被枕詞に掛っているのではないか、と思えてきた。

「黒玉・烏玉」がこんなにあっさりと解けたのだから、「野干玉・夜干玉」もこの線で案外早く解けるかもしれない。

しかし、「野干玉」の表記では、ぬばたまの実の黒さも、夜の闇の黒さもとうてい伝えることはできない。「野干玉・夜干玉」の表記や「ヌバ」という音は、一体全体どこからやってきたのだろう。

漢語をダイレクトに使うと

こうして「ぬばたま（の夜）」は、その音と表記のために、ずいぶんと長い間、得体の知れない暗闇にまぎれてきた。

そんなある日、ふと「射干玉」という表記が目に止まった。ぬばたまについて調べると、辞典には決まって「ぬばたま（射干・射干玉……）」と書かれている、そのことに引掛ったのだ。

すっかり見慣れてしまったせいか、いつの間にやら全く気にもかけなくなっていたのだが、考えてみると、射も干も「ヌバ」という音からはほど遠い字だ。

枕詞に使われていないからといって、「ぬばたま」を漢字で書くと「射干玉」と書くらしい、などと空とぼけてもいられなくなった。

私は、早速辞書に手をのばし、「射」の項を引いて、愕然《がくぜん》としてしまった。

「射干」は歴とした漢語でそこには、「ぬばたま」でみたのと同じ説明が記されていたのだ。しかも「エキカン・ヤカン」と振り仮名までふってある。

あの不可解でならなかった「野干玉・夜干玉」の野・夜は、射の音「ヤ」に当てた表記、つまり「射干《ヤカン》」の音を表わしていたのだった。

これまで「ぬばたま」になぜ「野干玉・夜干玉」の表記が当っているのか、この表記と「ヌバ」という音との結びつきにばかり気をとられてきたが、初めから素直に「野干《ヤカン》」と訓んでいれば、もう少し早く、あの暗闇から脱け出ることができたかもしれない。かえすがえすも残念だ。

しかし、射に「ヤ」の音があることなど、どうして私たちが知っているだろう。

ここで、もう一つの謎《なぞ》。「ぬばたま」というあの異様な音はどこからきたのかという謎である。

「烏扇《からすおうぎ》」は、黒い小さな実（烏）と葉（扇）に着目した命名であった。そしてこの「烏扇」と「ヌバ」という音とは、今のところ何のつながりもみられない。

ところが、「烏扇」を音訓みしてみるとどうだ。「ウ・セン」となる。

「ウ・セン、ヌバ、ウセン、ヌバ……」

交互に口ずさみながら「烏扇」の表記を眺めていたら、何ということはない、「扇《セン》」の中から「羽」がはばたき出てくるのが見えるではないか。

この点に注目して訓めば、「烏《ウ》扇（羽《バ》）」。「ヌバ」という音は、「ウバ」の転訛《てんか》だったのだ。そういえば辞典にはちゃんと「うばたまともいう」とあったはずだ。「ヤカン」同様、またしても、ヒントは「ぬばたま」そのものにあったのだ。

「ぬばたま」という枕詞は、漢語（檜扇、烏扇の漢名）「射干《ヤカン》」の音を「野干玉・夜干玉」で、その意味を「烏玉・黒玉」で表わし、さらに和名「烏扇《からすおうぎ》」を「ウバ→ヌバ」と訓んでいたのだ。

辞書を引きさえすれば、あるいは「射干」が漢語だと気づきさえすれば、いとも簡単に解くことのできる枕詞だったのだ。

しかし、漢語の意味や字形ばかりか、その音までも、これほどストレートに表わした枕詞は珍しい。漢語がそのまま和語として取り込まれた好例といえそうだが、意味と音の両方が枕詞にほどかれていたそのことが、かえって私たちを惑わしていたともいえる。

ともかく多くの漢語が和語にほどかれ、新しいことばとして成立していった過程を、顕著に示していたケースではあった。

「ぬばたま」という枕詞の謎のベールほど、私たちを途方に暮れさせたものはない。

というのも、「ぬばたま」という音もさることながら、これに当てられている表記の「野干玉」に対して、長いあいだ一向に気の利《き》いた解釈を得ることができなかったからだ。

そんな私たちが辛うじてたどり着いたのが、「旰《かん》」（暮れる）という文字であった。これなら被枕詞の「夜」にも意味の上で通じるし、また、長年最大のネックだった表記の「干」も含まれている。

しかし、これとても「野」という表記や「ぬばたま」という音まで解明してはいない。「ぬばたま」はこうして再び、迷宮入りとなったのだった。

そして三年。今回の再トライは、意外に呆気《あっけ》なく終わった。調べてみれば何のことはない、「ぬばたま（檜扇）」の漢名が「射干《ヤカン》」だという事実がすべてだったのだ。つまり、あんなに不可解でならなかった「野干玉」は、この漢語「射干《ヤカン》」をそのまま枕詞にほどいたものだったのである。

あまり呆気ないので、まさか、という思いもあった。いくらことばは地つづきとはいえ、こうまで漢語がダイレクトに日本語を貫いているとは、思いもよらなかったのである。

こうして、「うつせみ」は「遷」、「ささなみ」は「淪波」、「あぢさはふ」は「沢山」、

「ひさかた」は「九天」という漢語をもとに作られていたことが次々とわかっていった。

中でも「沢山」などという、ふだん頻繁に使っていることばが、実は周易のことばだったり、「ささなみ（小波）」の本来の意味が、波紋であることを漢字を通して初めて知ることができたりと、新鮮な驚きの連続でもあった。

そして「ひさかた」に到《いた》っては、そこにはっきりと、古代日本においても、古代中国とまるで同じ天皇（皇帝）観があったことを読み取ることができたのだ。

何気なく使っていることばの裏に、中国の思想という大きな背景がみえてきたことは大きな収穫であった。

第八章　国のまほろば

そらみつ

やまとしうるはし

倭《やまと》は国のまほろば　畳《たた》なづく青垣　山こもれる　倭しうるはし

朝の時計代わりにつけたテレビから、鳥の声と共に聞こえてきた歌に、私は思わず身仕度する手を休めて画面に目をやった。

ある老人が、いかにもひなびた風景の中で、かみしめるように幾度もその歌を口ずさんでいる。やがて老人の姿は消え、カメラがズームアウトしていった。青々とした山々が垣のように周囲をめぐる美しい大和《やまと》盆地の風景のなかで、鳥たちの鳴声が響きわたる。よくある万葉の紹介番組だったが、老人のいかにも感じ入った様子がつよく印象に残った。

奈良県天理市大和あたりの一地方名から起こり、大和中央平原部、奈良県全体、近畿一帯の呼称となり、日本全国の総称へと発展した「ヤマト」。

古い用例では、「倭」、「山跡」、「山常」などと表わされている。

倭は、中国で日本や日本人を指したことばであり、そもそもが蔑称《べっしょう》だった。後に好字である和と改められたというのが一般的な解釈となっている。

だが、「ヤマト」が山を表わしていることは、その語音や表記からも明らかであろう。

トにあてられた「跡」は、足あとや土台、物があったあとのことで、古訓に「アト、シタカフ、ウツホナリ」とある。続く足あとは、従う意となり、足あとや土台が残すくぼみは「うつほ」の意を生む。

「山とくぼみをたしたものなあんだ」

なぞなぞの答えは、「畳なづく青垣　山こもれる」と表わされたあの風景そのもの、つまり盆地だ。ヤマトの語源は、山跡《ヤマアト》の転訛《てんか》とみることができるだろう。

、トに「常」（長いスカートの意）をあてた表記もある。下半身に巻きつける長いスカートは、なだらかに裾《すそ》を引く山並みを表わすにも、囲む意を表わすにもふさわしい文字使いだ。

高松塚古墳から姿を現わした、あの女人たちの豊かな身を包む赤や青の長いスカート。幾重にもたたみ重なるその裾に、畳なづく青垣山を見ていたのだろうか。

「山跡」や「八間跡」にはくぼんだ盆地が、そして「山常」には、盆地をとり巻き、重なるように連なる山々がイメージされる。

ある人はそのくぼみに、また、ある人はその山並みに着目する。だが、盆地の風景であることに変わりはない。幾通りかの表記をひとつに重ね、麗《うる》わしい盆地の風景を描きみる楽しさを、文字が与えてくれる。

このような大和盆地に、「虚見津《そらみつ》」という枕詞《まくらことば》が掛っている。

虚見津　山跡の国は　押しなべて　われこそ居《を》れ　しきなべて　われこそ座《ま》せ
われこそは　告《の》らめ　家をも名をも　（巻一——一）

（この大和の国は、すべて私が従えているのだ。すべて私が支配しているのだ）

万葉集の冒頭に登場する雄略天皇の歌、さらにその発句をなす「虚見津」は、「天空にそびえ充満する意か」（中西進氏）と説かれている。

君立宣誓を思わせるこの歌にあって、それは天皇の絶大な権威が、あまねく満ち渡る大和ということだろう。

だが、畳なづく青垣に囲まれたあの小さなこもり国、盆地の風景に「天空にそびえ」云々《うんぬん》は何やらいかめしすぎて、そぐわないことおびただしい。

空っぽなのに満ちる!?

高校を卒業したばかりのトラカレ生たちにとって、枕詞はものによっては、古代語という名の〝外国語〟そのものであった。「あをによし」や「あしびきの」は知っていても、初めて耳にした「そらみつ」から、蜜豆《みつまめ》だの、あんみつだのを連想するときいた時には、さすがの私も驚かされたものだ。

そんな、あんみつ姫たちが、ある時、

「そらみつは、まったく反対のことばのカップリングだ」

と言いだしたのである。

「そらは空っぽ、みつは満ちるでしょ」

天空にそびえ充満する意が頭から離れていなかった私にとって、それは新鮮な、そして確かに一理ある発想であった。

「空っぽなのに満ちる大和」

まったく逆の二つのことばがひとつになって大和に掛っていることになる。この矛盾のおかげで、「そらみつ　やまと」は意外やあっという間にほどけていったのである。

「空」はつき抜けて穴があき、中に何もないことを表わしている。「空」という字をよく見れば、字のなかに「穴」があるのに気づくだろう。古訓では、「あな、うつほ」と訓《よ》まれているし、あな、うつほは「空っぽ、むなしい」の意を派生するから、それはすぐ「虚」の字につながる。虚が空と同じく、「ソラ」と訓まれているのを見ても、うつろな穴が「そらみつ」のソラであったのがわかる。

ヤマトは盆地、つまり山のくぼみである。そのくぼみ、うつろな穴が満ちているということを「そらみつ」は表わしているのではないか。「空っぽなのに満ちている」という矛盾が登場したその瞬間から、私の頭の中に重なったのが、「窪《くぼ》かなれば則《すなわ》ち満つ」というフレーズだ。

相反する二つの言葉――ソラとミツを表裏一体の語として、「窪《くぼ》かなれば則ち満つ」と説いたのは老子である。孔子もまた、「虚《むな》しくして盈《み》てりとなす」と説く。空っぽの器だからこそ、そこに物を満たすことができる。満たすためには、空っぽでなくてはならないのだ。

こう考えると、ソラとミツは対立ではなく、イコールで結ばれることになる。

調査のプロセスで同じことを表わしている熟語を発見することもできた。「盎盎《おうおう》」である。盎はくぼんだ盆のことであり、同時に、くぼみいっぱいにいきわたる意でもあるのだ。

「そらみつ」は、この盎盎ということばでいい換えることができるだろう。ソラは大空そのものを指すのではなく、うつろ、空っぽの意。何かが天にそびえ充満しているのではなく、うつろな凹《くぼ》みそのものが満つ意なのだ。「虚盈」をソラ・ミツと訓んで、大和盆地の形容辞としたことが考えられる。

春日山《かすがやま》、三輪山《みわやま》、多武峰《とうのみね》、葛城山《かつらぎさん》、二上山《ふたかみやま》、生駒山《いこまやま》――四方を山に囲まれたその凹みの中央には大和川が、すそには吉野川が流れる。

四方をぐるりと取り巻く山々は、自然の城壁となり、川の水は豊かな恵みをもたらしてくれる。

最初の発想が実を結んだと知って鼻高々のあんみつ姫たちが話に加わった。

「エジプト文明といえばナイル川、メソポタミア文明といえばチグリス・ユーフラテス川……。やっぱり文明は川のそばに開けるもんね」

「くぼんでいる盆地だから川もあって、だから人が集まって、畑もできて……。うーん、満ちてる、満ちてる」

私もうなずきながら、

「大和は国のまほろばっていうけれど、マは最上の意の接頭語、ホロはホラ（穴、くぼみ）の転訛、バは場所のこと、と解けるんじゃないかな」

と、次なる発想を口にした。

「そうか。大和は国の最上の凹地ってことね」

私は仲間たちと談笑しながら「虚《ソラ》イコール盈《ミツ》」と解けた喜びにひたっていた。だがそれは、つかの間の喜びにすぎなかった。

アガサは私の説明を聞きながらにこやかに頷《うなず》いてから、こう問い返してきたのだった。

「ところでひとつ聞きたいんだけど。ミツが満つだとすると、見つっていう表記の方は、単なる語呂《ごろ》合わせだったわけ？」

みごとなカウンターパンチを喰らった私は、再び迷路に追い込まれた。

視点はどこに

日本書紀には、饒速日命《にぎはやひのみこと》が大空からこの国を見て天降《あまくだ》る時に、「虚空見つ　日本国」と言ったのだと、「そらみつ　やまと」の起源説話が記されている。あまりの短かさに、見逃してしまいそうだ。

それだけではない。大空を天磐船《あまのいわふね》に乗ってこぎめぐりながら、天から下界を「睨《おせ》りて」（視《み》て）そう言ったので、「空から見た日本《ヤマト》」、すなわち「そらみつ　やまと」というのだ、というわけである。

このような起源説話に接するたび、私はいつもある種のいらだちを感じていた。空から見たから虚見津《そらみつ》、というような言葉の転換スピードには、到底ついていけなかったからである。もう少しゆっくり、ていねいに言えないものだろうか。読む側の身にもなってほしい……。

起源説話は明らかに「見つ」であって、「満つ」の意味などどこにもない。「満つ」

と解釈する以上、この起源説話は解けない謎《なぞ》として残されることになる。「見つ」と「満つ」は単なる語呂合わせなのか、という指摘はもっともであった。また零《ゼロ》からのスタートである。

改めて見直すと、「そらみつ」の表記はすべて「見津（都・通）」で、満はたった一例、人麻呂が用いた「天尒満」だけであった。天にそびえ充満するという解釈は、この表記に基づいていることは明らかだ。しかし、他はすべて「見つ」であり、「見つ」と「満つ」の関連が得られぬために、中西説にも疑問符「意か」がつけられているのだろう。見は知ってのとおり、見る、見える意だから、この文字の中にはそれ以上何の意味も浮かびあがってはこない。

私は仕方なく、ぶっきらぼうとも思える説話にくり返し目を通すことにした。饒速日命の目は「睨《おせ》りて」、つまりにらみ見ているのだ。彼の目に映っているものは一体何なのだろう。

私が「虚」の字の陥穴にはまっていることに気づいたのは、かなり後のことだった。「そらみつ」の「虚《そら》」はうつろな凹みであり、山跡、つまり山に囲まれた凹みの大和盆地とイコールで結ばれるという発想は前から持っていた。大空もうつろな穴で、だから「虚」をソラと訓んでいることも押さえてあった。

それをなぜ素直にふまえなかったのだろう。「虚」はうつろな空であり、うつろな盆地なのである。両者はダイレクトに結ばれるではないか。

「虚とは大なる丠《おか》（凹んだ所）なり」（『説文』）、「四方の高くして、中央の下《ひく》きを丘となす」（『説文』別本）と説かれる「虚」は、周囲を山や台地で囲まれた凹地を描いた象形文字である。「崑崙《こんろん》の虚《をか》」とは崑崙盆地をいう。うつろな空間という意味では、空も盆地もまったく同じものであり、両方とも「虚」と表わされているのだ。

ヤマトの語源である山跡《ヤマアト》は、山プラスくぼみ、つまり、「四方の高くして（山）、中央の下《ひく》き（くぼみ）」こと、「虚」を原語に生まれたのだろう。「虚」を解字したことばといえる。

その「虚」、いわゆる盆地を表わすことばが、「虚空《こくう》」というように大空をも意味するのは、形状が同一だからなのだ。

天宇、穹天《きゆうてん》という漢語が示しているように、天はアーチ型に地を覆《おお》う大空のことである。それで思い出すのはプラネタリウム。今の私たちの感覚と、さほど違いはない。

盆地はというと、それをちょうどひっくり返した椀型《わんがた》の地形である。「空・⌒」と

「盆地・◡」は、ちょっと視点を変えれば、まったく同一のアーチ型として捉《とら》えることができる。

早い話、饒速日命の眼になって、天磐船に乗って大空を飛んでみればよかったのだ。明るく晴れわたった空に白い雲が輝くなか、天磐船をこぎめぐる饒速日命の姿。私は饒速日命の目に自分の目を重ねて、ともに大空から下界を見る。目にうつるのは、周囲を山に囲まれ、ぽっかり開いた穴の国——大和盆地。

虚《そら》から見て、文字通り虚《そら》のように見える山跡（山跡＝盆＝虚）。「虚見津《そらみつ》 山跡《やまと》」は、うつろな空間、椀型として同一視できる空と盆地に着目した、「虚（◡と同じ）に見える虚」と解くことができる。

饒速日命とは一体何者？

韓国に소라《ソラ》という名前の友人がいる。

소라は、つるしてバチでたたく楽器、銅鑼《どら》のことだが、この楽器と同じ名前であることを、彼女はひどく嫌がっていた。だから、日本ではソラは하늘《ハヌル》（空）のことだと教えると、大層な喜びようであった。だが、今にして思えば、どちらもルーツは同じ

だったのである。

古語では、소라《ソラ》は盆のことで、同じ形をした楽器も소라《ソラ》と表わされた。アーチ型の空を日本ではそらと訓み、同じ形状の盆を、朝鮮では소라《ソラ》と訓んでいる。二つは、れっきとした同源の語だったのである。

「虚見《そらみ》津《つ》 山跡《やまと》」は、日本語と朝鮮語の「空《そら》と盆《ソラ》」が、同音同義で結ばれた枕、被枕詞でもあったのだ。

「虚に見える虚」「⌒《そら》に見える◡《ソラ》」——同義「虚」で結ばれ、同音「ソラ」で結ばれた関係性は、絶対至高の天と同一視された地、古代の人々の大和盆地への想《おも》いだったといえるだろう。

その想いが、大空のはるかかなたから、その名も「虚に見える虚」の地、大和に天降る、饒速日命なるヒーローを誕生させたのだ。

こうなると、彼の正体を明かさずにはいられない。天と地の同義を、するどく見抜いた神、饒速日命とは、一体何者であろう。

饒は、豊か、たっぷりあるさまを表わしている。速日は、速い光を連想させる。四方に発散し広がる光ほど、豊かに満ちたりたと形容できるものはないだろう。

光が一秒間に三十万キロ駆けるとまでは知らなくとも、遠くまで飛ぶように速く進むという認識はあったと思う。饒速日命も天磐船に乗り、「太虚《おほぞら》を翔行《めぐりゆ》きて」、すなわち翔《と》ぶが如《ごと》くに進んでいるのだ。

速日は速い光であると同時に、類語、早日とも考えられる。早は朝の意であるから、それはすなわち、朝の光といえるだろう。朝の光の神が、五畿内の一番東に位置する大和盆地に天降ってきたのだ。東の地、つまり、日の本大和に、朝の光の神が降ってくるのは当然であろう。

その朝日が射《さ》す様子を「睍」の文字で表わしている。「睍」という文字からは、にらむ意以外想像もつかなかったが、改めて「睍」を調べてみることにした。

辞書に眼を落とす私の視界をとらえたのは、「傾いて横から照らす」という一文だった。横目でにらむ視線と光線が同一視されているではないか。にらみ見る鋭い目は、光そのものをさすらしい。

漢語「炯然《けいぜん》」は、眼光の鋭いさまであり、同時に光り輝くさまを意味している。

饒速日命が、天空のかなたから地を見とおすことができたのも、光の神ゆえ可能な炯眼だったというわけである。

天磐船に乗って、光の波をこぎめぐっている朝の光の神が、今、説話の中からくっきりとその正体をあらわした。

そしてその船もまた、決して堅固という意味の磐船ではないことがわかる。磐の「平らに円を描く、ぐるぐる回る」意は、船をこぎめぐる意と呼応するが、それはまた、光源から丸く輪をなして四方に広がるひかり（暐、暉）をも意味しているのだろう。

子供の頃、太陽を描く時、そのまわりを幾重にも丸く点線で囲んだことを思い出す。あの絵が「暐、暉」の意であり、その光の波をめぐる天磐船だったのである。円を描いて広がる光の波を翔《めぐ》り行き、東の大和《やまと》盆地に鋭く射し込む朝の光の神。その眼差《まなざ》しによって見つめられた光り輝く東盆地の風景が、無色透明の光の中に鮮やかに立ち現われてくる。

饒速日命というヒーローの姿が表わしていたものは、まさに鋭い眼光であった。鋭い眼光は、物事を見抜き、明らかにすることであり、同時に光り輝くさまでもある。説話は、「炯然」の三つの意味をそのまま語ることで、大和を表わしていたのだ。

光の神は、その鋭い眼光によって

虚に見える虚、（《そら》に見える）《ソラ》を明らかに見抜き、光の波をこぎめぐって
光り輝く　東《やまと》盆地に光来した

饒速日命を主人公とするこの短い説話は、壮大な天と地を舞台にした、古代の光の物語であった。

天磐船で大空をめぐり、下界をじっとにらみ見る饒速日命は、伝わる光の波そのもののようであり、天空から大和盆地に飛び下りた饒速日命は、まるで光の粒のようだ。

こんなことを想像するのは、折しもトラカレで、『量子力学の冒険』なる本をまとめたばかりだからかもしれない。

光や電子は、粒なのか、波なのか――物理学者たちを、長年にわたって悩ませ続けた光の正体は、粒子性と波動性という相反する現象として記述される。つまり、ある時は粒であり、またある時は波であるのだという、私たちのこれまでの常識では理解できないことばでしかつかまえられないことが明らかになった。

量子力学など知るよしもない時代の饒速日命の物語だが、伝わっていく波動と飛び散る粒子という光の二面性を、古代の人は感覚的にイメージできていたことになる。

そして、それは決して抽象的な風景ではないことに、私はようやく気づいた。

雲の隙間《すきま》から、帯状に射す幾筋もの光――それが、饒速日命の視線そのものだったのだ。

雲をつき抜けて進み、広がる光線。雲の多い盆地の気候条件の下ではなおのことよく見られる光のパフォーマンスである。盆地に集住した上代の人々が、しばしばこの光景を目にしていたことは疑いようがない。神々《こうごう》しいほど美しい、その光のシャワーは、天と地をつなぐ道のようにも見えたことだろう。

「虚見津」に対して「天介満」と表わした人麻呂の意図も、光り輝くさま、満ちあふれる光にあった。

「虚見津」が、空の彼方《かなた》から見える鋭い視線に、輝く光を重ねたのに対し、「天介満」はストレートに、光り輝くさまを表現しているとみることができる。が、視線によって光を表わすのと、満ちる状態によって光を表わすことの相違はあっても、光り輝く意では同じである。

……天《そら》に満《み》つ　倭《やまと》を置きて　青丹《あをに》吉《よし》　奈良山を越え　いかさまに　思ほしめせか
天離《あまざか》る　夷《ひな》にはあれど　石走《いはばし》る　淡海《あふみ》の国の　楽浪《ささなみ》の　大津宮《おほつのみや》に　天《あめ》の下　知らしめしけむ……　（巻一―二九）

今は跡形もなく廃墟《はいきょ》となった近江《おうみ》旧跡に立つ人麻呂は、代々の宮地であった大和を去り、近江に遷都《せんと》した天智《てんじ》天皇の心中を、どのような配慮からか、と問いかけつつ、東の倭を去り、国境いに東西に横たわる丘陵を越え、天離る夷の地へ大移動してゆくさまを歌う。光り輝く東《やまと》と、暗い北方の近江、その光と闇《やみ》の境界に位置する奈良山を越えての遷都。それはまさに明暗を分かつ結果となる。二つの地が象徴する光と闇は、人麻呂の目には、天智天皇自身の光と闇のせめぎ合いにも似た心情にうつったのだろうか。

空っぽと満つに始まった「虚見津《そらみつ》　山跡《やまと》」は、起源説話を解くことによって、空から見たと表わされた鋭い眼光が、光り輝くさまであり、物事を明らかにする意であったことを知ることができた。

輝く光は東《やまと》に接続し、炯眼が明らかにした虚《そら》イコール虚《ソラ》(盆地)は山跡にみごと接続した。

「虚見津」は、明らかに空から見たことを表わしているのだから、素直にその意味に固執すればよかったのだ。山跡を凹《くぼ》地と解き、穴のあいた空と結んでおきながら、

だ。「見つ」であることを無視して、意識はいつの間にか「満つ」にとんでしまったわけ

さらに、空から見たといえば、それは文字通りそれ以上、何の意味も運んではくれなかったのだ。

遠い空の果てから見た、とは、なんと凄《すご》い視力だろうかと、素直に驚くことができればよかったのだ。そのヒントまでもが、「眖《おせ》りて」とはっきり記されていたというのに、である。鋭い眼光が光そのものを意味し、物事を見抜く力に比喩《ひゆ》されることは、日常の暮しの中に今も生きている意味ではないか。

光り輝く、物事を明白にするといった抽象的な意味を表わしていく時、それを「空から見た」という具体的な形――鋭い視線によって語ったにすぎなかったのだ。

そのあまりの素直さには、脱帽するしかない。古人のことばの深さに改めて感じ入る思いである。

あきつしま

蜻蛉《とんぼ》の島

「虚空《そら》見《み》つ　日本国《やまとのくに》」と称して天降《あまくだ》ってきた饒速日命《にぎはやひのみこと》だったが、その噂《うわさ》は地上においてたちまちのうちに広まっていったらしい。

当時、筑紫《つくし》の日向国《ひむかのくに》にいた神武天皇も、その情報を耳にしている。大和《やまと》から即刻、筑紫国に届くほどの大ニュースだったのである。

「東の方《かた》に、美《よ》き地《くに》があるらしい。青山が四方を囲むその地に、天磐船《あまのいわふね》に乗って飛び降《くだ》った者がいるそうな」

「なんでも、その者の名は、饒速日命とかいうらしい」

神武天皇は、そこに都をつくりたいと考えた。あの有名な神武東征は、実は饒速日命の天降りをきっかけに始まったのである。そして苦難の末に、噂どおりのすばらしい国を得ることができた天皇は、今度はその国を「秋津島倭《あきつしまやまと》」と呼んだのだった。

「あきつしま」はまた、「蜻蛉島」とも表わされている。大和には、それほどたくさんの蜻蛉、つまりトンボが棲息《せいそく》していたのだろうか。あるいは、トンボという仮面の下に隠された大和の顔があるのだろうか。

「虚空《こくう》と同一に見える」と最高の修辞を与えられた大和盆地だったわけだが、「蜻蛉《あきつ》島《しま》」からは、一体大和のどんな風景が見えてくるのか。私たちの興味は、まずトンボへと傾斜していった。

「トンボ――夕やけこやけの赤トンボかなあ」

「私は秋をイメージするけど」

「もしかしたらそれでトンボのことをアキツっていうとか……単純すぎるかな」

「それじゃあ、ツはなんのこと」

話はトンボをめぐるイメージ談議へと傾いていった。

「トンボとアキツ――似ても似つかない呼び名だね」

「韓国語の뚱보《トウンボ》とか뚱뚱보《トウントウンボ》と共通点はないかな」

仲間の一人が韓国語で「太め」のニュアンスを持つ同音の単語をひきあいに出した。トンボはスマートな昆虫だという反論にも少しも動じない。

「たしかにスマートだけど、トンボの特徴の一つとして、あの一節ずつつながって筒型をしている胴体は見逃せないよ。朝鮮語の音では、胴は동《トン》、また、筒は통《トン》。トンボのボは、さっき言ってた뚱뚱보《トウントウンボ》（太っちょ）や、늘보《ヌルボ》（のろま）といった愛称に使われる接尾辞の보《ボ》と考えられるんじゃないかな」

「日本でも、けちんぼ、赤んぼっていうから、たしかに同じだね。トンボは통보《トンボ》、胴ちゃんとか筒ちゃんっていうことかもしれない」

「じゃあ、アキツという音はどこから来たのだろう」

「それは、〝飽《アキ》ツ〟からきたと現解釈では説明されているよ。トンボは豊作のしるしと考えられていたから、飽きるほどつまるという意味で、アキツ。それが大和にかかる枕詞《まくらことば》というのは、大和が豊作の地、実りの豊かな地だからということらしい」

「詩的じゃないなあ。豊かさを表現するのに、〝うんざりしていやになるほど満足です〟なんていう言い方するかしら」

いつの間にやらアガサが傍に来て、私たちの話に耳を傾けていたようだ。

「ずいぶんとトンボに御執心のようだけど、〝秋津〟のことを忘れたわけではないでしょうね。国生み神話でも、〝大倭豊秋津島〟、〝天御虚空豊秋津根別〟であって、蜻蛉島ではないし……」

それからアガサは、窓の外に視線をやった。

「トンボなんて昔はたくさんいたのに、最近はあまり見なくなったわねえ。あんたたちみたいな都会っ子に〝あきつしま〟を解くのは、ちょっと大変かもね」

ふっと小さく笑うと、彼女は立ち去った。

トンボ、蜻蛉《あきつ》、秋津――そして大和。この謎《なぞ》は、私のような都会育ちには難解だという。もしかしたらこれがアガサのくれたヒントなのだろうか。

秋水島

私たちは、トンボについて百科事典などを片端から調べてみることにした。しかし、調べれば調べるほど、トンボはひらりとその身をかわして逃げていく。なにしろ、トンボにはあまりにも特徴がありすぎるからだ。大きな目玉、透きとおった羽、節のある細長い胴、空中に静止するような飛び方、色も種類によって様々である。一体、トンボのどこに着目したらよいのか、ますますわからなくなってしまう。

「あんたたちみたいな都会っ子には――」

アガサのことばが耳の底で響いている。

都会育ちがだめなら、田舎育ちの者にはわかる何かがあるというのだろうか。

私はある日、パソコンのキーボードをたたく仲間の傍でトンボの話題を投げてみた。

「〃とんぼ釣り今日はどこまでいったやら〃ってとこかな。ナツアカネやらノシメトンボやら、とにかく一日中追いかけまわして遊び暮してたよ」

もちろん、彼が田舎育ちと知った上での質問だったが、予期せぬ返し歌であった。今ではすっかりパソコン少年の彼も、幼い頃は、自然の中でトンボとたわむれていたらしい。聞きなれないトンボの名前の羅列に、かつての執心ぶりがうかがえる。なつかしげな目で彼はつづけた。

「僕が夢中になって見たのは、羽化の様子だね。そんなもの見たことないだろ。ヤゴは夜、水中から出てきて、近くにある木や草に登って、朝になると羽化するんだ。濡《ぬ》れた羽を朝日で乾かすみたいにね。あれは何度見てもドキドキするよ」

その光景を思い浮べる彼の瞳《ひとみ》に、次の瞬間、影がさした。

「でも、トンボって清流にしか住めないから、今は田舎でもほとんど姿を見なくなってさ」

私は、つい先日テレビで特集していた四万十川《しまんとがわ》の映像を思い出した。最後の清流といわれるこの川は、トンボの一大棲息地としても名高い。画面は、川面《かわも》いっぱいに群れ飛ぶトンボを映し出していた。透きとおる羽と水は日の光を反射してまばゆく輝いている。

「トンボは清流にしか住めないから——」

トンボと水は、切っても切れない関係にあるということか。とすると、トンボが象徴するものはあるいは水、それも、澄みきった水なのかもしれない。

そう思った時、「秋津島」の津に水が重なって見えてきた。「秋水」である。

秋の頃の澄みきった水の流れを「秋水《しゅうすい》」といい、それは転じて心、剣、鏡など、すべて清らかに澄みきったものの喩《たと》えとして用いられる。

アキツの原語は、漢語の「秋水」。

津が水を意味する漢字と知りながら、「秋津」を「秋水」と置きかえることができなかった自分がうらめしい。だからアガサは言ったのだろう、都会育ちにはむずかしいと。トンボと清流の関わりを知らなければ、秋津島に水は流れないのだ。

「秋水《アキツ》」に棲息し、鏡のように澄んだ羽を持つ清らかな虫。その虫もアキツとよんだにちがいない。蜻蛉《アキツ》は、まさしく秋水《アキツ》の象徴といえるだろう。蜻蛉が豊作のしるしといわれるのも、そこに清らかな水を介すれば不思議はない。

「あきつしま」は、大和盆地の清流に対する賛辞だ。私はそう確信した。

「島」というのも、何も海に浮かぶシマばかりではない。長野県には、「島々」という山深い峡谷の地もあるし、「ここは俺の島だ」などというように、自分の領域を主張する言い回しもある。

では、「あきつしま」といわれる大和はどうだろう。そこが水に恵まれた地であることは、すでにわかっている。しかし私は、あえてもう一度、五万分の一の地図を広げてみた。

薄いブルーにぬられたそこは、大和が水の国であることを一目瞭然《りようぜん》に示している。大和川に注ぐ初瀬川、飛鳥川、曾我川、生駒川、布留川……。数えきれないほど流れる川に加え、池も多い。

大和は、まさに「秋水島《アキツシマ》」と呼ぶにふさわしい地である。

盆《ソラ》いっぱいに満ちあふれる光は、空から射《さ》す日の光ばかりではなかったことがわかる。これほど水の豊かな地だからこその光だったのだ。幾条も幾条も流れる川面《かわも》は、日の光を受けて輝く道理である。

「そらみつ」で見えてきた大和の風景は、「あきつしま」によってさらにその輝きを増すことになった。

一日中トンボを追いかけ、羽化の様子に胸をはずませながら清流にヤゴを探した少年。そんな少年の瞳の中に「あきつしま　やまと」の輝きを見たような気がした。

山と清流の地

そんな大和の風景を、舒明《じよめい》天皇は香具山での国見の折、

大和には　群山《むらやま》あれど　とりよろふ　天《あま》の香具山　登り立ち　国見をすれば　国《くに》原《はら》は　煙《けぶり》立ち立つ　海原《うなはら》は　鷗《かまめ》立ち立つ　うまし国そ　蜻蛉島《あきづしま》　大和の国は（巻一―二）

（大和には多くの山があるが、とりわけて立派に装《よそお》っている天の香具山。その頂きに登り立って国見をすると、国土には炊煙がしきりに立ち、海上には鷗が翔《と》びつづけている。美しい国よ、蜻蛉島　大和の国は）

「国原は~鷗立ち立つ」は、「海原と並べて抽象的な陸と水との広がりを意味する。香具山から海は見えない」(中西進氏)と説明されている。この歌は、まるで海原のように豊かな水を抱く大和盆地の実景をいっているのだろう。

歌がそのように抽象的に詠《よ》まれるはずがない。

国原の山々からは炊煙が立ちのぼり、海原のように豊かな水をたたえた清流からは、水鳥が飛び立つ。清らかな国よ。澄みきった清流の国、大和盆地は。

舒明天皇が見た風景は清らかな水の国、まさに「あきつしま」大和であった。

舒明天皇の歌は、海原を文字通り「海」と解釈すると、つじつまがあわなくなる。香具山から海は見えないのだから。そこで学者の脳裏には、それが抽象的な水と陸との広がりと映るわけだ。私にとってはしかし、それは大和の山と清流そのものなのである。

古代の人々はこの山と清流の地に、

「天地位を定め、山沢気を通じ、雷風相い薄《せま》り、水火相い射《いと》わず、八卦《はっか》相い錯《まじ》わる」（『説卦伝《せつかでん》』）

という、沢（水）と山の気の通い合う和合の象（「沢山咸《たくさんかん》」の卦）を映し見ていたのではないだろうか。盆地をとりまく山々と清流の沢は、たんなる自然の象でなく気の交感陰陽和合の象意であったに違いない。

たった一つの枕詞が、歌の風景を変えてしまうほどの力を持つことを、改めて実感させられる思いである。

蜻蛉島、秋津島の原語は、漢語「秋水」。水を津と置きかえて、アキツと訓んだ。

さらに、清流と密接な関わりをもつ蜻蛉にも、アキツの訓みが生じた。

こう結論づけた時、あの神武天皇が名づけ親として語られている、日本書紀の起源説話は、どう読み解くことができるだろうか。

あなにや、国を獲《え》つること。内木綿《うつゆふ》の真迮《まさき》国と雖《いへど》も、蜻蛉《あきづ》の臀呫《となめ》の如《ごと》くにあるかな、とのたまふ。是《これ》に由《よ》りて始めて秋津洲《あきづしま》の号《な》あり。（神武紀三十一年）

大和に入った神武天皇は、腋上《わきがみ》の丘で国見をし、「なんとすばらしい国を得たことか。内木綿の狭い国ではあるが、蜻蛉がとなめ（交尾）して飛んでいくように、山々がつづいて囲んでいる国だな」と詔したというのだ。

アキツを「飽ツ」と解いたさいの豊かな収穫の地域としての意味など、ここには全く見当らない。

さらに、現解釈の矛盾点に気がついた。

真迮国は「狭い国」と解かれているが、「虚木綿乃窄而座在者」うつゆふのこもりてませば、と訓まれている窄と迮は同義だから、真迮国は「こもり国」の意である。「こもる」から「狭い」と考えるのはごく自然だろう。そのこもる意に対して、内木綿がかかっているわけだ。大和の風景をイメージして言えば、青垣のような山々に囲まれたこもり国ということだろう。しかし、である。山々に囲まれたこもり国ではあるが、ときて、「蜻蛉がとなめして飛んでいくように山々がつづいて囲んでいる国だな」では、文意が通じない。

蜻蛉は、雌雄が互いに尾をくわえあって交尾し、その時の形が輪をなすのだという。ここでは、交尾の連なりや輪型を、山々の連なりや囲む意にとっているのだが、その結果、先のような矛盾が生じる。「こもり国」ということ自体が、連なる山々に囲まれていることを表わしているのに、「〜ではあるが」山々がつづいて囲んでいる国、

〈十二支による一年の構造図〉

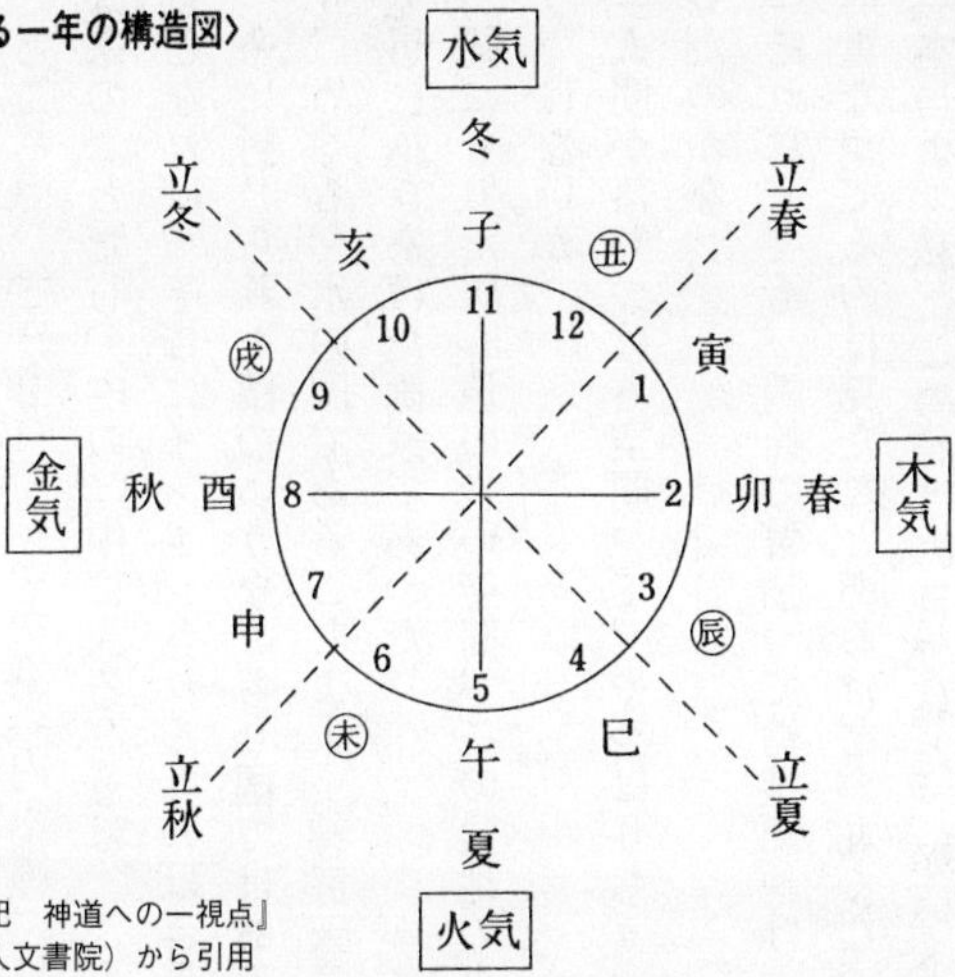

『易と日本の祭祀　神道への一視点』
（吉野裕子著・人文書院）から引用

となるのはおかしい。

しかし、蜻蛉を秋水、清流の意にとれば、「山々に囲まれたこもり国ではあるが、蜻蛉のとなめのように清流が連なり、めぐる国だなあ」となって、何の矛盾もなくなる。

神武天皇の称辞は、盆地を流れる清流を讃美《さんび》し、清らかな秋水を蜻蛉に象徴したものといえるだろう。

ところで、蜻蛉の交尾が表わしているのは輪型だけなのだろうか。交尾とは子生む意そのものともいえる。輪型と子生むの関係は、「子《ね》」に始まり一巡する十二支そのものとはいえないだろうか。子は五行では水にあたるから、それは同時に水の一巡を意味する。

蜻蛉の臀呫《となめ》の下に描かれていた原画、それは十二支の子と、一巡する水だったのである。

ところで、「こもる」にかかる「内木綿《うつゆふ》」は、語義未詳とされている。だが、木綿《ゆふ》は糸のことだし、内《うつ》の〝中に入る〟意は、こもる、封じるにつながる。糸とこもるの意となれば、そこにイメージされるものは容易に想像がつく。そう、蚕の繭《まゆ》である。糸に封じられた繭のようなこもり国ではあるが、蜻蛉の連なりのように清流が連なり、めぐる、水の国であることよ――神武天皇は、大和盆地を蚕の繭と蜻蛉の二つで、見事に描きあげた画家であった。

繭にも似た居心地の良い空間、この盆地の存在感が、安らぎと共に伝わってくるようではないか。

「人間が落ちつける空間って、やっぱりちょっと狭いくらいがちょうど居心地がよかったのかな」

「それにしても、蜻蛉の臀呫って輪型だっけ」

「重なってるのは見たことあるけど、丸くなってるのは見たことがないなあ」

「本当よ。私、この間この目で見た。赤いトンボと青いトンボが、丸くつながってた」

十二支と輪

どうやら結論が出て一同喜色満面といったところに、別の方からも拍手と歓声が沸きあがった。どうやら、もう一つの蜻蛉島起源説話が解けたらしい。

我が大君の　猪鹿《しし》待つと　呉床《あぐら》に坐《いま》し　白栲《しろたへ》の　衣手《そで》著《き》そなふ　手腓《たこむら》に　虻《あむ》かきつき　その虻を　蜻蛉《あきづ》早咋《はやぐ》ひ　かくの如　名に負はむと　そらみつ　倭の国を　蜻蛉島とふ

このもう一つの起源説話は、記紀ともに、雄略天皇の条に記されている。吉野で狩りにいでました時、天皇の腕に虻《あぶ》がかみつき、その虻を蜻蛉がすばやく食った。虫までが自分に奉仕していると感激した天皇は、おまえの名を記念に残そうといって、大和の国に蜻蛉島と名づけた、というのである。

敵討ちした蜻蛉に感激し、それをほめて名を残したというだけの話は、私にとって、とりつく島もないものであった。それが解けたとすれば大手柄である。

「明らかに一つの連なりが見えて来るでしょう。天皇の腕を虻が食い、虻を蜻蛉が食い、蜻蛉を天皇がほめて名を残す」

「〝Farmer in the dell〟みたい。お百姓さんがお嫁さんをもらって、お嫁さんが子供を生んで……と延々と続く歌」

「でも、ただつながってるだけじゃないんだ。天皇に始まって天皇に終わる、つまり一巡している。蜻蛉の臀《と》呫《なめ》の頭と尾の連なりや、輪型が示していたのは、子（水）に始まって一巡する十二支、すなわち水の巡りだったけど、敵討ちもやっぱり、この輪型の象徴だったんだよ。かたきを討つというのは、首尾を果たすことだからさ」

「そう、なんと〇印は〝首尾の接すべきかたちなり〟と、『説文』で説かれているの。雄略天皇は、蜻蛉の交尾の形、頭と尾の連なりや〇を、首尾の接すべき形として捉《とら》えて、首尾を果たす、つまり敵討ちの話として表わしたというわけ」

彼らの話はさらにつづく。

「名づけ親である雄略天皇は、泊瀬《はつせ》の朝倉に宮を定めたことから、大泊瀬幼武天《おおはつせのわかたけのすめら》皇《みこと》と呼ばれているでしょう。泊瀬は、初瀬川流域の峡谷地帯だから、説話の中で天皇は、その名と同じく〝水〟に喩えられたんじゃないかなあ」

「というのは、虻は小さな羽虫で、羽のある虫は、五行でいうと〝火〟に配置されているんだ。水の名をもつ天皇が虻にかまれたというのは、水が火に剋《こく》されたということ。それを見た水の蜻蛉が、火の虻を剋した。つまり、めでたく首尾を果たしたことを、〝水剋火〟に従って表わしていたんだ」

神武天皇の臀呫説話は、子に始まり一巡する十二支の子と輪型に着目し、それを蜻蛉の交尾に喩《たと》えた。一方の雄略天皇は、一巡する意を首尾の接する形、つまり○を、首尾を果たす敵討ちに表わした。いうまでもなく、その原風景は十二支である。

二つの説話から同じように、清流の巡る水の国が立ち現われてきた。清らかな水、秋水の国には、どんな賛辞がふさわしいだろう。水を修辞することばはさまざまだが、彼らがよりどころとしたのは、抽象的な美辞麗句ではなかった。「二気の正しきに乗り、五行の序を斉《ととの》へ」(古事記、序文)が、動かぬ軸、真理として存在する時、水もまた、「十二支・子＝五行・水」によって表わされたのだ。

子に始まって一巡し、またあらたまる水の永遠の循環を表現しようとした時、蜻蛉の臀呫が示す子と輪型こそが、十二支を象徴しうる恰好《かっこう》の素材だったというわけである。

雌雄が表わす陰陽、臀呫が示すその和合を、「倭」の表記もまた、ワ(輪)の意味でうけていたのだ。清流のめぐる水の国は、これらの説話によって、更に陰陽二気の和合融和の地としての、より深い意味を見せてくれたのである。

後に「大和」と表記されたのも、「倭」に対して「和」がたんなる好字だったからではない。倭と和は、「まるい」意を表わす同音同義語だったからなのだ。

「まるい、とりまく」意を表わす「倭」に、蜻蛉島が掛っていたことも納得できる。いや、厳密には、秋津島、蜻蛉島は「倭」に接続するものだったに違いない。

　こうして「あきつしま　やまと」が解けた今、私の中に再び「そらみつ　やまと」が浮びあがってきた。

「⌒《そら》に見える◡《ソラ》」、それもまた、天地の和合、つまり陰と陽の和合ではないか。⌒《天》と◡《地》を合わせてできるのは、〇である。

「空と同一視できる盆《ソラ》」の意味は、陰陽和合の地ということだったのだ。

　現在の私たちの意識というのは、天は高く、地は低い、上が良くて下が劣るとなっている。しかし、古代の人々の意識は、はるかに自然科学的であった。目の前の風景を、常に相対的に見つめる科学者たちのことばが、記紀万葉の世界にはちりばめられているのだ。

しきしまの

戦争と「しきしま」

虚見津《そらみつ》が光り輝く東《ヤマト》や、うつろな凹《くぼ》み、盆地を虚空《こくう》と同一視したのに対し、蜻蛉島《あきつしま》は、その盆地を巡り流れる清らかな川並みに対する賛辞であった。山跡《やまと》には虚見津が、倭《やまと》には蜻蛉島の修辞がよく似合う。古事記の国生み神話には、大倭豊秋津島《おおやまとよあきづしま》は、「天御虚空豊秋津根別《あまつみそらとよあきづねわけ》」とも記されている。天御虚空――天の盆地の豊かな清流の島根であっただろう。たたなづく青垣のこもり国《く》、大和盆地に立ちあがってくる次の風景に、私は胸をときめかせていた。

「しきしまのやまと、だなんて嫌ねえ」

気づくと、母が私のノートを覗《のぞ》き込むように立っている。その表情は、懐《なつか》しさと当惑の入り混じったような複雑なものだった。

「しきしまの大和魂《やまとだましい》とかってね、戦時中よく使われたのよ。〈敷島の大和ごころを人問わば朝日に匂《にお》う山桜花〉ってね。あら、いつ覚えたのかしら、こんな歌。小学生だったのよ。そうそう、煙草《たばこ》だって敷島だったわ。父のお使いで買いに行かされたっけ」

母の話をさえぎって、私は思わず訊《たず》ねた。

「その〝しきしま〟だけど、どういう意味だと教わったの」

「だから、大和。日本の国のことをいったのよ」

それは分っている。なぜ日本の国を表わすのに「しきしま」を使うのかが知りたいのだ。

「さあね。そんなこと考えたこともなかったわ。決まり文句なのよ。まあ、戦時中だから、天皇陛下の力があまねくいきわたった島国ってところじゃないの」

「それはおかしいよ。だって戦争中にできたことばじゃないんだから。万葉集に歌われてるんだもの」

ある時代、あたりまえのように使われていたことば、「敷島の大和」。それは、大日本帝国を象徴する決まり文句として使われていたようだ。しかも当時、大和に掛るのは、「そらみつ」でも「あきつしま」でもなく、決まって「しきしま」であったという。

「そういえば、兵隊さんたちはね、戦地に万葉集を持って行ったりしたのよ」

母の話につきあっていると、万葉の時代までは永久にたどりつけそうもない。それほど「しきしま」は、戦前戦中において、民衆の心に強く印象づけられていたともいえるだろう。

枕詞《まくらことば》の出世頭

式嶋《しきしま》の山跡《やまと》の国に人二人ありとし思はば何か嘆かむ（巻十三―三二四九）

志貴嶋《しきしま》の倭の国は言霊《ことたま》のたすくる国ぞま幸《さき》くありこそ（巻十三―三二五四）

磯城島《しきしま》の　日本国《やまとのくに》に　いかさまに　思ほしめせか　つれも無き　城上《きのへ》の宮に……
（巻十三―三三二六）

天皇の威光、権力のあまねく支配する敷島――母同様、なんとなくイメージしていた敷島だったが、万葉集をしらみつぶしに見てゆくと、意外な事実につきあたった。「しきしま」は、「磯城島」「式嶋」「志貴嶋」と表記され、意外にも「敷島」の表記例がないのである。

もともと磯城は、大和東北部、現在の桜井市金屋付近、初瀬を中心とした峡谷地帯の入口をさす、大和の中の一地方名にすぎない。「しきしまの大和」と続くと、地名が地名を形容していることになるが、「しきしま」が形容する大和は、前掲の歌からも分るように、「虚見津」や「秋津島」が狭義の大和の形容辞であるのに対して、すでに大和朝廷の勢力の及んだ広い範囲での大和、もしくは日本国としての大和に対する修辞として用いられている。

一地方名にすぎなかった磯城島が、広範囲での大和や、日本の総称としての大和の形容辞となり、後には日本の又の名ともなっていく。まさに、枕詞の出世頭である。

なぜこれほどまでに拡大をとげたのだろうか。

「しきしま」には、さきのように多様な文字があてられている。ということは、「シキ」という音の表わす意味が重要だったといえるだろう。

例えば、「青丹吉《あをによし》」や「味澤相《あぢさはふ》」には、異表記がない。つまり、青や丹、また澤という特定の文字が担《にな》っている意味が、重要だったからである。

では、「シキ」の音が意味するものは何か。「シキ」ときくと、大宮人（処）にかかる枕詞の「百敷《ももしき》」や、衣や袖《そで》にかかる「敷栲《しきたへ》、布栲《しきたへ》」が思い浮かぶ。

布がシキと訓《よ》まれているのは、敷（pʻiuag）と布（pag）が、同音同義「平らにしく、ぴったりくっつく」意を表わすからだ。「平らにしく」ということは、言い換えれば物と物が互いに重なりあった状態である。「敷き重なる」ということばが、敷（布）の意を端的に示しているように、「敷く」と「重なる」は、同じ事態の両面にすぎないことがわかる。

「式島」の表記はどうだろう。式は、一定のやり方の意から方式を意味するようになったが、一つの式として定着するには、それが繰り返し行なわれて初めて方式としての型ができる。この繰り返しもまた、重ねる意に他ならない。

「志貴島」の志貴は、織の音（tiak）を二字で表わしたもので、織のもう一つの音（tiag-tʃɪak）シは、志と同音である。経糸と横糸を交互に重ね合わせて織るさまも、やはり重なる意そのものだ。

では「磯城（島）」の表記は、どこに重なりを見出《みいだ》すことができるか。磯釣りの風景を思い出せば、すぐにわかる。磯とは、岩が重なり合った場所である。岩が重なり（磯）、岩に封じこめられた（城）地、それが「磯城島」だろう。

初瀬を中心とした峡谷地帯――それが「磯城島の大和」の出発地点である。岩々の敷き重なる谷の地に、磯城という名がつけられたのだ。地形を表わしたにすぎないシンプルな命名であった。

初瀬に対しては「隠国《こもりく》」という枕詞が接続しているが、こちらは谷の「封じる、ふさぐ」点に着目し、「隠」と修辞したのである。

行為（式）、糸（織）、岩石（磯城）、これらは一見、まったく違う顔をしているが、重なるという意においては兄弟なのだ。

「シキ」の語音が表わすのは、重なりであった。そして、地名、磯城島は、岩々の重なりによってその地が峡谷であることを示したのである。

では、同じ音をもつ「百敷《ももしき》」はどう解けるのだろう。

……百磯城《ももしき》の　大宮処《おほみやどころ》　見れば悲しも（巻一―二九）

と、人麻呂は近江《おうみ》旧都をしのんでいる。大宮処に接続する意は、まさに百代の永遠にわたって、代々に重なることであろう。「百磯城」と「百敷」の二つの表記は、万葉歌人たちにとっても、磯城と敷が同意であったことを示している。「磯城島」は、「敷島」でもあったことがわかる。

ところが、現解釈において「百磯城」は、「多くの石で固めた柵《さく》の意で、堅牢《けんろう》をたたえた形容。後の『百敷』は宛字《あてじ》。古来の宮殿には石を用いず、天智《てんじ》朝以後の、新しい中国・朝鮮ふうの建物の観念による」（中西進氏）と説明されている。建造物としての大宮の堅牢をさすというのである。石造建築などなかった時代に、人間の手によって堂々たる石造の宮殿を造る——それが、天子の尊さ、権力の象徴であることを表わした枕詞だという解釈である。

時間と空間の重なり

さて、岩々の重なりあう峡谷地帯、というふうに解けた磯城島ではあるが、それはあくまで一地名として解けたにすぎない。「磯城島の　倭の国の　石上《いそのかみ》　布留《ふる》の里に……」(巻九―一七八七)などと詠《よ》まれていることから、これらの「やまと」は、少なくともいわゆる大和地方、もしくは日本国全体を指しているのは明らかだ。

大和地方、つまり、あの大和盆地に対しての「磯城島」だとすると、その風景の中で重なりあうものは、山をおいて他にないだろう。「倭は国のまほろば　畳なづく青垣　山こもれる……」と歌われている大和盆地をとり巻くのは、三輪山、二上山、奈良山、多武峰《とうのみね》、大和三山――青々とした垣根のように畳み重なる山々である。「虚見津　山跡」が、大和盆地のくぼみに着目したのに対し、こちらは、そのくぼみをとり囲み、敷き重なる山々に着目したことになる。同じ風景の中に、誰もが持つであろう二つの異なった視点――ある者はそのくぼみで、ある者は重なりあう山々で、その地を表現したのだ。

それでは「磯城島」が、日本国全体としての大和に掛る枕詞としては、どう解けるのか。一体、そこに何を重ね見たのだろう。

だが、磯城の峡谷や大和盆地を思い描くことはできても、日本全体のけしきなど想像するのはむずかしい。人工衛星から送られてくる島国の写真や、地図の上での姿が浮かぶのは、現代だからこそであろう。饒速日命《にぎはやひのみこと》の目に自分の目を重ね見るのとは、少々わけがちがう。だとすると、ここでの「重なり」とは何か。

私はもう一度、最初の疑問点に立ち戻ってみた。「なぜ、戦時中、〃しきしま〃だけが日本国の修辞として使われたのか」という、素朴な問いである。現解釈にも、「磯城は小範囲の大和の形容で、のち広く日本の形容となる」とあるように、「磯城島」の原点は、あくまであの磯城の地ということは明らかだ。問題は、それがなぜ大出世したかである。

そう思った時、「磯城島の大和」ということばの発祥地である磯城に、もうひとつの発祥地が重なって見えてきた。

「初国知らしし御真木《みまき》天皇」――国家体制が整ったのち最初の天皇と称される崇神《すじん》天皇の宮地は、磯城瑞垣宮《しきのみずかきのみや》であった。欽明《きんめい》天皇の磯城島金刺宮《しきしまのかなさしのみや》、雄略天皇の泊瀬朝倉宮《はつせのあさくらのみや》、武烈《ぶれつ》天皇の泊瀬列城宮《はつせのなみきのみや》等々、第七代孝霊《こうれい》天皇に始まり、磯城は明日香《あすか》に宮が置かれるはるか以前、歴代天皇の皇都となった地である。

磯城は都の発祥地なのだ。いうまでもなく、宮は天皇の象徴である。その宮の発祥地である磯城は、言い換えれば天皇家の発祥の地ということになる。磯城は、皇祖を象徴する聖地として観想されたのだ。大和の東北部の一地方名が、国の総称となるまでに出世したのは、その地が歴代皇祖の地だったからに他ならない。

「……虚見津　山跡の国は　押しなべて　われこそ居《を》れ　しきなべて　われこそ座《ま》

せ」と雄略天皇は歌う。「押しなべて」からは、押さえて封じこめる意が、「しきなべて」からは敷き重なる意が見え、磯城の地と同義であることがわかる。隠国初瀬に宮を営んだ雄略天皇は、押さえ、封じこめ、さらに敷き重なる意で、その地形と代々天皇として支配することを歌ったのだろう。「虚見津　山跡」と重ねると、それはこの上ない君立宣誓だったことがわかる。

もともとの磯城は、岩々の重なる峡谷地にすぎず、それは隠国の修辞がふさわしい地だった。しかし、この地に天皇の宮が営まれたことによって、皇祖の地として神聖視されていったのだ。特に近世以降、それはたぶん本居宣長《もとおりのりなが》あたりの国学の発展によって、天皇と深く密着する地として復活した。以来「磯城島」は、自分自身に担わされた意味に従って、帝国主義の時代を生きて行かざるを得なかった。磯城島自体に、戦争責任があるわけではないことは言うまでもない。

だが今、磯城島は本来の意に立ちかえり、その故郷の地名として静かに生きている。地名というものもまた、人の運命と同様、数奇な道をたどることもあるのだろう。

足元に放り出された新聞から、ソビエト共産党解体の大見出しとともに、レニングラードが革命以前の名称、サンクト・ペテルブルクと改名されるという記事が目にとびこんできた。海の向こうからもまた、時代と共に生きる地名の叫びがきこえてくるようだ。

立体的な大和像

大和に掛る三つの枕詞は、大和の方位や地形、盆地や川や岩々の敷き重なる峡谷に対する讃辞《さんじ》だった。

くぼんだ椀型《わんがた》の地形は、「虚《そら》のように見える虚《やまと》（凹《くぼ》み）」として天空と同一視された。それは、満ちあふれる光の神の炯眼《けいがん》によって発見された東方の美《よ》き国としての起源説話を生む。

日の光を受けてきらめく清流も、大和の象徴的な風景だった。香具山から眺める盆地は海原に喩《たと》えられ、とり巻く山並みとの対比は、そこが水と地の和合の国であることを示している。

漢語「秋水」を原語とする秋津島は、その水が、子《ね》（水）に始まり一巡してあらたまる十二支と結ばれた。循環は蜻蛉《とんぼ》の交尾の輪型に、「子」は子生む和合に喩えられて、臀呫《となめ》説話や敵討ちの説話を生んでいった。蜻蛉は清流の象徴であり、巡る水の流れそのものが、陰陽和合を象している。

岩石の敷き重なる峡谷の地は、歴代皇祖の地であった。空間の重なりに時間の重なりを敷き重ね、磯城島は代々の皇祖の地として、大和政権の拡大とともに、日本の総称となっていく。

それぞれが大和の風土の特徴と深く結びついた枕詞である。そしてそれら三つが重層すると、立体的な大和が見えてきた。

饒速日命、神武天皇、雄略天皇の称辞とされる大和讃歌であったが、さらに古く、大穴牟遅神《おおあなむちのかみ》（大国主《おおくにぬし》）は、「玉牆《たまがき》の内《うち》つ国」と称している。重なりあう垣のようなと表現される山々に囲まれたその内つ国は、「畳《たた》なづく青垣山こもれる」と同じ視点であったことはいうまでもない。

さらにさかのぼれば、伊邪那岐命《いざなぎのみこと》が、

「日本《やまと》は浦安《うらやす》の国、細戈《くはしほこ》の千足《ちだ》る国、磯輪上《しわかみ》の秀《ほ》つ真国《まくに》」（神武紀三十一年）

と大和を表現している。

これでもか、これでもかというように、大和に対する称辞が登場してくる。これらも、当然、大和の何らかの属性に着目した詩的形容にちがいないのだろうが、あまりに大和の称辞が多くては、こちらの想像力が追いつかない。従来の解釈にも一応目を通しておいたが、やはり無駄骨に終ってしまった。日本古典文学大系の注を要約すると、次のごとくである。

「日本は心安らぐ平安の国、よい武器をたくさん具備している国、シワカミ（語義未詳）のすぐれて整い具《そな》わっている国」

何の脈絡もない要素の無秩序な羅列である。

だが今、三つの枕詞と起源説話から、空間と時間が重なりあった大和の風景が徐々に姿を見せはじめ、今、私たちの眼前にある。窪《くぼ》んだ地形や、山、川、祖の地、光満ちあふれる東の国――伊邪那岐命の視点もまた、この範疇《はんちゅう》にあるのではないか……。

ひとまずそう仮定して調べをすすめることにした。

大和への讃辞アラカルト

浦安国――安は上から下に押さえて封じこめる意だ。浦安は先の大穴牟遅と同じく青垣（玉垣）に囲まれた「内つ国」「こもり国」としての大和を表現したものといえる。

細戈の千足る国――戈《ほこ》は必ずしも武器だけとは限らない。戈は干にあてはめれば、五行・土の象意となり、癸《ほこ》は同じく水の象意となる。細（クハシ）は、微妙な美しさをいう。特定の色も形も味も匂《にお》いも持たない微妙な美しさは、水に対する形容辞であろう。清らかな水の永遠にめぐる国、満ち足りた国と解ける。

磯輪上の秀つ真国――秀つ真は「袍圖莽」と注記されている。袍は丸く包んだ姿、その形は⌒型となる。圖（図）は狭いわくの中におしこめること。莽はおおって見えないさま。要するに「〇」の意味だ。丸く包んだわくの中はおおわれて見えないのだから、袍図莽は「〇」（輪）そのものといえる。

伊邪那岐命は「倭《やまと》」の「まるい・とりまく」意をホツマという言葉で表わしたと考えることができる。〇《わ》の意味を表わすための「袍＋図＋莽」の合成語だったのだろうか、と真剣に考えるほどのものではなかった。「倭」そのものが「禾《ほ》＋女《つま》」と訓めるのだから。人偏があってもなくても、「委」の本義に変わりはない。垂れた禾《ほ》のように、まるくしなやかに曲る意である。

しかし「禾《ほ》＋女《つま》」とは、あまりにもできすぎだ、偶然の一致ではないかと首をひねってみたが、「委」の古訓がその懸《け》念《ねん》を拭《ぬぐ》い去ってくれた。

委――ウルハシ、タタナハル、ツム、ツモルは、まさに、畳なづく（タタナハル）青垣　山こもれる（ツム・ツモル）、倭し　うるはし（ウルハシ）と、倭建命《やまとたけるのみこと》の称辞をすべて網羅している。もはや、偶然の一致ではあり得ない。ホツマは明らかに「倭」の字形を「禾《ホ》十女《ツマ》」と訓んだものだったのだ。

この倭に、「磯輪上《しわかみ》」が掛っている。シワはシワム（萎）意。しなやかにまるく曲ったさまで、委、倭を同系語の萎で修辞したにすぎない。倭は盆地であるから、その湾曲した地形（◡）を、シワ（ム）と修辞したのだろう。表記の文字をみると、磯—石、輪—まるい。これは「碗《わん》」（まるくぼんだ器）にそのヒントを得たのかもしれない。

日本《やまと》はこもり国
清流の豊かにめぐる国
まるくぼんだ盆地の倭国《ほつまくに》

倭の○《わ》は、「封じる、めぐる、まるい—湾曲する」意によって、大和の山、水、地形のすべてを言い表わし得ている。○によって倭を讃美した伊邪那岐命の言葉だったが、○（倭）は和に通じ、和合—天地、陰陽の和合を象徴するものでもあった。

神々や天皇のさまざまな言葉は、いずれも大和の地形や山水に対する称辞であることに変わりはなかった。どれをとっても、私たちの共感を呼ぶ大和盆地の風景である。

やくもたつ

もう一方の雄・出雲《いづも》

数年ぶりに広島を訪れた。車窓から見える風景は、最初にこの地を訪ねた日のことを思い起こさせた。

「ソウルに似ている」というのが、私の第一印象だった。初めての서울《ソウル》へ行って帰ってきたばかりという事情も手伝っていたかも知れない。

私をそんな気持ちにさせたのは、その地形からであった。街のまわりをぐるりと山がとり巻き、中心部に大きな川が流れているのだ。

だが、今、山陽の広島にありながら、私の想《おも》いはそのちょうど反対側、山陰の出雲へととんでいた。

出雲——古代政権の中心が大和《やまと》なら、こちらはもう一方の雄。神事の中心地である。

神話のふるさと出雲を訪れたのは、高校の修学旅行だった。神々の集う地であることと、そして「出雲」という名前が私に何か神秘的な感じを与えたのを覚えている。だが、そのシンボル出雲大社へ行ってみると、私のイメージとはちょっと違っていた。もっとも、修学旅行生でにぎわっていたせいかもしれない。極太の注連縄《しめなわ》と、「しじゅう、ご縁がありますように」と願いを込めて、四十五円のおさい銭で参拝し、おみくじをひいたことを思い出す。たしか吉凶によって、おみくじを結ぶ木の種類が決まっていたはずだ。「良縁を待つから松の木」というようなものだったと記憶している。

　それよりも、出雲の地で私の印象に強く残っているのは、グループ行動の時間に、五、六人の仲間と訪ねた八重垣神社だ。

　そこを訪ねることに決めたのは、ヤマタノオロチで有名なスサノオと、そのオロチから救って妻にしたクシナダヒメが祭られているということからだった。神話など、子供の頃に絵本か何かで読んだきりの高校生たちにとって、ヤマタノオロチの話は、「それなら知ってる」という程度の存在だったのだ。

八重垣神社は、山あいのこぢんまりとした社であった。裏庭に小さな池があり、こんもりとした木々におおわれ、ひっそりと静まりかえっていた。

出雲大社よりもなぜか好ましい印象だった。「出雲《いづも》」という名前の雰囲気にマッチするのは、むしろこんな風景だという気がしたのだ。だから、出雲大社の周りのけしきがまったく思い出せないのに、こちらの方はずっと鮮明に覚えている。

八重垣神社が修学旅行の思い出の地として印象に残っているのには、実はもうひとつこんなおまけがつく。社の裏庭にある鏡の池で、良縁占いというのに挑戦したからだ。社でお祓《はら》いをしてもらった一枚のうす紙を買って、五円玉だったか十円玉を真ん中にのせ、池の水にそっと浮べるのである。その沈む速さや位置が、良縁との出会いを示すというわけらしい。高校生だった私たちにとっての興味は、何といっても速さの方、つまり、結婚の時期であった。お遊びと思いつつも、けっこう胸ときめかせながらゆくえを見守ったものだ。

湧《わ》き立つ雲の正体

古事記に、和歌のそもそものはじめとされる歌がある。今、私にとって気になる存在である出雲。

原因はこの歌である。スサノオがオロチ退治の後、須賀の地に宮を造った時に詠《よ》んだ、

八雲立つ　出雲八重垣　妻ごみに　八重垣つくる　その八重垣を

というのがそれである。結婚のために新築する家の新室寿《にいむろことほ》ぎの歌だというのが一般的な解釈となっている。

この歌を知った時、私の脳裏にすぐさま浮かんだのが、あの八重垣神社の風景だった。

和歌の第一号と言われるこの歌に登場する「八雲立つ」は、出雲に掛けることばで、つまり、これが枕詞《まくらことば》の第一号ということになる。

「八雲立つ　出雲」ということばだけ見た時には、特に疑問は感じない。「枕詞イコール被枕詞」のルールに、見事にのっとっているからだ。「雲立つ＝出ず雲」、一目瞭然《りょうぜん》といえる。

しかし、出雲は地名であり、八雲立つはその地名に掛る枕詞なのだ。「八雲立つ　出雲」は、その地の風景を言い表わしているはずである。

空に湧き立つ雲がかの地で見た風景のなかにあったろうか。修学旅行の記憶を総ざ

らいしてみる。だがそんな入道雲めいた空の風景は、曇天のなかを歩き回った印象のつよい思い出とはどうしてもあいいれない。

『出雲国風土記』には、出雲の地名の由来が次のように書かれている。

「出雲と号《なづ》くる所以《ゆゑ》は、八束水臣津野命《やつかみづおみつののみこと》詔《の》りたまひし、八雲立つの詔《みことのり》によりて故《かれ》、八雲立つ出雲と云《い》ふ」

これでは出雲の説明にはなっていない。もっとも、その名のとおり、実際に出雲の地が湧き立つ八雲で象徴されるような所ならば問題ないのだが……。

そんなことを考えながら広島の友人の家に着いた私は、いきなり本棚に直行し、出雲関係の本を漁《あさ》った。

「久しぶりに広島に来たっていうのに、どうしたの。出雲まで行っちゃうわけ」

私は苦笑いしながら、今抱いている疑問を口にした。

「雲ねえ。なんかよくわかんないけど、山陰でしょ、あっちの方って雨も多いし、いつもどんより曇ってる感じよ」

友人の言う通りだとしたら、おかしなことになる。あの歌を詠んだ時のスサノオのことば、「吾御心《あがみこころ》清々《すがすが》し」はどうなってしまうのだろう。

友人が見せてくれた本の中にも、さまざまな解釈がされていた。

「私は〝八雲立つ〟の絶唱に接するたびに、いつも生まれ故郷の瀬戸内の、東南の空にそそり立つあの雄大な積乱雲を思い浮かべずにはいられない。あのむくむくと頭を持ち上げ、幾条となく立ち昇る入道雲のながめこそ、八雲立つの詩的表現に照応するものではないか。この真夏の抒情詩《じょじょうし》的光景は、寒冷の山陰にはまるでそぐわない」（武智鉄二氏『古代出雲帝国の謎《なぞ》』）

「八雲立つ」から思い描く風景が、寒冷の山陰にある出雲にそぐわないとなると、次のような解釈が生まれるのだろう。

「大和にとって伊勢は、太陽が海から生まれる東の聖なる国であったのに対し、出雲は太陽の没する西の辺地であり……またそれは、黄泉国《よみのくに》にじかに接する地と考えられていた。もともとはほめことばであったのであろうが、雲に閉ざされ、日の射《さ》さぬ地、陰顕多雨なこの地方の自然条件とかない、〝八雲立〟の語が生まれた」（西郷信綱氏『古事記の世界』）

これでは、八束水臣津野命やスサノオを初めから度外視したことになってしまう。スサノオの歌も、八束水臣津野命の称辞も、湧き立つ八雲に対する讃辞《さんじ》であったろうと思うのだ。でなければ、「吾御心清々し」などというはずがない。

どんより曇った暗雲はもちろんのこと、真夏の空の入道雲も、「吾御心清々し」ということばを発する風景とは思えない。入道雲なら、「吾御心晴々し」といったところか。

数日後、私は古事記を前に頰杖《ほおづえ》をついていた。こうなれば「アダムとイヴより始めよ」である。ハイゼンベルクのことばで、ジャングルに入りこんだら、もう一度初めからやり直しなさい、ということだ。

スサノオがオロチ退治の後、出雲の須賀の地に宮を造り、そして歌った「八雲立つ出雲八重垣」の歌。幾度となく読んだはずのその場面に再び出くわした時、私の目に鮮明に浮びあがって見えたのが、

「其地《その》より雲立ち騰《のぼ》りき」

の一文だった。

こんな基本的なことになぜ気づかなかったのだろう。雲を思うとき、空に浮かぶそれしか私の頭になかったからだ。もう一度原文に立ち戻って見た今、初めて、きちんと答えが書かれていることを知った。

「其地より」である。雲は其地より立ちのぼったのだ。私もその風景を知っていたはずである。谷間から湧き立つ水蒸気、山々から煙が立ち昇るように湧き上がる雲……。

盆地や谷住まいの人々にとって、それはあたりまえの風景ではないか。

谷の国。湧き出る雲の地、出雲という地名は、山あいの谷を表わしていると考えて間違いなさそうだ。

スサノオが高天原《たかまのはら》から追放され、降り立った出雲の鳥上山《とりかみ》、肥河《ひのかわ》に流れてきた箸《はし》を見て川をさかのぼり、その川上でくりひろげられるオロチ退治。オロチの長《たけ》は「谿《たに》八谷《や》峡《を》八尾《を》」に渡る。そして助けたクシナダヒメと、須賀の地に宮を作り、例の歌を詠むのだ。舞台はまさしく山あいの渓谷である。

実際、出雲には、山陰の耶馬渓《やばけい》と呼ばれる立久恵《たちくえ》峡という大きな渓谷もある。だが、山と川の多いこの地全体が、一つの大きな谷の国といえるだろう。雨がよく降るという、この谷の国を象徴するのは、もうもうと湧き、立ち昇る蒸気《くも》に違いない。

スサノオは須賀の地をとり巻くように立ちこめる水蒸気を、八重にめぐらせた宮殿の垣に見たてたのである。そこに妻と隠《こ》もる喜びを、また幾重にも折り込んでいたのだ。

暗い夜が明け、光が射しはじめた時刻の朝もや、雨がやっと止《や》んだときに立ち昇る蒸気……。「吾御心清々し」ということばは、そんな時に口をついて出るのではなかろうか。

古来、日本は谷住まいの民族である。谷は水に恵まれた豊かな地であると同時に、洪水の危険性にさらされている。そういう二律背反の上に谷住まいは成り立っているといえるだろう。

谷の国・出雲に毎年現われる恐しい怪物ヤマタノオロチの正体は、肥河の氾濫《はんらん》に違いない。肥河は肥沃《ひよく》な土壌を育てる源ではあるが、同時に災いの川なのである。嵐《あらし》がやってきて、毎年毎年肥河が暴れ狂う。この地を訪れたスサノオは、オロチを首尾よくしとめることができた。そう、治水に成功したのだ。

激しい嵐が過ぎ去り、立ち込める蒸気《くも》。さぞやスサノオは清々しい気分だったろう。

「八雲立つ　出雲」、湧き立つ雲が示すのは谷であった。

雲が谷を表わすものであることは、漢語からも明らかである。「雲根」といえば、雲が生ずるもと、山の谷のことであり、「岫雲《しゅううん》」とは、山のほら穴から湧き起こる雲、雲が湧き起こる谷間のことをいう。

「八雲立つ　出雲」ということばは、この「岫雲」という漢語からつくられたといってもよいだろう。

山あいの谷の国は、その地を象徴する雲が生じ、湧き立つことから、すなわち「出雲」と名づけられたのだ。

ところで、イヅモという語音はイヅクモの転訛《てんか》といわれているが、これはどうだろうか。

雲と谷と

先の本の中でも、次のように述べられていた。

「〝イヅ〟を〝出る〟の意味だとしても、〝モ〟一字に雲の意味があるとは、どうしても考えられない。〝モ〟といえば、名詞では裳、藻、面、妹、喪などがさしあたり考えられる。そこで藻説を採った人もあるが、ぴったりした解答にはならなかったようだ。〝モノ〟の略と考えることは〝クモ〟の略と考えるよりはましかもしれないが、やはり不自然の感をまぬかれない」（武智鉄二氏『古代出雲帝国の謎』）

雲と書いて〝モ〟と読んでいるのだから、その関係性を考えてみればいい。とはいえ、いわゆる大和ことばの範疇《はんちゅう》のみで探っていては、見えるものも見えてはこない。「モ」を朝鮮語の「모《モ》」、すなわち「角、隈」ととったらどうなるか。スミ、クマ、クボミを表わす「角」は、上古音では kŭk であり「谷」とほぼ同音である。イヅモ

は「出ヅ모」、つまり「谷（クボミ）をイヅ」となり、イコール雲ということができる。

また、和訓では「雲」の字を「クモ」と訓《よ》むが、朝鮮語で「クモ」というと「구《ク》모《モ》」、これは「穴」という意味なのである。

同じ「クモ」の音が、日本では雲を表わし、朝鮮では雲の湧き出る穴を表わしている。一方では、アーチ型の天空を「ソラ」といい、もう一方では同型の盆を「소《ソ》라《ラ》」といっているのとまったく同じではないか。

谷《モ》を出づ、「イヅモ」という音は雲を表わし、逆に出づ雲、「出雲」の表記は谷を表わしている。

雲というと、空ばかりを見上げるのが習い性になっている私に比べて、古代の人々、また、谷住まいの人々にとっての視点は、もっと根元の方にあった。視点をちょっと変えれば、雲と谷はごく自然に結ばれる存在だったのである。

「そらみつ　やまと」の時も、空と盆という一見まったく違うものが、視点を変えた時には同じ形であることがわかった。

古代の人々が見ていた風景というのは、特定の部分の、たんなる集合体なのではない。つねに全体のイメージのなかにこそディテールがあるのだ。全体の中に部分を見ていく——そこには、一方向からだけではわからない実像が見えてくるのだ。

では、「八雲立つ　出雲」と命名したという、八束水臣津野命とは何者か。

水に関係する神であることはすぐにわかる。八束水、多くの水を束ねるといえば、それはまさしく谷であろう。津野《つの》は角、つまり同音の谷を表わしていると考えられる。「多く《八》の水を束ねる《束》（水源《水》）臣、谷《角》命」が、彼の正体と解けるのだ。水源である谷の神が、山あいの豊かな水に恵まれたその地を、雲湧き立つ国、谷の国「出雲」と名づけたのである。

　私の胸中にどんよりと漂っていた雲が、今、霧が晴れるようにゆっくりと立ち昇っていく。

「八雲立つ　出雲」は、「もともとはほめことばであったろうが」どころか、水源、言い換えれば命の源である素晴らしい谷の国として、一貫して称《たた》えられた地名であった。

　すがすがしい気分の中で、私は、人麻呂が詠んだ歌を思い出していた。

山の際《ま》ゆ出雲の児《こ》らは霧なれや吉野の山の嶺《みね》にたなびく（巻三―四二九）

（山のあたりから立ち昇る雲のような出雲娘子《いずものおとめ》は霧だからか、吉野の山の嶺にたなびくことよ）

溺死《できし》した出雲娘子を、吉野に火葬した時の歌である。

「山際従《やまのまゆ》」が、出雲に掛る枕詞となっている。

「山のあたりから立ち昇る雲のような出雲娘子」となっているが、山の際《ま》、山と山の間は、谷を表わしているといえよう。

谷から立ち昇る雲、霧のように、出雲娘子を火葬する煙が吉野の山あいの谷から立ち昇っていく。

亡《な》くなったのが出雲の娘子であったからこそ、人麻呂はそこに、出雲の谷から立ち昇る霧を同時に見たのだ。

火葬の煙がゆっくり、ゆっくりと天に帰るように昇っていく。やがて、再び天から谷間へと循環する水を想《おも》いながら、人麻呂はその光景を歌に詠みこんだのだろう。出雲娘子は、きっと生まれ故郷である谷に戻っていくのだろう。

哀《かな》しくも美しいこの歌からは、そんな光景が見えてくるのだ。

「広島と出雲の両方を満喫したみたいね」

友人はいたずらっぽく笑いながら、私を見送ってくれた。

「やっぱり陰と陽は切り離せないもんね」

山陽の広島で山陰の出雲に思いをはせていた私への、最上の皮肉である。

終章　神風の伊勢と易経

氷凌《こおり》の理《すじ》

「うまこり」という聞き慣れない枕詞《まくらことば》が目についた。万葉集中には二例しかない。一つは、天武天皇が亡《な》くなった八年後に行われた御斎会《ごさいえ》（僧尼《そうに》の読経供養《どきょうくよう》の催し）の夜、夢の中で霊と対話する占師が詠《よ》んだ歌らしいが、形式上は大后《おおきさき》（持統天皇）の作とされる歌の中に用いられている。

明日香《あすか》の　清御原《きよみはら》の宮に　天の下　知らしめしし　やすみしし　わご大君　高照らす　日の皇子《みこ》　いかさまに　思ほしめせか　神風《かむかぜ》の　伊勢の国は　沖つ藻《も》　靡《なび》きし波に　潮気《しほけ》のみ　香《かを》れる国に　味《うま》こり　あやにともしき　高照らす　日の

皇子（巻二―一六二）

「夢のうちに習ひ給へる御歌」というだけあって歌意が通じにくい。「高照らす日の御子」までは、天皇に対する長い讃辞《さんじ》。いかなる御心によるのか、亡き天皇は神風の伊勢の国、沖つ藻が波になびき潮の香もかぐわしい国においでになる。うまこり　あやに慕わしい日の皇子よ――伊勢の国においでになる亡き天皇が、うまこり――あやに慕わしい、というのである。

うまこり（味凝・味凍）は「巧き織り」織り目も美しい意で綾《あや》にかかり、錦織（にしきおり→にしごり）の約音と同じものと現解釈では説明されている。

綾は、筋目のたった織り方が特徴であるから、その綾絹に織目も美しい「巧き織り」が掛るのはわかる。ただ、うまこりを、うまきおりの約音とするのには、いささか納得が行きかねた。

調べていくうちに、

「綾とは凌なり。その文《もやう》は、これを望めば氷凌《こほり》の理《すぢ》の如《ごと》きなり」（『釈名《しやくみよう》』）

とあるのに行き当った。「味凝（凍）・文（綾）」はまさに「氷凌の理・文」ではないか。凍・凝は端から端までかたく張り渡った氷なのだから。氷の筋目もようと綾の織筋を、凌イコール綾ととく『釈名』の中に「うまこり・あや」のルーツを見ることができる。

朝鮮語では、綾を「고로《コロ》」、滞（止まって動かない意・凝）を「걸《コル》（다《ダ》）」と表わしている。氷であれ織りであれ、張り渡る―止まって動かない―固い状態が〈KOL〉である。

味凝《うまこり》（凍）―綾《あや》は、걸《コル》と고로《コロ》の類音同義で結ばれた枕詞と被枕詞であることが、朝鮮語によって、より明確なものとなる。だがそのルーツは、「綾は凌なり」にあったのである。

うまこりは、うまき・おりの約音ではなく、当初からうま・こりであっただろう。また金糸を織りこんだ錦を「にしごり」といったのは、金は五行・西にあてられるから、錦＝金＝西とし、にし・ごりと称《よ》んだのだろう。中国（西方）伝来の絹織物としての意が重ねられたにちがいない。

綾にともしき―羨《うらやま》しいは、亡き天皇が綾絹のように慕わしいということだろうか。最高級の織物とはいえ、絹が天皇と並ぶ存在だったとは考えにくい。ふと、絹の感触が思い出された。まとわりつくような肌触りに、身にまとわりついて離れない亡き天武への想《おも》いがイメージされる。絹の衣を身にまとう高貴な女性ならではの発想だったのだろうか。

それにしても、亡き天皇は伊勢国においでになる、という夢のお告げは何だったのだろう。占師ならずとも、その理由がはかりかねた。神風で形容され、常世《とこよ》の浪《なみ》の寄する国と称ばれた伊勢は、古代の人々にとって一体どんな国だったのだろう。改めて「神風の伊勢の国」が不思議な存在として、目の前に迫ってきた。

伊勢の風

神風にイメージされるのは、陰暦の春先に内陸部から伊勢湾へ吹きこむ激しい風だ。神風は、この東の伊勢湾に向かってふく風に対する讃辞だったのだろうか。

古代の人々にとって「かみ」とは何だったのか――そのアウトラインは「神」という文字の中に見出《みいだ》すことができる。「申」はいなずま（電）を描いた象形文字である。雷電（互いに伴うもの）は、自然界の不思議な力の象徴として、「かみ」と考えられたことがわかる。「迅雷風烈には必ず変ず」（孔子）と、電火や暴風にたたずまいを改めたのも、これらを「かみ」と考えたからに他ならない。神の原義は雷電に代表される自然神であった。

この神（dien）と通じるのが「雷・東」を意味する震（tien）である。伊勢の風土の特色・東方に吹く風は雷風として、神風の称を得たのであろう。

『伊勢国風土記・逸文』には、国号の由来が以下のように記されている。伊勢国はもと、国神・伊勢津彦《いせつひこ》の治める国であった。しかし神武天皇の東征軍に敗れ、国土を譲り渡し東方（海）へ去っていった。

大風《おほかぜ》四《よ》もに起りて波瀾《なみ》を扇挙《うちあ》げ、光耀《てりかがや》きて日《ひる》の如く、陸《くが》も海も共に朗《あきら》かに、遂《つひ》に波に乗りて東《ひむがし》にゆきき。古語《ふること》に、神風の伊勢の国、常世の浪寄する国と云《い》へるは、蓋《けだ》しくは此《こ》れ、これを謂《い》ふなり

大風を起し、海水を吹きあげ、稲妻は日のように海も陸も耀かし、雷鳴のとどろくなかを東の方・海へ去っていく伊勢津彦の姿が、はげしい雷と風の有様によって描かれている。まさに実際に伊勢に吹く大風そのままの姿である。神風が雷風の異称であったことは、確かだといえよう。しかし雷風は、たんなる雷と風の意味ではなかった。

易卦《えきか》にいう「雷風恒」はつね（常・久）の意を表わしている。

雷は風に乗って遠く走り、風は雷によって力を益《ま》す。剛（雷）柔（風）たがいに与《くみ》し合って動き変ずる。終ったかに見えてまた始まる無限の変化が恒《つね》であり、恒は一定不変の停滞を意味しない。自然の万物は理に従って変化することによってのみ持続し恒久的であり得る（恒卦、要約）

雷風の異称・神風が掛る伊勢の国は、「恒」の意に解けるはずである。

伊勢は大和の東方。日々新たな太陽が昇る地である。東方には、常世の浪寄する海原が広がっている。寄せては返す波、潮の満ち干―まさに無限の変化、循環を象徴する太陽と海原の国伊勢は、恒なる国といえる。伊勢の風土の特徴は「東」の一字に包含することができる。太陽が昇る東の国。東方の海原、そして東方へと吹く風。このような伊勢にあって、セは朝鮮語の「새《セ》、東」（音転）をおいて、他にはなかろう。

亡き天武天皇と伊勢の国の結びつきの理由の一つは「高照らす日の皇子」にあった。天皇は太陽と同一視される存在、太陽そのものであり、しかも朝（東）の意を表わす明日香に宮を置いている。二つめは、海原に通じる大海人皇子《おおあまのみこ》の名にあった。太陽と海原を表象する天武にとって、全く同義の伊勢ほど適《ふさ》わしい地はなかったのである。永遠の日の御子として東の恒の地においでになる——作者のおもいは、きっとそこにあったにちがいない。

その伊勢の国に居る亡き天皇が、「味凝 綾」に慕わしい——という持統大后の心情も、この恒にあった。

夫と妻の関係もまた、「恒」の象徴的なものとみなされている。持統皇后にとって、天皇としての天武ではなく、一人の夫として、その恒久的な関係に対する羨慕《せんぼ》の情が「綾に羨しき」だった。

天武の死によって、夫婦の関係性が終りを告げてしまった今、妻持統にとっての「綾に羨しき」は、恒の関係性以外の何ものでもなかったにちがいない。

氷凌《こおり》の理《すじ》と織りの筋が結ばれた味凝・綾——このすじもまた恒の意味であることに気づかされる。すじめとは正しい道（法則・常理）である。綾絹の美しい筋目だった織りに「雷風恒」（常理）を同視した占師は、天武と持統を一人の夫と妻として捉《とら》え、亡き夫への想いを夫婦の恒久的な関係を羨慕する妻の心情として詠んだのだろう。

神風の伊勢も、その国に居るという天武天皇も、味凝・綾もその根底に「雷風恒」

が横たわっていたのである。

枕詞の原郷

耳慣れない「うまこり・あや」に端を発し、易卦「雷風恒」を通して、神風の伊勢の国の原風景を見ることができた。

東の太陽や海原・季節風が自然界における無限循環の常理を表象するのに対し、綾の織筋に表象されたのは、人間界（夫婦の関係）における常理であったといえる。「あや」が、尊称の感嘆詞となったのも、織り筋が示す織目正しさに、常理の意を見出したからだろう。

「神意によって吹く風をいうか。伊勢への掛りは未詳」（『風土記』頭注）また「洋上から吹く大風を尊んでいった」（中西進氏）とまでは解けても、その大風がなぜ神風として尊ばれたのか、その真意は周易の思想によってはじめて明らかにすることができるのである。

改めて五音を基本にし一定の語にかかる枕詞の形態は易卦にそのルーツがあったの

ではないかと考えさせられる。

自然を表わす八卦、天地火水雷風沢山を組合わせてできる六十四卦によって、自然界の万象を表わした易卦は、雷と風の与し合う関係を「雷風＝恒」、山と沢の気のかよい合いを「沢山＝咸《かん》」というように表わしていった。枕詞＝被枕詞の形態は、この易卦の表わし方と全く同じものといえる。

雷風・沢山といった二語の組合わせは、基本的には四音となる。日本語の場合、助詞「の」を補えば五音となり、枕詞が五音を基本としていることと合致する。

さらに易では「恒」（恒久）とか「咸」（感応）といった抽象的な意味は、必ず具体的なものにおきかえて、説明されている。

恒は四季の変化や夫婦の関係性。咸は、若い男女の一目ぼれや結婚などである。易卦が表わす意味を具体化したものを集めた『説卦伝《せっかでん》』の存在は、例えば「坤《こん》を地と為《な》し、母と為し、布と為し、釜《かま》と為し〜」のように、卦の意味＝物の姿・象であることを如実《にょじつ》に示している。雷風＝恒の意味は四季の変化や夫婦の関係性と同様に、東に具象化することもできるのである。天照大神《あまてらすおおみかみ》が伊勢に祭られたのも東＝恒であったからに他ならない。また「咸は感なり」とか「離は麗なり」というように、同音同義の語によって説明されるのも易の特徴である。

「飛鳥・明日香」にみた「翼＝翌」の関連、「味凍・綾」における「凌＝綾」の関連などは、その最たる例といえるだろう。

国語の修辞の一つとして、記紀、特に万葉集において、最も多彩に生き生きと用いられた枕詞ではあったが、その多くがいつの頃からか語義不詳となっていった。易が非科学的な迷信として、排斥されていったことと決して無縁ではなかっただろう。人々の中から易の意味が消滅していったとき、枕詞もまたおのずとその意味を失っていったのである。

今、呪《じゅ》的のひと言で片付けられている枕詞も、最も呪的な存在ともいえる神代紀の神々の姿も、易本来の思想の奥行きのなかに、その姿を復元できるにちがいない。

枕詞の旅の終わりは、神々の物語への旅の始まりになりそうである。

文庫版あとがき

枕詞《まくらことば》の旅を終えた私たちは、古事記の神々の物語へと旅立った。古事記を捲《めく》ってみると神々の誕生から天皇記までいわゆる神話と言われる神代にはそれこそ沢山の神々が登場し、どこから手をつけていいやらと思ったが、幸い私たちは大国主命《おおくにぬしのみこと》という神に巡り会い、彼と一緒に冒険の旅をすることになったのである。しかも、強力な「易」を携えてである。

今回の本にも登場しているが、この易は『古事記』特に神代の説話を構築している鉄柱のようなものだった。陽と陰の並びで象《かたど》られた八卦《はっか》の組み合わせ六十四卦で、森羅万象を語っていく。古代の人々は自然の姿を、常に同じ状態に留まっていることはないものと捉《とら》え、その遷《うつ》っていくこと自体に変わらぬ普遍性を見いだしていった。彼らの眼力の鋭さに驚くというより、自然の中で自然と共に生きていた人間の素直な観察力の確かさに感服する他なかった。けれども、それとて現代に生きる私たちの感覚からほど遠いものでは決してなかった。言われてみれば誰もがよく知っていたり、目にしている自然の営みそのものだったのである。

大国主命との冒険と書いたが、古事記の物語に足を踏み入れてみると本当に大冒険だった。しかし、易のことばに馴染《なじ》んでいくにつれ、大国主命は雄弁になってきて、私たちに生き生きとした表情で担《かつ》いでいる袋の中身を見せてくれるようになった。須《す》佐之男命《さのおのみこと》もこれでもかと大国主命に難題を課してくる時の厳しい表情の下に別の顔を見せてくれるようになった。私たちは、夢中で須佐之男命と共に八俣《やまた》の大蛇《おろち》退治に挑み、大国主命と共に様々な試練をくぐり抜けていった。気がついたら、出雲《いずも》の風土がくっきりと浮かび上がってくる眺望を目の前にしていた。易を基に描かれている説話は、舞台となっていた出雲の風土そのものを表して、国作りに欠かせない「地」の具体的な風景を描いてくれていた。

神代の話は単なるおとぎ話ではない。国作りの重要な歴史書だったのだと確信した私たちは、直《す》ぐに古事記編纂《へんさん》を命じた天武天皇、実際にはその意志を受け継いだ元明天皇へと思いが至った。天皇を頂点とした律令《りつりょう》国家形成に向かって天智《てんじ》、天武等が奔走し、藤原京、大宝律令の成立へと躍動していった七世紀から八世紀。その中枢《ちゅうすう》で、神々によって創《つく》られたという倭《やまと》生成物語、神々の直系である天皇記編纂の勅命が出され『古事記』と成ったのである。

その意図はどこにあったのか。絶対的な天皇の正当性、日本が神々によって創られた、他国とは全く異なる独立した国であること、いわば日本という国のアイデンティティを確立させようとしたことに他ならなかったのではないか。そんな天武天皇等の壮大な構想に触れたような気がした。何よりも説話自体の展開の見事さにすっかり魅了されてしまった私たちだった。「古事記っておもしろい！」と素直に思ったのである。

この冒険をまとめた『古事記の暗号』の発刊を誰よりも喜んでくれたのは、アガサこと中野矢尾先生だった。アガサはトラカレの学長、祭酒《さいしゅ》こと榊原《さかきばら》陽氏の「古代日本は多言語国家だった」ということばを受け、記紀万葉の扉を開き、新たな視点で読み解いていった私たちのリーダーである。どんなにがんばっても、アガサはいつも私たちの数メートル先にいるような超然とした所があった。けれども、時には孫の話を嬉しそうにしてくれたり、私たちが迷っている時には、勇気が溢《あふ》れてくるようなことばをかけてくれる人生の大先輩だった。アガサは今では本屋に行けば誰もが身近に手にすることのできる記紀万葉の書を「開かれた墳墓」と称し「いつもこの世界を素手で掘っていくのよ」と言っていた。自分たちの素直な疑問からスタートすること、それまでの解釈に捕らわれることなく原文にダイレクトに向かっていくこと。私たちのトラカレのスタンスを、いつも思い出させてくれた。

大変残念なことに、そのアガサは一九九九年に他界された。しばらく途方に暮れていた私たちだったが、「易」というアガサが遺《のこ》してくれたシャベルを手にしていることに気がついたのである。少なくとも今の私たちは全くの素手という訳ではなかったのだ。アガサに背中をポンと押されたような気になった私たちは、次なる一歩を踏み出していた。

古事記神代には、実にユニークな神々が登場する。誰もが何となくは知っている話なのに、よく考えてみるとわからないといった類《たぐい》の話も多い。そのすべてが解けたという訳ではないが、次々と見えてきたのは紛れもない日本の風土の特色だった。豊かな水源、谷、太陽の昇る方位、山と海が隣接した地形、潮の干満、塩作り……と、私たちは古代の日本の姿を目の当《ま》たりにしていったのである。これらの話も、また別の機会に紹介したいと思っている。

『人麻呂《ひとまろ》の暗号』『額田王《ぬかたのおおきみ》の暗号』『古事記の暗号』に続き、『枕詞千年の謎』が名前も改まり『枕詞の暗号』として文庫化されることになった。今回再読してみて、枕詞は実に多彩な色合いを放っていることに改めて驚いた。朝鮮語音、字形分解、字源、漢語を和語にしたもの、陰陽五行、易の思想など、すべて漢字という器があったからこそ成し得たことだった。さながら歌人たちの珠玉の工芸品の様なものだったのであていったのだろう。五音という限られた字数であったことも、逆に様々なバリエーションを生み出している。

枕詞が被枕詞と同義ということも、こうして見てくると取り立てて特別なことではない。「なんとかのなに」と同義のことばを被《かぶ》せることによってその被せられることばがよりくっきりと見えてくる。

「あしびきの山」は、山は山でも平均的な∧の形をしたものだった。ギザギザと角張った山のことでは決してないのである。

私たちのことばは、本来このような具体性と結びついている。一見抽象的なものも、元をたどっていくとすべて具象から発している。できるだけ具体的に表現できた時、聞き手の中にあるイメージと重なり、同じようなイメージを共有することができるのである。

アガサの話は、いつもこの具体性から離れることがなかった。そんなアガサの話を聞くと、私の頭の中で須佐之男は暴れ出し、大国主命は地を蹴《け》って駆け出すのだった。枕詞を透かしてそんなことば本来の姿を改めて見たように思うのである。

さて、私たちの長い旅の始まりは、祭酒のことばに遡《さかのぼ》る。「隣の国のことばを大切にしよう」「ことばを大切にすることは、そのことばを話す人間を大切にすることだ」

「隣の国のことばを飛び越えた世界はない」と。このことばによって韓国語は欠かせないものとなった。韓国語を含めた七カ国語のことばを同時に、赤ちゃんが母語を話せるようになっていく自然習得のプロセスで、というヒッポファミリークラブの活動が二十数年前に始まった。この活動の中で韓国語に出会ったことが、トラカレでの記紀万葉フィールドを生んだのである。今では多言語も十八カ国語に増え、そのことばを話す沢山の国の人たちと交流している。その中で韓国との交流も長年に渉《わた》って続いている。観光ではなく普通の生活を共にするホームステイ交流は、普段着の顔を見せ合うことになる。長年の交流のお陰だろうか、韓国語は今では私たちにとってとても近いことばとなっている。

今年の夏、私は約二百名近くの子どもたちと共に韓国に行く機会を得た。ソウルを初めて訪れた時のことを思い出すと、街の風景も家の中のライフスタイルも比べ様もないぐらい近代化している。けれどもその家の中での営みは、時間の隔たりに関係なく変わらないものとしてあるようだ。

ホームステイ先には幼い兄弟がいて、ひとつのお菓子をめぐってこれは誰のものと喧嘩《けんか》している姿には思わず笑ってしまった私だった。

久しぶりの韓国語音のシャワーはとても新鮮だった。漢字を背後に持っている音がボンボン耳に飛び込んでくる。「ネンジャンコ（冷蔵庫）」「コソクバス（高速バス）」「ポド（葡萄《ぶどう》）」「ウムシク（飲食）」。

実は韓国に行く前トラカレで出版した『量子力学の冒険』の韓国語訳本を韓国の人たちと一緒に読むフィールドワークをやっていた。韓国の人が流暢《りゅうちょう》に読んでくれた音声の裏には、驚くほど沢山の漢字があった。「連続的（ヨンソクチョク）」「不可能（プルカノン）」「波動（パドン）」等など。私たちが日本語の中に埋まっている大量の漢字音を無意識に使っているように、日常使われている韓国語の中にも想像以上に沢山の漢字が納まっているのだ。ちょっと訛《なま》った感の音の感触は、何だかやさし気に響いたのである。

二週間のホームステイを終えて帰ってきた子どもたちの顔は、どの子もキラキラと輝いていた。自分たちの冒険をやり遂げた自信と達成感に溢れていたのである。思わず、どうやって話していたのと聞くと、韓国語でという子もいるし、ここ、ここと指で指したり、頭に手を当ててみたりと、言ってみれば体全体で表現していたという子もいた。正に体当たりである。でも、そうやって気持ちを精一杯表現していくことからことばは生まれていく。

「私たちは素手で掘っていくのよ」というアガサのことばがまた思い出される。小さなシャベルを手にした私たちだったが、始まりはいつも「素手」なのだ。自分たちのことばの音で、切り開いていく世界が目の前に広がっている。

この作品は平成四年八月新潮社より刊行された『枕詞千年の謎』を改題したものである。

藤村由加著
古事記の暗号
―神話が語る科学の夜明け―
建国由来の書が、単なるお伽噺であるはずがない――。若き言語学者が挑んだ神話の謎。その封印を解く鍵は、何と「易」の思想だった。

芥川龍之介著
羅生門・鼻
王朝の説話物語にあらわれる人間の心理に、近代的解釈を試みることによって己れのテーマを生かそうとした〝王朝もの〟第一集。

阿川弘之著
志賀直哉（上・下）
野間文芸賞・毎日出版文化賞受賞
88年の生涯の「事実」だけを丹念に積み重ね、家族・友人・門弟の活躍も多彩に、稀世の文学者とその時代を、末弟子の深い思いで叙する。

有吉佐和子著
複合汚染
多数の毒性物質の複合による人体への影響は現代科学でも解明できない。丹念な取材によって危機を訴え、読者を震駭させた問題の書。

阿刀田 高著
あなたの知らないガリバー旅行記
作者J・スウィフトの人物像や当時のイギリス社会を分かりやすく解説し、名作の桁はずれの面白さを紹介した阿刀田流古典鑑賞読本。

赤川次郎ほか著
ミステリー大全集
赤川次郎、佐野洋、栗本薫、森村誠一ら13人の人気作家が趣向をこらした13編に、各作家のプロフィールを加えたミステリー決定版！

嵐山光三郎著

追悼の達人

文士は追悼に命を賭ける。漱石から三島まで、明治、大正、昭和の文士四十九人への傑作追悼を通し、彼らの真実の姿を浮き彫りにする。

山口　瞳・著
嵐山光三郎・編

山口瞳「男性自身」傑作選
―熟年篇―

週刊新潮の名物コラムが再編集され復刊！　厳しく激しく穏やかに日常を綴った不滅のエッセイ。好評『礼儀作法入門』の原点がここに。

愛新覚羅浩著

流転の王妃の昭和史

日満親善のシンボルとして満州国皇帝の弟に嫁ぎ、戦中戦後の激動する境遇の障害を乗り越えて夫婦の愛を貫いた女性の感動の一生。

秋山　駿著

信長

野間文芸賞・毎日出版文化賞受賞

非凡にして独創的。そして不可解な男―信長。東西の古典をひもとき、世界的スケールで比類なき「天才」に迫った、前人未到の力業。

浅井信雄著

アジア情勢を読む地図

隣人たちの意外な素顔、その驚愕すべきエネルギー――。「IT戦争」「ハブ空港」「アフガン」等々、地図から見えてくる緊迫の現状。

青柳恵介著

風の男　白洲次郎

全能の占領軍司令部相手に一歩も退かなかった男。彼に魅せられた人々の証言からここに蘇える「昭和史を駆けぬけた巨人」の人間像。

麻生幾著
封印されていた文書《ドシエ》
―昭和・平成裏面史の光芒 Part 1―
あの事件には伏せられた事実がある！ 10大事件のトップ・シークレットを追い、当事者の新証言からその全貌と真相に迫る傑作ルポ。

井伏鱒二著
荻窪風土記
時世の大きなうねりの中に、荻窪の風土と市井の変遷を捉え、土地っ子や文学仲間との交遊を綴る。半生の思いをこめた自伝的長編。

井上靖著
額田女王《ぬかたのおおきみ》
天智、天武両帝の愛をうけ、〝紫草《むらさき》のにほへる妹〟とうたわれた万葉随一の才媛、額田女王の劇的な生涯を綴り、古代人の心を探る。

井上ひさし著
自家製文章読本
喋り慣れた日本語も、書くとなれば話が違う。名作から広告文まで、用例を縦横無尽に駆使して説く、井上ひさし式文章作法の極意。

池波正太郎著
むかしの味
人生の折々に出会った〔忘れられない味〕。それを今も伝える店を改めて全国に訪ね、初めて食べた時の感動を語り、心づかいを讃える。

西尾忠久著
剣客商売101の謎
あなたの「剣客商売」度が、ズバリわかるQ&A101。腕試ししてみませんか。「剣客」シリーズをさらに楽しみたい方にお勧めです。

泉麻人著
新・東京23区物語
一番エライ区はどこか？　しけた区はどこ？　各区の区民性を明らかにする、東京住民の新しい指南書（バイブル）。書き下ろし！

石川九楊著
書と文字は面白い
古代中国の甲骨文字からいしいひさいち漫画に至るまで、古今東西の書と文字について大考察。面白く、もの知りになれるコラム集。

石川純一著
宗教世界地図
イスラム原理主義の台頭、チェチェン介入、オウム真理教など、時代を宗教で読み解く。理解できなかった国際情勢の謎が一気に氷解！

一橋文哉著
闇に消えた怪人
―グリコ・森永事件の真相―
平成十二年二月十三日、「グリコ・森永事件」最終時効成立！「かい人21面相」は逃げ切った!?　大幅加筆、新事実満載の増補決定版。

岩中祥史著
名古屋学
〝アンチ東京〟の象徴・中日ドラゴンズ、幻の名古屋五輪、派手な冠婚葬祭、みゃ～みゃ～言葉、味噌カツ……名古屋の全てを徹底講義。

岩瀬達哉著
われ万死に値す
―ドキュメント竹下登―
死してなお、日本政治にくっきりと影を落とす政治家・竹下登の「功と罪」。気鋭のジャーナリストが元首相のタブーと深層に迫る。

池田晶子著

ソクラテスよ、哲学は悪妻に訊け

大哲人も希代の悪妻の舌鋒には押され気味？ 不倫、脳死体験、マルチメディア等々、話題の核心を「史上最強夫婦」が喝破する。

石原清貴著
沢田としき絵

「算数」を探しに行こう！
「式」や「計算」のしくみがわかる五つの物語

算数が苦手な子供とおとな、そしてすべての世代の数学好きに贈る算数発見物語。現役の小学校の先生が処方した、算数嫌いの特効薬。

岩月謙司著

女性の「オトコ運」は父親で決まる

なぜ「ダメ男」にひっかかってしまうのか。女性の恋の悩みを解くカギは「父」にあった！ 最新の行動心理学で読み解く恋愛論の新機軸。

石井希尚著

この人と結婚していいの？

男はウルトラマン、女はシンデレラ――結婚カウンセラーが男女のすれ違いを解き明かす。実例＆対策も満載の「恋愛・結婚」鉄則集。

石原良純著

石原家の人びと

独特の家風を造りあげた父・慎太郎、芸能史に比類なき足跡を遺した叔父・裕次郎――逸話と伝説に満ちた一族の素顔を鮮やかに描く。

梅原　猛著

水底の歌
―柿本人麿論―
大佛次郎賞受賞（上・下）

柿本人麿は流罪刑死した。千二百年の時空を飛翔して万葉集に迫り、正史から抹殺された古代日本の真実をえぐる梅原日本学の大作。

上田三四二著

この世 この生

—西行・良寛・明恵・道元—

読売文学賞受賞

大患を得て死と対峙する体験を持った著者が、死を直視した先人の詩歌と思想に深く分け入って聴く、現世浄土を希求する地上一寸の声。

内田百閒著

百鬼園随筆

昭和の随筆ブームの先駆けとなった内田百閒の代表作。軽妙洒脱な味わいを持つ古典的名著が、読やすい新字新かな遣いで登場！

永六輔著

聞いちゃった！

決定版「無名人語録」

永六輔が全国津々浦々を歩いて集めた、無名の人のちょっといい言葉。人生を鋭く捉え、含蓄とユーモアに溢れた名語録の決定版！

大野晋著

日本人の神

日本人が考えたカミはホトケやGodとどう違うのか。〈神〉という日本語の由来を遡りながら、日本人の精神構造、暮し方を考える。

長部日出雄著

天皇はどこから来たか

青森・三内丸山遺跡の発見が、一人の作家を衝き動かした——大胆な仮説と意表を突く想定で、日本史上最大の謎に迫る衝撃の試論！

大谷晃一著

大阪学 文学編

西鶴・近松から、織田作之助・川端康成まで——独特の土壌が生み出した大阪文学をわかりやすく解説。「大阪学」シリーズ第4弾！

大槻ケンヂ著
オーケンののほほん日記 ソリッド
死の淵より復活したオーケン、しかし目の前に新たな試練が立ちはだかる――。ロックに映画に読書に失恋。好評サブカル日記、第二弾。

小川和佑著
東京学
なんとも嫌みで、なんともよそよそしい東京人。流行に敏感で、食にもファッション性を求める東京人。東京人との付き合い方教えます。

岡本太郎著
青春ピカソ
20世紀の巨匠ピカソに、日本を代表する天才岡本太郎が挑む！ その創作の本質について熱い愛を込めてピカソに迫る、戦う芸術論。

太田和彦著
ニッポン居酒屋放浪記 望郷篇
理想の居酒屋を求めて、北海道から沖縄まで全国三十余都市を疾風怒濤のごとくに踏破した居酒屋探訪記。3巻シリーズ、堂々の完結。

岡田信子著
たった一人の老い支度 実践篇
一人でも（だからこそ？）楽しく、賢く、堂々と生きよう。老いと向き合う年代を笑って乗り切るための、驚きと納得のマル得生活術。

長田百合子著
母さんの元気が出る本
お母さん、自信を持って！――学習塾を経営し、数多くの不登校児童のメンタルケアを行ってきた著者による「母親のあり方」講座。

河合隼雄
松岡和子著
快読シェイクスピア
臨床心理学第一人者と全作品新訳中の翻訳者が、がっちりスクラムを組むと、沙翁の秘密が次々と明るみに！　初心者もマニアも満足。

かわいしのぶ著
回　文　堂
身近な言葉を逆さにすると、思いもよらない真実と不条理が生れる、こともある。回文&イラスト→脱力世界直行、のシュール体感本。

共同通信社社会部編
沈黙のファイル
―「瀬島龍三」とは何だったのか―
日本推理作家協会賞受賞
敗戦、シベリア抑留、賠償ビジネス――。元大本営参謀・瀬島龍三の足跡を通して、謎に満ちた戦後史の暗部に迫るノンフィクション。

倉橋由美子著
大人のための残酷童話
世界の名作童話の背後にひそむ人間のむきだしの悪意、邪悪な心、淫猥な欲望を、著者一流の毒のある文体でえぐりだす創作童話集。

栗　田　勇　著
一　遍　上　人
―旅の思索者―
芸術選奨文部大臣賞受賞
捨てる心をさえも捨てはてた漂泊の日々。遊行に生きて死んだ一遍の、広汎な念仏流布の足跡をたどり直して肉薄する、生身の人間像。

桑原稲敏著
往生際の達人
三百人以上に及ぶ芸人達の、爆笑を誘う往生際のセリフ、ドラマを見るような大往生など、彼らの凄さが実感できるエピソード集！

久保三千雄著
謎解き宮本武蔵
真剣二刀を使った対決はたった一回、他は単なる「撲殺」が多かったとは……。武蔵は本当に強かったのか。宮本武蔵の真実の生涯！

さだまさし著
自分症候群
この本を読めば、重症のさだまさし症候群《シンドローム》にかかること間違いなし！　短編小説＆書下ろしエッセイ27編。オリジナル文庫。

早乙女勝元編著
写真版　東京大空襲の記録
一夜のうちに東京下町を焦土と化し、10万の死者で街や河を埋めつくした東京大空襲。無差別爆撃の非人間性を訴える文庫版写真集。

佐野三治著
たった一人の生還
「たか号」漂流二十七日間の闘い
直面する死と勇敢に闘い、あの海に今も眠る仲間たちのために——。凄絶な体験のすべてを綴り人間の根源を衝く海と死と生命の記録。

斎藤　学著
「家族」はこわい
—まだ間にあう父親のあり方講座—
セックスレス、中高年離婚、非行、いじめ、引きこもり、仕事中毒、初老期うつ病……現代日本の父親のあり方を精神科医がコーチする。

櫻井よしこ著
迷走日本の原点
自立した国家意識が欠如している現代日本。その原因を戦後政治の中に暴き出し、日本の未来を展望する。櫻井よしこ、魂の直言集。

佐藤昭子著

決定版
私の田中角栄日記

田中角栄は金権政治家だったのか、それとも平民宰相なのか。最も信頼された秘書が日記を元に、元首相の素顔を綴った決定版回想録。

佐野眞一著

カリスマ（上・下）
―中内㓛とダイエーの「戦後」―

戦後の闇市から大流通帝国を築くまでの成功譚と二兆円の借金を遺すに至る転落劇――その全てを書き記した超重厚ノンフィクション。

佐藤嘉尚著

伊能忠敬を歩いた

52歳からの後半生に、夢を実現した伊能忠敬。彼の足跡を2年かけて歩き通した人たち。満足できる人生を志す人への力強いエール。

産経新聞『じゅく～る』取材班

学校って、なんだろう

新指導要領の実施で新たに問われる学校の役割。生徒の悩み、親の不満、教師の苦労をぶつけ合い、本音と提言を満載した現場ルポ。

白洲正子著

日本のたくみ

歴史と伝統に培われ、真に美しいものを目指して打ち込む人々。扇、染織、陶器から現代彫刻まで、様々な日本のたくみを紹介する。

「新潮45」編集部編

殺人者はそこにいる
―逃げ切れない狂気、非情の13事件―

視線はその刹那、あなたに向けられる……。酸鼻極まる現場から人間の仮面の下に隠された姿が見える。日常に潜む「隣人」の恐怖。

杉浦日向子とソ連 編著

もっとソバ屋で憩う
—きっと満足123店—

おいしいソバと酒を求めて、行ってきました123店。全国の「ソ中（ソバ屋中毒）」に贈ります。好評『ソバ屋で憩う』の21世紀改訂版。

末木文美士著

日本仏教史
—思想史としてのアプローチ—

日本仏教を支えた聖徳太子、空海、親鸞、日蓮など数々の俊英の思索の足跡を辿り、日本仏教の本質、及び日本人の思想の原質に迫る。

鈴木伸子著

東京情報

本当のお坊ちゃん、お嬢様が住む高級住宅地はどこ？ 知られざる東京の魅力を、99のコラムと写真・地図で語る街歩きバイブル！

竹内久美子著

男と女の進化論
—すべては勘違いから始まった—

女のシワはなぜできるか、背の高い男ばかりなぜもてるか、男はなぜ若い女に弱いか——日ごろの疑問が一挙に氷解する「目から鱗」本。

田勢康弘著

島倉千代子という人生

可憐な少女は波瀾の道を歩んだ、折々の歌に励まされながら——。政治ジャーナリストが描く愛と悲しみの「人生いろいろ」。年表付き。

立花隆ほか著

マザーネイチャーズ・トーク

サル学、動物行動学、惑星科学、免疫学、精神分析学、植物学、微生物学——。立花隆が7人の科学者と繰り広げる「知」の対話集。

新潮文庫最新刊

北原亞以子著
峠
慶次郎縁側日記
一瞬の過ちが分けた人生の明暗。過去の罪に縛られて捩れてゆく者たちに、慶次郎の慈悲の心は届くのか——。大好評シリーズ第四弾。

乙川優三郎著
五年の梅
山本周五郎賞受賞
主君への諫言がもとで蟄居中の助之丞は、ある日、愛する女の不幸な境遇を耳にしたが……。人々の転機と再起を描く傑作五短篇。

宇江佐真理著
春風ぞ吹く
—代書屋五郎太参る—
25歳、無役。目標・学問吟味突破、御番入り——。いまいち野心に欠けるが、いい奴な五郎太の恋と学問の行方。情味溢れ、爽やかな連作集。

佐江衆一著
続 江戸職人綺譚
庖丁人、団扇師、花火師、根付師……名も残さず、ひたすら技を極めようとする職人たちの必死の情念が光る、大好評シリーズ続編。

米村圭伍著
面影小町伝
お仙とお藤の出現で、「美女ブーム」に沸く江戸の町。ところが、美女の陰に因縁あり、邪剣あり、陰謀あり。「小町娘」の貞操危うし！

竹山洋著
利家とまつ（上・下）
律儀さと実直さで加賀百万石を築いた男、信長・秀吉に最も頼りにされた男、その利家が最も頼りにした妻まつに学ぶ亭主操縦術。

新潮文庫最新刊

諸田玲子著

誰そ彼れ心中

仕掛けられた罠、思いもかけない恋の道行き。謎が謎を呼ぶサスペンスフルな展開、万感胸に迫る新感覚時代ミステリー。文庫初登場！

乃南アサ著

パラダイス・サーティー（上・下）

平凡なOL栗子とレズビアンの菜摘。それぞれに理想の〝恋人〟が現われたが、その恋はとんでもない結末に…。痛快ラブ・サスペンス。

乃南アサ著

チカラビトの国
―乃南アサの大相撲探検―

行司・呼出し・床山など力士を支える人から聞いた「へえー」という話を満載。初心者から相撲通まで、観戦が10倍楽しくなります！

なかにし礼著

長崎ぶらぶら節
直木賞受賞

初恋の研究者と、長崎の古い歌を求めて苦難の道を歩んだ芸者・愛八。歌と恋と無償の愛に生きた女の人生を描いた、直木賞受賞作。

なかにし礼著

恋愛100の法則

「恋にルールはない」「愛は金で買えるのか」「破滅もまたよし」……。人生の達人が詩的に綴る、究極の恋の奥義、愛の秘術100篇！

佐野眞一著

東電OL症候群《シンドローム》

事件は終わらなかった――。死してなお強い磁力を発する「彼女」に、日本中が感応を始めた。浮き彫りになる女たちの闇、司法の闇。

新潮文庫最新刊

毎日新聞旧石器遺跡取材班

古代史捏造

百六十二遺跡すべてがニセモノだった！　自然現象を遺跡と誤認し、偽造石器発見を「奇跡」と評価してきた考古学の体質を問う。

小此木啓吾著

「困った人間関係」の精神分析

あなたも誰かの「困った人」になっているかもしれない。半径5メートルの人間関係に悩んでいる人にお勧めの、究極の人生相談本！

藤村由加著

枕詞の暗号

和歌の多くの部分が、意味不明の字句ということがありうるのだろうか——。数文字に秘められた万葉の伝言が、千年の眠りを破る。

阿川佐和子ほか著

ああ、恥ずかし

こんなことまでバラしちゃって、いいの!?　女性ばかり70人の著名人が思い切って明かした、あの失敗、この後悔。文庫オリジナル。

企画・デザイン
大貫卓也

マイブック
—2004年の記録—

真っ白なページに日付だけ。世界に一冊しかない、2004年のあなたの本です。書いて描いて、いろんなこととして完成して下さい。

大谷晃一著

大阪学 阪神タイガース編

大阪の恥か、大阪の誇りか——出来の悪い息子のようなチームと、それを性懲りもなく応援するファンに捧げる、「大阪学」番外編！

枕《まくら》詞《ことば》の暗《あん》号《ごう》

新潮文庫 ふ-22-4

平成十五年十月一日発行

著者 藤《ふじ》村《むら》由《ゆ》加《か》
発行者 佐藤隆信
発行所 株式会社新潮社

郵便番号 一六二―八七一一
東京都新宿区矢来町七一
電話 編集部(〇三)三二六六―五四四〇
読者係(〇三)三二六六―五一一一
http://www.shinchosha.co.jp

価格はカバーに表示してあります。

乱丁・落丁本は、ご面倒ですが小社読者係宛ご送付ください。送料小社負担にてお取替えいたします。

印刷・錦明印刷株式会社 製本・錦明印刷株式会社
© Yuka Fujimura 1992 Printed in Japan

ISBN4-10-125824-4 C0195